百年かぞえ歌
大崎梢
角川書店

百年かぞえ歌

目次

装画　丹地陽子
装丁　坂川朱音（朱猫堂）

1　予期せぬ来訪者

　メールの送信ボタンを押したあと、由佳利《ゆかり》はキーボードの上に手を止め、視線を窓に向けた。

　神奈川県南西部、伊豆《いず》半島の付け根に位置する里海町《さとうみちょう》の町役場。その三階からは、薄雲に覆われた空と小高い山々の稜線《りょうせん》が見える。立ち上がれば旅館や食堂、郵便局や信用金庫の建物も目に入るだろう。今の時期、信用金庫の花壇にはナデシコやペチュニアが可愛らしく咲きそろっている。けれど由佳利は座ったまま薄曇りの空に似た冴えない吐息をこぼした。

　次の仕事に取りかからなくてはならないと思うも、たった今メールを送った相手の顔がちらついて気持ちが滅入《めい》る。

　その人が悪いわけではない。由佳利より三つ年上の女性で、湘南《しょうなん》地方を拠点とするラジオ局に勤めている。町の主催で行われる「町民マルシェ」について、取り上げてもらうようやりとりしているのだが、彼女のメールの最後にこんな言葉があった。

「そういえば坂口《さかぐち》さん、秋に結婚されるんでしたよね。お式の準備や新婚旅行など、当日以外も何かとお忙《た》しいのでは。遠慮なくプライベートを優先してくださいね」

　気配りに長けた人で、記憶力もいい。自分はこういった仕事まわりの人にまで結婚話をしゃべっていたらしい。今日のところは触れずにおいたが、いずれはっきり告げなくてはならない。彼女だけでなく吹聴《ふいちょう》したひとりひとりに、「結婚はなくなりました」、「きれいさっぱり破談になりました」と。

知らず知らずうつむいていた。それきり固まってしまいそうで、無理にも顔を上げて再び窓に目をやる。昨晩読んでいた小説の一節を思い出した。「灰色の空の色に慰められるほど、自分は痛手を受けているらしい」、まさにその通り。

すべては同じ高校の元同級生、森井《もりい》真人《まさと》がいけない。真面目で気が優しく、何かと不器用なところを誠実ととらえ、高校時代は友だちのひとりだったけれども、卒業後、異なる大学に通いつつクラス会がきっかけで付き合うようになった。初めてのデートは忘れもしない箱根《はこね》の芦《あし》ノ湖《こ》。遊覧船ではなく手こぎボートに乗って小学生みたいだねと笑い合った。今となっては幻のように遠い思い出だ。

大学を出たあと、由佳利は郷里である里海町の町役場に就職し、真人は近隣の市の教員採用試験を受けて合格し小学校の教員になった。付き合いは順調で大きなトラブルや喧嘩もなく、ふたりの未来はいずれひとつに結ばれ、明るく健やかな未来につながっているように思っていた。なのにあの男はたったの二年で学校を辞めてしまい、海外の恵まれない子どもたちを支援したいと言い出した。「ちょっと待ってよ」「嘘でしょ」と襟首を摑んで揺さぶるひまもない、青天の霹靂《へきれき》とも言うべき出来事だった。

その三ヶ月後、ベトナムの小さな村で読み書きを教えていると、写真が送られてきた。廃墟《はいきょ》のようながらんとした建物の前で、大勢の子どもたちが白い歯をのぞかせ笑っていた。真人が撮った写真のようだが、ネットニュースを見るような隔《へだ》たりしか感じられない。それからも思い出したようにメールは届いたけれど、由佳利からは返事を出さず、一年が過ぎ、さらに半年が過ぎ、すべてが「なかったこと」になりかけていた昨年夏、真人はひょっこり帰ってきた。

行ったのも戻ってきたのも唐突だ。帰国報告の電話をつい受けてしまい、脳天気な声を聞いて怒りが再燃。コップの水でも引っかけてやろうと、待ち合わせの場所に乗り込んでみれば、穏やかでのどかで飄々《ひょうひょう》とした草原のヤギを思わせるような男がそこにいた。日に焼けて浅黒くなった以外、昔とほとんど変わりがない。拍子抜けして少し涙ぐんだ。

それを真人は過剰に受け取り、平謝りの揚げ句、もうどこにも行かないと誓うように言った。そんな言葉を望んでいたわけではない。あわてて婚活中なので会うのはこれきりと突っぱねたところ、「結婚ならばぼくが」と立候補された。

じっさい彼は里海町のとなり町にアパートを借り、学習塾で働き始めた。これまでの鬱憤《うっぷん》に目さえつぶれば、気心知れた彼は結婚相手として悪くはない。ベトナムやタイの経験談には深みがあり、自分の家庭を築きたくなったという気持ちの流れは自然に思え、聞き上手の彼は由佳利の話も丁寧に耳を傾けてくれる。結婚話はなだらかな曲線を描くようにするすると進んだ。

由佳利の両親は学生時代から真人を知っているので半ば安心し、半ば難色を示した。海外ボランティアを若気の至りとしても、いい年して正社員でないのは信用ならぬと。たしかに、身を入れて学習塾の正社員になればいいものを、真人は学童保育にも興味を持ち、そこでも働くようになっていた。

中途半端で低収入なのは否めない。でも由佳利は公務員として安定した職に就いている。真人に転勤がないのはかえって幸い。ふたりで力を合わせればなんとでもなると楽観論で押し切った。真人の両親も息子を案じていたようで、あの子でいいのかしらと恐縮しつつ、ありがたいご縁と祝福してくれた。

里海町にほど近い式場の予約も取れ、役場の人たちにも話し、親戚や友だちにもこの日は空けておいてねと声をかけ、ウエディングドレスのカタログをめくる指先もなめらか。ふたりの未来は再び陽光に包まれているように思えた。ほんの二週間前までは。


「坂口さん」

名前を呼ばれ我に返る。デスクの傍らにこの春までの上司、今は福祉健康課に異動になった下条《しもじょう》課長が立っていた。あわてて笑みを作り、「なんでしょうか」と話しかける。

「ケア施設裏の空き地、活用案を送ってくれると言ってたよね。あれどうした?」

「ああ。そうでした。すみません」

施設裏に町が所有する土地があるのだが、ほったらかし状態で草ぼうぼうになっている。町の西部を北から南に流れる絹及川《きぬおいかわ》沿いの遊歩道に面しているので、整備して休憩所にしてはどうかと思い立ち由佳利が提案したのだ。簡単な遊具を置いて子どもの遊び場を兼ねるか、ベンチだけのレストスペースにするか、アイディアを募っているところだ。

引き出しを開けてファイルを探しているとやんわり制された。

「メールしてくれればいいよ。必要とあれば向こうでプリントアウトするから」

「わかりました。すぐ送ります」

「まだ案は決まってないいんだっけ。ぼくも考えてみようかな。観光の目玉になるようなものが浮かんだりして」

「ぜひお願いします。でも予算はほとんどありませんよ」

「よぉくわかっていますって」

おどけたように言われ、由佳利の顔も自然とほころんだ。

下条課長は黒縁眼鏡をかけた小柄で猫背な男性職員で、そろそろ五十歳だろうか。新人だった頃からお世話になり、観光促進課の仕事を一から教えてもらった。寡黙で控え目な印象を与える外見とは裏腹に創意工夫にあふれた意欲的な人で、駅前広場の整備についても新しい名産品のアピールにしても、「なんとかしよう」「もっとできる」と限られた予算の中で手腕を振るってきた。観光事業だけでなく、対外的な広報活動を担う部署にふさわしいベテランだった。

彼の異動を知ったとき、なぜどうしてと途方に暮れてしまったが、いつまでも新入りの顔をして甘えてばかりもいられない。町のため、しっかり働いてこその公務員だ。自分に言い聞かせ、受け継いだ仕事はもとより新しいことにも挑戦し始めていた矢先、プライベートで躓《つまず》いた。

　下条課長には披露宴でのスピーチも頼んでいたので破談の件はもちろん知っている。心配して様子を見に来てくれたのかもしれない。気を遣わせているとしたら情けなくも恥ずかしい。課長を見送ったあとは気持ちを切り替え、雑務をひとつずつ片づけた。


　昼食後も発注伝票や見積もりの書類に目を通していると、デスクに置かれた電話が鳴った。受付からだ。由佳利が出ると、やけにかしこまった声で言われる。

「『貴地《きじ》崇彦《たかひこ》生家館』についてのお問い合わせです。担当はそちらでよろしかったですね」

「はい」

　答えながら珍しいなと思う。直接役場にやってきて、尋ねた人がいるのだろうか。生家館は役場から徒歩圏だ。受付で聞かれれば場所くらいすぐに教えるはずなのに。そう思いカレンダーを見て、電話の理由がわかる気がした。今日は水曜日。生家館は開いていない。

「お客さまがお見えです。担当の人と直接お話がしたいとおっしゃっています」

「それなら私、坂口です。でも、休館日の無理は利きませんよ」

　遠方から来た、ほんのちょっとだけでも、そんなごり押しを想像していると、「そういう話ではありません」と言われた。声音からしてただの問い合わせではなさそうだ。

　なんだろう。訝《いぶか》しみつつ、仕事を中断して一階に向かう。それらしい人物はすぐ見つかった。年齢差はあるだろうが中年男性の二人組だ。灰色と茶色の上着をそれぞれ羽織り、受付から少し離れた壁の前に立っている。

受付の女性からの「あちらです」との目配せを受けて歩み寄る。男性たちは由佳利に気づくなり、声をひそめて言った。

「文学館の担当の方で?」

「はい。坂口と申します」

「お忙しいところをすみません。わたしたち、群馬県警の者です」

「群馬?」

群馬は驚くし、県警はもっと驚く。聞き間違いかと思ったが手渡された名刺にはたしかに「群馬県警」とある。

「ずいぶん遠くからいらしたんですね」

「まあ、乗り換えの回数からすると東京駅の一度きりですよ」

「お聞きしたいことがありまして足を運びました。お時間を少々いただけますか」

「私にですか?」

「文学館の担当者があなたならば、あなたに」

よくわからないが、受付で立ち話をする雰囲気でもないので二階へと案内した。打ち合わせ用の小会議室が空いていたので入ってもらう。事と次第によっては課長を呼ばなくてはならない。

「実は文学館の収蔵物についてうかがいたいんです。貴地先生の私物がこちらにあると聞いて参りました」

「はあ。具体的にはなんでしょう。子どもの頃に読まれていた本や学校の成績表、文集などはありますが」

男性ふたりは鷹揚《おうよう》にうなずく。

「貴地先生はこちらのお生まれで、実家の家屋が今では文学館になっているとか」

「はい。ご実家は戦争の被害を免れ保存状態もよかったので、町立公園の敷地に移築され、一階部分を『貴地崇彦生家館』として公開しています」

さりげなく「文学館」ではなく「生家館」だと訂正したつもりだが、ふたりに伝わっただろうか。

貴地崇彦は明治四十三年に生まれ、太平洋戦争後に活躍した作家だ。名だたる文学賞を次々に受賞し、映画やドラマで話題を呼んだ作品も多く、没後二十年以上になるが知名度はまだまだ高い。

「展示物は里海町で暮らしていた頃の身の回りの品がほとんどで、作家を志した青年期から亡くなるまでの膨大な資料は、ここではない別の館が所蔵しています」

「加山《かやま》市にある文学館ですよね？」

あちらを「本館」、こちらを「分館」と、よく知る人の間では呼び分けている。生家館の関係者からすれば多少の自虐を込めて。

加山市は栃木県にあって人口二十五万人という中規模の市だ。貴地崇彦は里海町から東京に移り住み、戦争中に加山市郊外に疎開し、戦後もしばらく加山市内にとどまって初期の代表作と言われる作品を執筆した。そんな縁から鉄筋コンクリート三階建てという立派な文学館が作られ、手書きの原稿から趣味で集めた骨董品《こっとう》の類《たぐ》いまで保存されている。

「もしかして、あちらにはもういらしたんですか」

「まあ。そんなところですね。うかがいたいのは先生がプライベートで出された葉書や手紙の類いです」

「手紙？」

「いえまあ、葉書と思っていただいてかまいません」

「いつ頃のものですか？」

「作家になられてしばらく経った頃です」

由佳利は即座に首を横に振った。

「今申しました通り、こちらにあるのは小学校の頃までの品です」

「例外もあるんじゃないですか。お忙しいところを恐縮ですが取り急ぎ調べてください。待たせてもらいますので」

言葉は丁寧だが有無を言わせぬ力があった。それに押されるようにして由佳利は廊下に出た。自分の課に戻ると、午前中にはいなかった課長が席に着いている。駆け寄ってたった今のやりとりを話した。

「なんだろうな。著作権侵害でもあったのかな。先生の名前を騙《かた》った詐欺事件とか。とりあえずすぐ調べて、ないならないとキッパリ言えばいい。ないんだろ？　たぶん」

「ないと思います。目録があるので調べてみます」

ふいに課長の顔つきが変わったので振り向くと、先ほどの男性ふたり、捜査員というのだろうか刑事だろうか、いつの間にか背後にいた。黒い手帳を見せて挨拶し始めたので、その場を課長に任せて由佳利は壁に並んだキャビネットに歩み寄った。

目当てのファイルを探し当て、空いている机に置いてめくっていく。手書きの古い資料なのでところどころ文字がかすれて読みにくいが、項目ごとに分かれているので助かった。「私信」のところに、貴地先生の父親から家族に送られた絵葉書や、学校の教員から届いた年賀状などが記載されている。どれも先生が小学生だった頃のものだ。

挨拶を終えたのか、捜査員ふたりがそばにいてファイルをのぞき込む。由佳利は彼らにわかるように指を差した。

「うちにあるのは現状、七点です。里海町から離れる前のものだけになっています」

「目録から外れているものはありませんか」

「一度でも収蔵されたものは記載され、返却などがあった場合は日付と共に横線を入れます。記録そのものは消されず、残す形を取っています」

前任者である下条課長から教えられたことをそっくり伝える。引き継ぎのとき以来開いていないファイルだ。収蔵品の増減はここ数年、まったくない。

捜査員たちはようやく納得した様子で首を縦に振った。

「わかりました。お手数おかけしました。ですがせっかく来たので、こちらの文学館も見学して行こうと思います。ご協力お願いします」

解放されるとばかり思っていたので、咎《とが》めるように「え？」と声を出してしまう。課長は助け船を出すどころか、すまし顔で「ご案内するように」と由佳利を促した。

里海町は神奈川県南西部に位置する人口二万八千人弱の町だ。海に面した温暖な気候からみかん栽培が盛んで、温泉を利用した旅館やホテルも多い。町役場はＪＲ駅から徒歩七分の距離にあり、そこから目と鼻の先に「町立ひかり公園」が整備されている。

貴地崇彦生家館は公園内の高台、役場から見て一番奥の静かな場所にある。移築されて三十年以上が経過しているので、背の低い生け垣はもちろん門扉や敷石に至るまでしっくりなじみ、言われなければずっとここに建っていたかのようだ。

道々ふたりの捜査員から生家館の運営について聞かれた。家そのものは移築のさいに家主である赤松寿次《あかまつとしつぐ》氏より町に寄贈され、傷んでいた屋根や樋《とい》などは修繕された。室内の調度や生活用品一式は貴地崇彦より委託され、すべて現状通りに運び込まれた。

文学館としての公開は了解を得ていたので、生活雑貨を整理したのち、時期を区切って見学者を受けいれるようになる。その後、作品の映画化やドラマ化が相次ぎ、観光につなげる狙いもあって一階部分に展示コーナーを整備。週二日の休館日以外は通年で一般公開が始まった。

「今は週三日しか開いてないんですよね？」

「見学者が減ったことに加え、建物も老朽化してるので、数年前から月、木、土の三日間のみ公開されています」

「入館料はかかるそうで」

「はい。大人ひとり二百円。高校生以上の学生さんが百円。中学生や小学生以下のお子さんは無料です。いつもは受付がいて徴収してるんですけど、今日は閉館日なのでおりません」

「その方は役場の人ですか」

「パートさんです」

捜査員はにわかに手帳を開き、歩きながらメモを取る。

「パートさんは何人でしょうか。名前と、おおよそでかまわないので年齢もお願いします」

「週三日に減ってからはひとりだけです。七十代の女性で、佐藤澄江《さとうすみえ》さんと言います」

佐藤は他にもいるのでふだんは名前で呼んでいる。

「いつ頃からいらっしゃるんですか」

「私が役場に入るずっと前からなので長いですね」

「その方が休むときは？」

「公民館など、他の部署にいるパートさんに頼みます。間に合わないときは私が務めますけど、今までに一度しかありません」

何の気なしに言ったのに畳みかけられる。

「いつ頃の一度ですか」

「三年くらい前の、たしか冬だったと。すみません。うろ覚えで」

「詳しく知りたくなったら連絡します。今は結構です」

はあ、そうですかと心の中で返す。澄江の住所や電話番号は後ほどメールするよう頼まれた。

「佐藤さんにも葉書のことを尋ねるんですか。警察から電話があったりしたら驚くと思います。先生の葉書が何か問題になっているんですか」

「申し訳ありません。捜査上のことは話せないんですよ」

「はあ、そうですか」

今度は声に出して言った。慣れないやりとりにもやもやしているうちに、生家館にたどり着く。捜査員たちは家のまわりをぐるりと歩き、ところどころで写真を撮って戻ってきた。

鍵は役場の二階で管理し開館日の朝、澄江がやってきて受け取り、夕方になると戸締まりをして役場に返しに来る。そんな説明をしながら玄関を開け、ふたりを招き入れる。

三和土《たたき》は五、六人の靴なら困らず置ける広さがあった。そこをあがると畳二畳分のスペースがあり、今は椅子が一脚置かれているだけだが、ふだんは澄江が座っている。細面で色白で品の良い年配女性だ。

ただ座っているだけのらくな仕事で羨ましいと言う人もいるが、いつ来るのかわからない見学者を待ち、訪れれば明るく声をかけ、少ないながらも見学料を徴収し、さりげなく様子を見守るのはそう簡単ではないはずだ。しかも週三日、ほぼ休むことなく通ってくれる。十時から四時までひとりで役目をこなし、昼休憩は一時間与えられているものの、玄関を閉めることなく、人のいないときを見計らって持参したサンドイッチやおにぎりをつまんでいる。そのあたりの裁量も安心して任せられるきちんとした人だ。

玄関を過ぎると廊下が延び、左側は「水屋」という言葉がふさわしい台所があり、その入り口に小机が置かれている。「ご自由にお持ちください」の貼り紙と共に本が並んでいる。

「これはなんですか」

尋ねられ、由佳利は並んでいる一冊を手に取った。表紙に貼られた図書館のラベルを指し示す。

「もとは町立図書館の蔵書です。通常でも傷んでくると買い換えたりしますが、貴地先生の著書は町民からの寄贈もあり、まだ綺麗でも替えられる場合が多いです。棚から外されると破棄が一般的ですが、もったいないという意見が出て、こちらで引き取ることに。ときどきお持ちになる見学者がいます」

それもまた普及活動のひとつだと役場では考えている。

「なるほど。ただでもらえるわけですか」

「出身地ならではですねえ」

納得してもらえたようで、ささいなことでもホッとする。

廊下の右側には障子が並び、六畳間と八畳間が続いている。障子を開けると二部屋は間の襖《ふすま》が取り払われ、資料を入れたガラスケースが何台も設置されている。壁には額に入った新聞記事や写真が所狭しと掛けられている。

「文学館と言ってもふつうの家ですか。年代物の建具に低い天井、襖に障子。いや、もちろんふつうよりも遙かに歴史を感じさせますが」

「古民家の風情ですね」

「そうそう。古民家って言うんだな、今どきは」

捜査員たちのやりとりはいくらか柔らかくなり、展示物を熱心に見てまわる。仕事上の視線なのか好奇心なのかはわからないが、由佳利もつられてガラスケースに近付いた。戦前の村の写真や校長先生のいかつい髭面《ひげづら》を眺め、「昔から旅館はあったんですね」と声をかけられ、「今でもありますよ」と返す。

紙の類いは劣化が激しく文集や成績表はほとんど茶色だ。今の科学技術をもってしても紙とインクの両方を守るのは難しいらしい。もちろん費用もかかる。今の里海町では考えられない話だ。そんなことを考えながら眺め回しているとふたりに呼ばれた。

ついさっきまで押し入れの中をのぞき込んでいたが、今度は納戸を見せてほしいと言う。鍵が掛かっているので由佳利が開ける。二畳ほどの物入れには、この家を一般開放する際に片づけた生活用品が置かれている。鍋釜やストーブ、踏み台や椅子など。誰も触らないので埃《ほこり》をかぶっている。

「この家にはどなたが住んでいたんですか?」

「先生のお姉さん、春美《はるみ》さんがいらっしゃいました。ご存命なうちは先生のお母さんも」

「お姉さんはおいくつで亡くなったんですか?」

「八十代くらいかと。すみません、はっきりとしたお年は覚えてなくて」

「お姉さん、ご結婚は?」

「されなかったみたいですね」

捜査員たちは「ふむふむ」という雰囲気で首を縦に振る。

「貴地先生がいたのはいつまででしたっけ」

「小学校までです。卒業したあと親戚の家の養子になり、東京で暮らすようになりました。戦争中に加山市に疎開し、戦後もしばらく滞在して東京に戻ります」

生家館を担当していた下条課長は多忙な人だったので、ここ二、三年は由佳利が任され、文芸サークルの研究会や学生の勉強会などの世話を焼いてきた。自然と詳しくなる。答えられてよかったと胸をなで下ろす。

「さっき見た家系図からすると、先生はごきょうだいがお姉さんだけで、お父さんも小学生時代に亡くされていますね。男の子ひとりなのに養子ですか?」

「もともと貴地家は父方の本家だったそうで、そちらに男の子がいなかったので、先生を養子にという話が持ち上がりました。そのときすでにお父さんは亡くなり、経済的な理由もあって先生は本家に。養父母の元で中学に通い、東京で仕事に就き、初めてのお給料からずっと実家への仕送りを続けていたようです」

本家といえど決して裕福な家ではなかったのだ。だから高校や大学には進めなかった。それでも、里海町の母の元にいては中学さえままならない。

公開しているのは一階のみだが、捜査員たちに言われて二階にあがる。二階には六畳間がふたつある。

「作家として成功しているところしか知らなかったので、子どもの頃の話は意外です。苦労なさったということですか。でもこの家はけっこう大きいですよね。当時としては立派だったのでは？　もとはそれなりの家柄だったんでしょうか」

「持ち家ではなく借家です。二階には下宿人を入れ、先生のお母さんが賄いをして生計を立てていました」

「借りた部屋を、誰かに又貸しして賃料を得ていたんですか？」

「この家は、地主さんである赤松家の別宅として造られたそうです。二階に赤松家の親族を住まわせるようになり、その人たちの世話をするのを前提に、先生たち一家が住み始めました」

「寮母さんみたいなものですか」

「ですね」

二階には公開している以外の資料が保管されている。捜査員たちはつぶさに調べたが目当ての葉書はなかった。目録の通りだ。

ようやく気がすんだらしく、捜査員たちは二階から下りて玄関に向かう。

「いろいろありがとうございました。貴地先生の話を聞かせてもらい、非常にためになりました」

「こんなことでもないと足を踏み入れない場所です。ある意味、新鮮と言いますか」

柱も壁も傾きかかっている古屋を新鮮と言われ、由佳利も少し笑ってしまった。ほどけた空気の中で、自分はここに残りたいと申し出る。

「せっかく来たので備品のチェックをしていこうと思います。よろしいですか」

「ああ、もちろん。気づいたことや気になることがあったら、いつでも連絡してください」

「お渡しした名刺のアドレスにぜひ」

「ありがとうございます。パートさんの連絡先は夕方までに送ります」

「よろしくお願いします」

彼らを見送り、引き返してこないのを確かめてから、由佳利は展示コーナーに戻った。短い時間だったがとても疲れた。備品のチェックは彼らから早く解放されたいという方便だったが、せっかくだからしていこうか。

こういった文学館では資料の貸し出しを頼まれることがある。最近では半年前、関西地方の文学館で「作家の小学生時代」という企画展が催され、貴地先生の文集を四ヶ月ほど貸し出した。常時陳列されている資料なので、空いたスペースには先生が担任教師に宛てた年賀状が置かれた。文集が約束通りに返却され陳列も元に戻ったが、収蔵庫にUターンされた年賀状もなかなか面白い展示物だった。

新たに手紙や葉書を集めたコーナーを作ってはどうだろう。その場合、何を下げればいいだろう。考えているうちに、警察の言っていた葉書の件を思い出した。先生は二十年以上も前に亡くなっている。それなのにどうして今、昔の葉書を警察が調べているのか。しかも群馬。ピンとくるものが何もない。

由佳利はポケットに入れてあったスマホを取り出した。先生と群馬県で検索しようとして、ふと浮かんだ人物がいる。

通称「本館」こと、加山市にある貴地崇史文学館の副館長を務める窪田《くぼた》功一《こういち》だ。同じ作家の資料を収集し展示する文学館とあって、何かと繋がりがあり親交を深めている。二年前には加山市のたてた「貴地先生の出身地をたずねて」というツアー企画も実現した。

今回の件、警察は加山市の文学館にも足を運んでいるらしい。応対したのはおそらく窪田。下条課長と同年代ながら、窪田は敏腕の営業マンを思わせる都会的な男だ。頭の回転が速く情報通でもある。彼なら何か知っているのでは。

スマホに電話をかけると数コール目で出た。

「もしもし。珍しいね、電話なんて」

「すみません。ちょっとうかがいたいことがあって。お忙しい時間ですよね。かけ直した方がよかったら言ってください」

「いいよ。何かあった？」

「実は、ついさっき警察の人たちが来ました」

まるで嬉しい報告を聞いたかのように「おお」と明るい声が聞こえる。

「そっちにも行ったのか」

「びっくりしました。何が何だかわからなくて。そちらへの訪問もありましたよね。ご存じのことがあったら、教えてもらえませんか」

「ちょっと待って」

しばらく間があって、電話の向こうのかすかなざわめきが消えていく。

「大声では話しづらいことだから場所を変えた。念のために聞くけど警察の用件は？」

「貴地先生の出された葉書がうちにないかと。目録も調べましたがそれらしいものはありません。先生が作家になられてからのものだそうで、ますますうちじゃないです」

「それで納得して、おとなしくお引き取りになった？」

すっかり面白がるような口調だ。何か摑んでいるにちがいない。

「生家館を見たいと言われ案内しました。今日は閉館日なので私がお供を。ひととおり見学されて、お帰りになったところです」

「それはそれはお勤めご苦労さま。わざわざ足を運ぶとは。熱心だねえ」

「まったくですよ。群馬からでしょう？　窪田さん、知っていることがあったら教えてください」

電話口で小さな咳《せき》払いが聞こえる。

「ここだけの話だよ」

「はい」

「極秘情報だからね」

「もちろん、取り扱いには細心の注意を払います」

「数日前、群馬県の山中で遺体が見つかった」

思わず息をのむ。爪の先ほども予想していなかった言葉だ。

「事件なのか事故なのかはわからない。ついでに身元もわからない。手がかりはたったひとつ、上着の内ポケットに入っていた一枚の葉書」

「まさか」

「とても古いものだったらしい。消印を見ると昭和三十五年三月。宛先は神奈川県里海町」

「そんなに昔の？　そして、うちですか」

頭の中で計算する。ざっと六十年前だ。

「もしかして差出人か、宛先か、どちらかが貴地先生だったとか？」

「ぶっぶー」

「窪田さん、遊ばないでください」

「宛先は里海町の某所、某人物だ。差出人は平仮名で『よしだたかし』とあった」

よしだたかし。聞いたことがある。由佳利は展示ケースに駆け寄り、文鎮をふたつのせた文集に目を凝らす。

五年一組、吉田崇。

「先生のもとの名前！　当たってますよ。『ぶっぶー』じゃなくて『ピンポン』です」

受話器の向こうから「さすがだねえ」と愉快そうな声がする。

『貴地崇彦』ではなかった。先生の幼少時代の本名はネット情報にもなかったんだろうね。調べあぐねていたところ、葉書にあった文面から先生の作品を思い出す人がいた。ねえねえ聞いてる？　嬉しいじゃないか、警察の中にもそういう人がいたんだよ。それでうちに問い合わせがあって、すぐにお答えした。『よしだたかし』は貴地先生が養子に出られる前の本名ですってね」

群馬県警と貴地崇彦がつながった。

「つまり昭和三十五年に貴地先生が昔の名前で出した葉書があって、それを持っている人物が、群馬の山中で見つかったと」

「そういうこと」

由佳利は展示ケースから離れ、畳の上をぐるぐる歩きまわる。とてもじっとしていられない。

「ふつうに考えれば山中で発見された人は、葉書を持っていた宛名の当人か、その関係者ですよね」

「ああ。でも、宛名からはたどれなかったんじゃないかな。探せていれば『よしだたかし』が誰なのかはわかったかもしれない。うちに問い合わせは来ず、群馬で亡くなった人の身元も判明したのかも」

「六十年も前だとしたら、葉書の住所に宛名の人がいなかった、というのは考えられますね」

存命かどうかも怪しい。差出人である先生は二十六年前に八十五歳で亡くなった。私信を送る相手ならば同年代ではないだろうか。

「いずれにしても群馬の山中で見つかった人は、ずいぶん昔の葉書を持ち歩いていたんですね。どうして？　なんのために？　不思議です」

由佳利が言うと、窪田は「そうかな」と返す。

「差出人が貴地先生ならば、ひょっとしてと思ったりするよ」

「どんな『ひょっとして』ですか」

「そりゃもう、文学的価値が高ければ肌身離さず持ち歩いておかしくないだろ。作品のアイディアが書かれていたとか、後日談が書かれていたとか、琴線に触れた物事があったとか。宛先も気になる。思わぬ交遊が明らかになったりして。だとしたら貴重な証拠の品になる」

こういうところはいかにも文学館の副館長らしい。やり手の営業マンを彷彿《ほうふつ》させる人なのに、作家や作品の話となると文学サークルの学生のよう。

「なるほどです。先生のファンという線もありえますか。ファンが高じての収集家ならば、私信を持っていてもおかしくない」

「だろ」

「もしかしたら、貴地先生が興味を持たれていた石碑みたいなものが群馬の山中にあって、それを探しに行ったファンが足を滑らせたとか。登場人物の足跡をたどっているうちに群馬の山中に迷い込み、不幸な事故に遭ったんですよ」

「君、いいねえ。豊かな発想力だ」

「収集家がいたとしてですよ、入手した古い葉書に石碑の場所や登場人物のルートが記されていて、今で言う聖地巡礼みたいな感じで現地を訪れたのかもしれませんね」

「やだなあ。ちょっとそんな気がしてくる。しかし貴地先生の作品に、群馬が舞台になったものはなかったと思う。のちに書こうとしていた構想メモの類いだろうか。考えれば考えるほどそそられるよ。事件が解決したらうちが引き取らせてもらおう。かまわないよね。里海町から離れたあとに、先生が出された私信だ」

もちろんと言いかけて眉をひそめる。

「待ってください。宛先は里海町ですよね。こちらで展示してもいいんじゃないですか」

「うわ。今さら何なの。こんなに親切に情報を流してあげているのに」

「それとこれとは話が別ですよ。私の一存じゃお返事できない案件です」

不満げな「えーっ」という声が聞こえる。初々しい学生は横暴な小学生にもなりうる。微妙な話題は避けて由佳利は話を戻す。

「亡くなった方の年齢ですけど、おいくつくらいなんですか」

「ああ年齢ね。どうやら二、三十代と、若いらしいよ。坂口さんと同じくらいか」

今度は由佳利が「えーっ」と騒ぐ。

「それ、もっと早く言ってくださいよ。先生の熱烈なファンはお年を召した方が多いので、てっきりそれくらいかと。若い方なら、少なくとも葉書の宛先の人物ではないですね。六十年前には生まれてないです」

「そりゃそうだね」

けろりと言われ眉間に皺《しわ》が寄るも、教えてもらう立場なのでぐっとこらえる。

「もうひとつ確認させてください。山中で見つかったご遺体は男性ですか、女性ですか」

「男性だ」

「では、若い男性が貴地先生の出した古い葉書を持って、山中で亡くなったと」

「ああ。身元に繋がる手がかりが葉書だけ」

「窪田さん、よく聞き出せましたね。私はかわされるだけでした」

「いやいや。ぼくにも話してくれないよ。先生の本名を教えて、筆跡鑑定のまねごとまでしてあげたのに、こちらからの質問には答えてくれない。そこで奥の手を使った」

含みを持たせる言い方をされ、由佳利は首をひねる。

「奥の手?」

「こちらにはこちらの情報源があるってことさ」

なんだろう。

「それを思いついて投げかけたら、すぐさま動いてくれたんだ」

話の流れからして警察の情報を引き出したということか。

「坂口さんも知ってる人だよ」

「私?」

「相変わらず顔が広くてお元気で素早い」

ひらめくと同時に名前が出る。

「艶子《つやこ》さん！」

「ピンポーン」

由佳利の脳裏に小柄でほっそりとした老齢の女性が浮かんだ。初めて出会ったのは二年前。窪田の企画した「貴地先生の出身地をたずねて」というツアーに参加し、里海町にやってきた。

世話係として駅の改札口で待ち受けていた由佳利は、総勢二十三名というにぎやかな集団の中にひときわ可憐な女性を見つけて目を奪われた。花の刺繍《ししゅう》があしらわれたアイボリーのブラウスに、同系色のふんわりとしたスカート。レースの手袋やバッグが心憎いほど決まっている。髪型はきれいにセットされたグレイッシュのミディアムボブで、白いイヤリングが揺れていた。

高齢であることはすぐわかったものの、黒目がちの双眸《そうぼう》も細い鼻筋も小さな口元も可愛らしく、まわりから話しかけられて微笑《ほほえ》むと花が咲いたように艶《あで》やかだ。取り囲んでいるのがふつうのおじさんおばさんなので、ひとりだけ別世界の住人がまぎれこんでいるかのようなインパクトがあった。

自分の知らない往年の人気女優さんでは。由佳利はそう思い、旗を振って先導する窪田に隙を見つけて話しかけるとあっさり否定された。含み笑いのオマケもついていたので、ただ者ではないらしい。

疑問を抱きつつ見守っていると、女性は特別なオーラをまとっているものの誰かの冗談に笑ったり、窪田の説明に聞き入ったり、道沿いの土産物屋に捕まったり、あわててみんなのところに走って戻ったりと、スムーズな進行とは言い難いツアーを楽しんでいる。まわりからの笑い声が絶えず、艶子さん、艶子さんと、すっかり人気者だ。

気取らぬ庶民的な大スターを囲み、みんなも喜んでいるようなので由佳利も微笑ましく思っていたところ、生家館に入ってから様子が変わった。

展示物をのぞき込む彼女の一挙一動に多くの人が注目し、ちょっとした言葉、「先生、お若い」「お母さま似だったのね」という呟《つぶや》きにもざわつく。なんだろうと思っていると参加者の女性が由佳利に耳打ちした。

「艶子さん、貴地先生と一時期お付き合いしてたのよ」

意味を測りかねて首を傾けるとさらに言う。

「年は離れているけど、そういうご関係だったらしい。ダメよ。野暮なこと言っちゃ」

貴地先生には生涯連れ添った、いわゆる糟糠《そうこう》の妻がいた。四人の子どもに恵まれ、晩年には孫をかわいがる様子が写真に撮られ、家庭はごく円満だったはず。

艶子を中心にした一群が次の間に移動したので、手前の部屋の隅っこで、由佳利は耳打ちした女性に言った。

「お付き合いってどういうことですか。先生には奥さまがいらっしゃいましたよね」

「それを野暮っていうの。先生が五十歳のとき、艶子さんは二十歳。そりゃもうお綺麗だったと思うわよ」

年齢差に驚いていいのか、先生と親しくしていた人が存命という事実に驚いていいのか、もはやわからなくなる。

「あなたも子どもじゃないんだから、変な顔をせず手厚くもてなして差し上げて。みんなが知っていることだから教えてあげたのよ」

「皆さん、ご存じで？」

「文学界隈《かいわい》では有名な話よ。艶子さんも隠したりせず堂々としてるし。お相手が貴地先生ですものね。ある意味、過去の勲章じゃないかしら。女としての」

世話役の本分をきれいさっぱり忘れ去るような話だった。

「艶子さんの人脈は素晴らしいよ。警察方面にも伝手《つて》を持っているらしい。おかげで興味深い情報を得られた。もちろんお亡くなりになった方は気の毒だ。まだ若いのに。早いとこ身元がわかってほしいと心から願っている」

窪田に言われ、由佳利は受話器に向かってうなずく。その一方、今いる場所が生家館の中なので、群馬の山中よりも、展示物をみつめていた艶子が頭に浮かぶ。

黄ばんだ白黒写真や手作りのペン立て、成績表や履き古された下駄などに目を細め、優しくも寂しげな表情をしていた。かと思うと人々の好奇な視線やひそひそ声をものともせず、自分のペースで隅々まで見学する。里海町の歴史に詳しい学芸員もそばにいたので、ときおり熱心に質問し、先生の子どもの頃のエピソードに相好を崩していた。

まわりから浮き立つほどのオーラを放ってみたり、儚《はかな》げな風情をかもし出してみたり、芯の強さをのぞかせたりと、いくつもの魅力を備えているからこそ、先生も興味を持たずにいられなかったのだろうか。ついそんなことを考えてしまい、自分の中の「先生像」が激変してしまう一日だった。

「久しぶりに艶子さんのお名前を聞いて懐かしいです。元気にしてらっしゃるんですね」

「ああ。でも、そんな他人事《ひとごと》のように言ってられないかもよ、坂口さん」

「は？」

「艶子さん、やけに張り切っていて、今すぐ里海町に行くという口ぶりだった」

思ってもみないことを言われ耳を疑う。

「なんで艶子さんがこちらに？　来て、何をするつもりですか」

「さあ。そこまではわからない。ただ、里海町にはお友だちがいると言ってた。役場勤めの若いお嬢さんだそうだ。君以外にいない気がするんだよね」

あの日、半日を共にして特別親しくなったわけではない、と思う。由佳利はすべての参加者に目を配り、民間の旅行会社の添乗員よろしくトイレの案内から写真撮影、土産物の配送にいたるまで世話を焼き続けた。自由時間も集合場所に残り、窪田から預かった旗を手に持っていたのだが、そんなときなぜか艶子がそばにいて言葉を交わす機会があった。

ご結婚をされているのと聞かれ、苦笑いと共に相手がいませんと答え、ほんの少しの受け狙いでそれらしき人がいたけど、今はベトナムの空の下だと由佳利なりに微笑んだ。艶子は目を大きく見開き、なぜベトナムなのかと身を乗り出した。

受けたのが嬉しかったのと、ふだんはまわりにいないタイプの第三者に聞いてもらいたかったのとで、つい詳しく話してしまった。集合場所にみんなが戻って来てからもちょっとした合間に言葉を交わし、艶子の言った「私だったらベトナムに行ってみるわ」のひと言はいつまでも心に残った。

交流としてはそれきりだ。里海駅のホームで見送って以降やりとりはない。

窪田からは「何かあったらよろしくね」と言われたが、何もないだろうし、あっても困る。よろしくのしようもないと思いつつ、由佳利は戸締まりを確認した後、生家館をあとにした。

2　先生の友だち

警察の来訪から二日後、由佳利がケアハウス裏の空き地について書類を作っていると、デスクにある直通電話が鳴った。出てみると「お久しぶりね、私よ」と。

一瞬にして生家館のしなった畳や低い天井がよぎる。逸《はや》る胸を押さえ「どちらさまでしょうか」と問えば、朗らかな声で「仲村《なかむら》艶子と申します」と返ってきた。

「今ね、玉乃木《たまのき》さんにいるの。あなたに折り入って話したいことがあってお電話したところ。急で申し訳ないけどいらしてくださるかしら。お待ちしてるわ」

「玉乃木さんって旅館の？」

「ええ。今朝電車に乗って、ついさっきこちらに着いたばかり。五月のちょうどいい気候だわ。藤の花もそろそろ見頃ね」

窪田が言うように元気で素早い。そして優雅。陽光に目を細めるたおやかな横顔が脳裏にすんなり浮かぶ。

「すみません。今日は平日で、私は仕事中なもので」

「もうすぐお昼よ。そのときにいらっしゃいな。こちらでお昼を用意していただくから、あなたも召し上がればいいわ」

歌うように言われても渋い返事しかできない。

「せっかくですが昼休みは一時間と決まっています。そちらにうかがう時間は……」

「話っていうのは貴地先生に関することなの。だからあなたが今でも生家館を担当しているなら、とても重要な内容よ。ぜひいらして。ひょっとすると生家館の今後を左右することになるかもしれない」

聞き捨てならぬことを言われ、撥《は》ねのけるのは難しかった。よっぽど困った顔をしていたのか、受話器を置くと席の近い同僚から「どうしたの」と声をかけられた。貴地先生の件で玉乃木の旅館とだけ言うと、気になるなら行ってくればと後押しされた。ここは艶子のペースに乗るしかなさそうだ。

ついでの用事をいくつか携え、由佳利は昼休みと「外出」をくっつけ役場の自転車にまたがった。


「玉乃木」は大正六年創業という老舗《しにせ》旅館だ。里海町には由緒正しい温泉旅館がいくつかあり、絹及川沿いの玉乃木旅館もそのひとつ。

本館は国の有形文化財に指定され、手入れの行き届いた自慢の庭園には四季折々の花が咲き、八階建ての新館も木材を多用した和風のテイストでまとめられている。創業が明治であったり、全室に露天風呂を完備したりと高級旅館は他にもあるが、「地域の一番宿」と強く意識し、観光促進を狙った企画には積極的に参加してくれる。

加山市からの貴地先生ツアーが開催されたときも、昼食のさいは別館の和食処を利用させてもらった。艶子は歴史ある建物に喜び、手入れの行き届いた庭に感嘆の声をあげ、出された料理を的確に褒め称《たた》えた。接待してくれた女将《おかみ》は手放しで喜び、笑顔も会話もいつも以上に生き生きとしていた。

艶子は帰宅後、SNSで玉乃木旅館を紹介し、それを見た人がじっさいに泊まりに来るという副産物もあったそうだ。女将も主《あるじ》もいたく感激していた。

それを知っていたので快く迎えられているだろうと思っていたが、旅館に着いてみると想像以上に歓待されていた。女将は上機嫌で、お引き留めして長逗留《とうりゅう》してほしいと言い、主もポスター用の写真撮影をしたいと張り切っている。熟年層の集客アップに艶子はうってつけだそうだ。

由佳利の持ってきた仕事の用件もさくさく進み、十二時過ぎには別館にある和食処へと案内された。畳敷きの個室で、艶子はにこやかに待ち受けていた。ターコイズブルーのニットが色白の彼女によく似合っている。髪型は以前より短くなっていて、二年経っているのにむしろ若くなっているようにも見えた。

座卓の下に足を入れる掘りごたつ形式の席で、向かいに座らせてもらう。久々の再会を喜び合い、たった今のお若く見えるという印象を伝えているうちにも松花堂弁当が運ばれてきた。いただきましょうと言われ箸を取る。

途中まで食べたところで、警察が来訪した話になった。

「いきなりのことで、あなたもさぞかし驚いたでしょう」

「それはもう。どんな事情があるのかまったく聞かせてもらえず、ふたりの捜査員が帰ったあとで窪田さんに電話したんです。そしたら極秘情報だよと念を押したあと、群馬で起きたという事件だか事故だかの話をしてくれました」

「亡くなった人のポケットに葉書が入っていたのよね」

由佳利は神妙な面持ちになって残りの煮物や和《あ》え物をたいらげた。艶子はご飯や卵焼きを少しずつ残しながら箸を置く。

「私、その葉書について詳しく調べたいと思っているの」

「はあ」

「貴地先生は生前、自分の人生でやり残したことがあるとおっしゃっていた。何度か言いかけては飲みこむ顔をされてね、私はそのたびにもどかしくてたまらなかった。先生の心の内にあともう少しで入れるのに入れない。深い淵の奥底を垣間見《かいまみ》せてくれるのに、近付こうとすると離れてしまう、そんな歯がゆさよ。ご家族に探りを入れてみたら、そういった話は聞いていないみたいなの。だったら余計に気になるでしょ。私だけに漏らしてくれた秘密かもしれない。忘れずに心に留めておいたら、先生は亡くなる少し前、私におっしゃった」

昼下がりの明るい和室、床の間にいけられたシャクヤクを横目に由佳利は聞き入った。

「『やり残したことを片づけられないままになりそうだ。残念だが仕方ない。でもいつか、手がかりがひょっこり現れるかもしれない。そのときは君、私には暴けなかった真実を明らかにしてくれないか』って。先生は癌を患ってらしたから最後にお会いしたのも病院で、個室のベッドに横たわってらした。お見舞い客のほとんどを断っていると聞いていたから、私はお花を届けるだけでもと思って訪ねたのよ。そしたら今日は気分がいいからと会ってくださった。ちょうどご家族がいらっしゃらないときで、看護師さんが取り次いでくださってね。思いがけずふたりきりで話ができたの」

最初のうちは「君は変わらないねえ」などと軽口を叩くような雰囲気だったが、思い出話の途中で考え込む顔になり、やり残したことについて語ったそうだ。

「『いつか』『ひょっこり』ですか」

「そうなの。あなたの言いたいことはわかる。抽象的で、ちっとも具体的じゃない。まさに雲を摑むような話よ。結局最後まできちんと話してくださらなかったし。でもこうも思ったの。先生は誰かに預けたいんだなって」

自分の余命はあとわずか。もうすぐこの世から去る。自分のいなくなったあとも生きる人に、かなわなかったことを託したかったと？

「だから私、その場ですぐにお任せくださいと言ったわ。先生のご無念はきっと晴らしてみせますって」

その場面が目の前に浮かぶようで、食べ物の匂いよりも花の薫りを強く感じた。

ふわふわとした夢見心地でいると艶子は座卓の上の呼び鈴を鳴らし、係の人が食べ終わった器を片づけに来た。デザートのわらび餅と新しいお茶を置いていく。

熱いお茶に口を付け、由佳利は言った。

「もしかして今回の葉書は『手がかり』とお考えですか」

「まさに。来たなと思ったわ」

見た目だけでなく、中身もほんとうにお若い。

「艶子さんは葉書の宛名や住所をご存じなんですか？　窪田さんは知らないようでしたが」

「私も知らない」

「ではどうやって調べるんですか」

「昭和三十五年といえば先生は五十歳。すでに名の知れた作家として活躍していた。その頃、生まれ故郷の里海町宛てに、かつての名前、それも平仮名で葉書を出すということは、相手は子ども時代のごく親しいお友だちだったんじゃないかしら」

なるほどとうなずく目の前で艶子がわらび餅を食べ始めたので、由佳利も楊枝《ようじ》を刺して口に運ぶ。

「たしかに目上の人や付き合いの浅い人には平仮名の名前にしませんね」

「先生の幼友だち、あなた、ピンとくる人はいない？　生家館には写真や文集があるでしょう？　そこに頻繁に登場するお友だちのことよ」

わらび餅を飲みこんでお茶で喉を潤してから言う。

「私が覚えているのは『クニちゃん』と『シゲ』です。他にもいたかもしれませんが、低学年の頃に描かれた絵日記などに、ふたりはよく登場します。クニちゃんの方は先生が里海町を離れるときに手紙もくれました。それも生家館に展示されています」

「あら。私も見ているはずね。記憶にないわ」

「展示物は多いですから」

「手紙をくれたというクニちゃんの、フルネームはなんていうのかしら」

尋ねられ、なんだっただろうかと首をひねる。クニオという名前だった気がするが、苗字《みょうじ》はまったく浮かばない。帰りに生家館に寄ってみようか。そう艶子に言おうとして、先日撮った写真を思い出した。展示の変更案を考え、現在の様子を撮影しておいた。

スマホを取り出しフォルダーを調べると、文鎮をのせた文集が写され、先生のページのとなりが「鈴木《すずき》邦夫《くにお》」だ。

艶子に見せると、老眼鏡をかけ直してのぞきこむ。

「さすがね。きっとこの人よ」

「先生と同じ年なら、ご存命かどうかはかなり微妙ですね」

生きていれば百十一歳だ。

「ご本人に会えなくても、ご家族にお目にかかってみたい。葉書のことがわかるかもしれないでしょ」

「『鈴木』は珍しい名前ではないので探せるでしょうか。ご家族が里海町にいるとは限りませんし」

「なんとかなるわよ。『叩けよ、さらば開かれん』って言うでしょ。まずは叩いてみなきゃ。あなた、ぜひとも力を貸してね」

「私ですか？」

「そうよ。この町の生家館、なくなってしまうかもしれないんでしょ。窪田くんから聞いたわ」

ずばり言われ、由佳利は目を泳がせた。里海町では町立体育館の建て替えに伴い、隣接地に公会堂が新設される予定だ。それと並行する形で既存の施設の見直しが進められている。利用客の減っている見晴台や陶芸会館、老朽化した町営温泉、貴地崇彦生家館などは閉鎖や廃館の可能性が高い。

「なんとかならないのかしら。こういうとき先生ファンのあの人がいてくれたら、真っ先に反対してくれたのに。生家館の設立だってあの人のおかげと聞いたわ」

「町長のお父さまのことですか」

「ええ。今は息子さんが町長さんだったわね」

「三期目になる赤松晋一《しんいち》さんです」

古くからある地主の家柄で、赤松家は生家館を所有していた。艶子の言っているのは町長の父、寿次氏のことだ。農業林業にとどまらず地場産業にも進出していく赤松興産を、束ねていかなくてはならない立場だったのに文学に傾倒し、地元出身の貴地崇彦を敬愛し、生涯を文学研究者で終えた。生家館の移築も文学館としての一般公開も、この人がいなければとうてい実現しなかったと言われている。

「艶子さんは町長のお父さまと面識がおありでしたか」

「貴地先生の講演会には必ずいらしていたから。不器用なまでに熱心な方だったわ。ほんとうならお兄さんがいて、その人が家業を継ぐはずだったの。でも事故に遭ってお亡くなりになり、次男である寿次さんにお鉢がまわってきたのよ。なんにでも向き不向きってあるのよね。つくづくそう思うわ。兄に代わって一族をもり立てていくなんて、あの人にはとうていできない相談だった。ご家族には不本意だったでしょうがただただ文学一筋で、生きていれば廃館なんて許すわけないわ。でも今は息子さんの代で、そうも言ってられないのかしら」

「身内だからこそ、まわりが遠慮しないようにと考えるみたいです。そんな話を聞いたことがあります」

「しっかりなさっている。父親よりもおじいさまに似たのね」

今の町長のふたつ前の町長が赤松清一郎《せいいちろう》氏。晋一氏の祖父に当たる。

晋一氏は父に代わって若い頃から家業を担い、祖父亡き後、祖父の地盤を継いで町長選に出馬。当選して今に至る。

「たしかに立場のある方は動きづらい。亡くなった人を頼るわけにもいかない。だからこそ、生きて動ける人間が頭も足もめいっぱい使わなくてはと思うのよ。それともあなた、生家館の廃館は仕方ないと考えている?」

返事に窮し由佳利は視線をそらした。前の自分なら、ためらいつつもうなずいたと思う。古い家屋に歴史的価値や文学的価値があるのを理解していても、年間の維持費を考えればやむをえない。公益性は何事においても重要だ。

けれど今の自分は理にかなった割り切りがとても苦手だ。時代の波に取り残されたような建物に気持ちがなじむ。ひっそりと忘れ去られたような場所だからこそ、体の力が抜けて息がしやすい。

「個人的な気持ちを言えば……」

「言って言って。どんどん言って」

「なくなってほしくないです。貴地先生の著書はこれからもっと読みたいと思っていますし、自分の住んでいる町が出身地であり、生家が残っているのは誇らしいです」

素直な思いを口にすると、艶子の腕が伸び、由佳利の指先をぎゅっと掴んだ。

「ありがとう。嬉しい」

「でも、先生のおっしゃっていた心残りを叶えることは、館の存続に繋がったりするんですか？」

「ええもちろんよ。たぶん。きっと。先生ほどの人物が最後まで気にかけていたことだもの。大きな秘密にちがいない。今の人だってきっとびっくり仰天よ。ニュースになれば注目されて、先生ゆかりの建物をなくしてはいけないと多くの人が声をあげる」

「いいニュースとは限りません。亡くなっている人もいますし」

腕を引っ込め座り直していた艶子が再び身を乗り出す。

「だから、ピクニックに行きましょうと誘っているわけではないの。待ち受けているのは真っ暗な山の悪路かもしれない。怪しげなジャングルかもしれない。でもあなた、虎穴に入《い》らずんば虎児を得ずって諺《ことわざ》、知ってるでしょ」

私は行くわと、強い双眸が告げる。うっそうと生い茂る木々の間を飛びまわる野生動物が思い出される。悪路を突き進むブルドーザーが見えるようだ。この強さの十分の一でも百分の一でも自分にあったならと由佳利は思う。

何をするのだろう。何がしたいのだろう。

半ば呆然としていると、スマホが差し出される。

「ぜひ力になって。あなたの助けが必要なのよ」

画面には艶子のＬＩＮＥが表示されていた。


先に席を立たせてもらい、ご馳走してもらうわけにはいかないので自分の分の会計をしていると、女将が小走りに駆け寄ってきた。

「よかったわ、すれちがいにならなくて。私ね、すごくいいことを思いついたの」

女将は財布をしまう由佳利を廊下のすみに引っ張る。

「秋のマルシェ、画家さんがダメになるかもしれないんでしょ」

何を言われるのかと思ったら。

「画家さんの知り合いが実行委員の中にいて、本人から直接聞いたそうなの。私はほら」

地獄耳よと自分の耳を指さす。ほんとうにそうらしい。

秋に行われる市民マルシェのイベントとして「一日お絵描き教室」が予定されている。けれど講師役の画家が腰を痛めてしまい、しばらく静養したい、場合によっては手術も考えていると連絡してきた。本人も残念がっているので正式なキャンセルには至っていないが、口ぶりからして難しいだろう。

「まだ決定事項ではないんですよ。広めないでくださいね」

「わかっているわよ。地獄耳でも口は軽くないわ。ただ、今から代替え案を考えておいてもいいでしょう？　それでなんだけど、艶子さんの講演会はどうかしら」

またしても由佳利は「え？」と素《す》っ頓狂《とんきょう》な声を上げてしまう。

「艶子さん、エッセイを何冊か出してどれも人気じゃない。駅前の本屋さんも言ってたのよ。講演会があると席はすぐ埋まってしまうんですってね。話は楽しくてご本人はおしゃれで、参加者も優雅な気分に浸れる。それ、うちでもやってもらいましょうよ。みんな喜ぶわ。艶子さんがここでお昼を召し上がったときも、ご一緒したかったとあとからずいぶん言われたの」

「そうなんですか。でもマルシェの雰囲気とあっているかどうか。お絵描き教室では野菜の絵を描いてもらう予定でした」

「マルシェで売ってるようなジュースやお茶を添えて、サロンみたいにすればいいのよ。女性受けするわ。まちがいない」

なるほどとうなずきかけて、すんでのところで由佳利は手にしていた鞄を持ち替えた。一存で決められないことを安請け合いしてはいけない。その場の雰囲気に流され調子のいいことを言ってはいけない。配属当初から下条課長に注意されてきた。公務員の仕事は住民の日々の暮らしに関わる。暮らしの中から出てきた要望について、曖昧《あいまい》な言動で期待を持たせるだけというのが一番まずい。信頼を損なうことになるから。

「ご提案、ありがとうございます。私だけではお返事のしようもないので、さっそく持ち帰って課内で相談します」

「相談？　まあ、そりゃそうね」

「前向きに検討しますので」

「名案だと思うのよ。くれぐれもよろしくね」

念を押しつつも笑顔を向けてくれたので、由佳利もにこやかにうなずき大急ぎで旅館をあとにした。


役場に戻ると課長席は空っぽだったので、女将の提案をまずは同僚の男性に話してみた。絵画教室とはかけ離れたプランを聞かされ眉をひそめたものの、しばらく首をひねってから有りかもしれないと言う。女性受けはイベント成功に不可欠な要素だそうだ。

他の案も考えることにして艶子の茶話会については書面にまとめる。そのあとは地場産業の連絡会議に出たり、新しい名産品の試食をしに行ったり、宣伝費に関する予算案を他部署と協議したりと、ばたばたしているうちに定時になった。課長とはすれちがいになり話ができなかったが、例の案は同僚が伝えてくれたらしい。

残業をするほど差し迫った仕事はないので、由佳利は退勤のための片付けをして六時過ぎに役場を出た。以前はヨガやお菓子作りの教室に通ったり、友だちと食事やカラオケに行ったりとそれなりに楽しんでいたが、例のことがあって気力が湧かない。黙々と駅への道を歩く。

里海町は南側に海が開け、その海岸線に沿って東西に鉄道が走っている。駅は真ん中部分にひとつ。駅から見て住宅街や商業地はM字形に広がっている。ふたつの扇状地が重なってできた平野が里海町を形作っている。

古くから発展したのは西側で、生家館のある町立公園も温泉街も、町で一番大きな神社も江戸時代から続くような農家や商家もこちらにある。東側は開墾した田畑や果樹園を持つ農家がぽつぽつあった程度だが、戦後、住宅地として開発され人口が増えた。機械部品や加工食品の工場もいくつか新設され、広い駐車場を備えたスーパーもできた。

色分けがくっきりしていることから西を風致地区、東を新興住宅街と呼ぶ人もいるが、戦後からすでに七十年以上が経過し、新興と称された家々も経年劣化が否めない。建て替えが進み、田畑がつぶされて最新の住宅街も作られている。東部だけでなく、西部や南部にも。

由佳利の家は東の小高い丘陵地帯にある。斜面を開墾し、昭和初期に移り住んだみかん農家だ。昔はみかんの需要も高くそれだけで食べていけたそうだが、祖父の代から別の仕事を持つようになり、父は近隣の会社に就職して週末のみ関わっている。すでに規模は縮小しているが、いずれ商売としてのみかんはやめてしまいそうだ。由佳利のきょうだいは弟がひとり。転勤のある仕事に就いたのでなんのあてにもならない。

駅前から自宅まで路線バスが交通手段だが、乗る気になれなくてバス停の前を通り過ぎる。

今日が初めてではなくときどき歩いている。日の暮れるのが遅くて、六時半になっても西の空が明るい。

そちらに顔を向け、今日は頰が少しほころぶ。艶子のことを思い出したからだ。

艶子には午後からの仕事の合間に、思いついたことをＬＩＮＥしていた。生家館の展示物のひとつにサイダーの空き瓶があり、添えてある作文には、「クニちゃんのはいたつを手伝っていたら、おじさんがごほうびにサイダーをくれました」と書かれてあった。「クニちゃんちはいろんな家にビールやジュースをとどけています」とも。

クニちゃんの家は酒屋だったのではないか。ＬＩＮＥしたとき、艶子は先生の通った小学校近くのお寺にいたそうだ。さっそく年配の住職に尋ねると、「鈴木酒店」はたしかにあったと言う。いつの間にか店そのものもなくなってしまい、住職にはどうなったのかわからない。

そこで終わらず、詳しいであろう人を何人か教えてもらえたのは、艶子の笑顔なり話術なりがあればこそだろう。タクシーを駆使して訪ね歩き、ある程度のことはわかったようだ。「明日お会いしたときに話すわ」とＬＩＮＥが届いている。

明日は土曜日。役場は休みだ。家にいてもみかん畑でうろうろするだけなので、外に出る用事はこのさいありがたい、のかもしれない。

つづら折りの坂道を登っていく。曲がり角で立ち止まると、出てきたばかりの月が南の空を照らしていた。あの下には海が広がっている。街灯りが多くともっているのは駅の周辺。住宅街もぽつぽつ灯りをつけている。小高い山が横たわっているので西側はよく見えない。暗がりの向こうに玉乃木屋があり、そこの一室で艶子もくつろいでいる頃だろう。

由佳利は再び歩き出す。しだいに急勾配になっていく。群馬の山中とはどんな場所だったのだろうとふと思った。


旅館までどうやっていらっしゃるのかしらと艶子に問われ、由佳利は軽自動車ならば家にあるのが使えますと答えた。ぜひそれをとリクエストされる。何をするにも足は必要だ。

母が愛用している軽自動車を借りて、朝の九時前、旅館の玄関先に乗り付けた。仲居さんに声をかけると、心得たようにすばやく取り次いでくれる。艶子はキャメル色のスカーチョに白いシャツブラウスで現れ、にこやかな挨拶と共に狭い助手席におさまる。女将も駆けつけ盛大なお見送りを受けてしまった。

それでどこに行けばいいのかと、タクシーの運転手さながらに尋ねると、先生の出身小学校だそうだ。里海町立笛田《ふえだ》小学校の創立は明治十年。貴地先生は大正十一年にこの小学校を卒業し東京に移り、翌年に学校は震災に遭って校舎が建て替えられた。その後、昭和二十八年に改築され、さらに平成十五年に新しくなって今に至る。

「鈴木酒店はこのあたりにあったみたいよ」

小学校まで来たものの、艶子がまっすぐ向かったのは校庭横に併設された町内会館の、建物に沿って置かれたベンチだった。昨日もここにひとしきり座っていたそうだ。ちょこんと腰かけ、市販されている折りたたみ式の地図を開く。

由佳利はとなりに座り、細い指先の示す先をのぞきこむ。室田《むろた》交差点近く。住所で言えば室田二丁目。ファミレスや中古車売り場が並んでいるあたりだ。

「道路が広げられることになって、昭和四十年代にお店は移転したそうなの。駅前の方だったらしいんだけど、今ではそこ、コンビニになっているんですって。肝心の邦夫さんは次男か三男かで、店を継いだのは上のお兄さん。本人は別の仕事に就いたみたい」

それだけ聞くと里海町にもういないような気もするが。

「他の仕事をしていたとしても、葉書の宛先が鈴木邦夫さんならば、昭和三十年代まではこの町に住んでいたことになりますね」

「そうなの。私もそれを考えて宿に戻ってから女将に相談したのよ。途中からご主人も加わって、駅前のコンビニが入っているのは『鈴木ビル』だと思い出してくれた。そこから旅館組合やら商店街組合やらあちこちかけ合って、そのビルを建てたのが、今はもう店を畳んでしまった元鈴木酒店だとわかった。それだけじゃないわ。夜遅くに現在のビルオーナーである鈴木さんと電話がつながって、邦夫さんのことも聞き出せたの」

「すごいですね」

「残念ながら、邦夫さんは十五年前にお亡くなりになっていた」

落胆しかけたが、待てよと由佳利は思い直す。

「わりと最近ですね」

なにしろ邦夫の生まれは明治時代だ。

「そうなの。先生と同じ年とすると、享年九十六よ。ご本人から聞けないのは残念だけど、ご家族がいらっしゃればわかることがきっとあるわ」

艶子はそう言って白いメモ用紙を差し出した。邦夫が住んでいた住所らしい。大下《おおした》三丁目十七。由佳利は艶子の地図を受け取り、現在地である笛田小学校から指先を右下に動かした。「大下」は三キロほど離れたところにある住宅地だ。

「行ってみましょうか」

生まれも育ちも里海町で就職先は町役場という由佳利だが、小中学校は町の東部にあり、高校は小田原《おだわら》、大学は横浜《よこはま》だった。里海町の隅々まで知っているわけではない。町役場に勤めるようになってから関わるのは観光地が主だった。

初めて訪れた大下は戦後に建てられたとおぼしき家々が並び、ところどころに空き地や畑もあるようなのどかな住宅街だった。車をそろそろ走らせて三丁目十七を探し当てると表札に「鈴木」と書かれた家があった。二階建てのごくふつうの一軒家だが、敷地は広く庭木は大きく育っている。昔からある家のようだ。

車を降りてチャイムを鳴らし、インターフォン越しに艶子が名乗る。「ご用件は」「うかがいたいことがありまして」「主人は不在です」「奥様でよろしくてよ」、そんな問答のあと、玄関ドアが開いて六十代くらいの女性が顔をのぞかせた。表情が硬く、警戒していることがひしひしと伝わる。

由佳利は腰が引けて言葉をなくしたが、艶子は「鈴木邦夫さんはこちらにお住まいでしたよね」とひるまずに微笑みかけた。

「祖父ならば十数年前に亡くなりました。お話しするようなことはありません」

「私、邦夫さんの幼なじみだった貴地崇彦先生と懇意にしていた者なんです。先生に関することはなんでも教えてと、あちこちに声をかけていたところ、先生の出した葉書が思わぬところで見つかったと聞かされました。それがこちら。ねえ」

思わせぶりな言い方と目配せに、女性はあわてたようにもたじろいだようにも見えた。ドアを閉められたらおしまいだと思ったが、女性は唐突に由佳利たちを玄関内に招き入れた。人目に付くところでの立ち話を嫌ったのかもしれない。家にあげるつもりはないらしく、広いとは言いがたい三和土で、大人三人が顔をつきあわせて棒立ちになる。

「葉書のこと、誰から聞いたんですか」

「東京や埼玉の、貴地先生をよく知る人よ」

「このあたりの人ではないんですね」

「ええ。それに、情報は断片的なの。差出人が貴地先生ということはまちがいない。送り先の住所は先生の出身地である里海町らしい。わかっているのはそれだけ。でも私、急遽《きゅうきょ》昨日こちらに来てしまったわ。葉書が誰宛てだったのか知りたくて。まず考えたのは先生が子どもの頃に親しかった人。それで真っ先に浮かんだのが鈴木邦夫さん」

明るくしゃべる艶子に女性は大きく息をついて、そばにあった下駄箱にもたれかかった。

「どうされました？　私たちがここに来たこと、そんなにご迷惑だった？」

「あなたたちではなく、それより前に……葉書の件で」

「もしかして警察かしら。ここに来たのね」

女性はげっそりした顔でうなずいた。

「祖父はもうずっと前に亡くなったんです。それなのに根掘り葉掘りしつこくて。まるでこっちが悪いことしたみたいで」

「気にしてはダメよ。あなたも邦夫さんも何も悪くない。もっとドーンと構えていいの。警察はただただ調べているだけなんだから」

「何を調べてるんですか」

「複雑な事情があるらしくて、先生の出した葉書を持っていた人の身元を、警察は知りたがっているの。葉書の受取人についてもそりゃ、ご存じですかと聞きに来るしかないわよ。それが仕事なんだから。あなたは善意の協力者として知っていることを話し、知らないことは知らないと答えた。それで十分よ」

きっぱり言い切られ、女性は荒く息をついてから玄関の上がり框《がまち》に腰を下ろした。となりに座るよう、手で促してくれる。艶子はそれに応じて腰かけた。由佳利は遠慮して、下駄箱前に少しだけ移動する。

女性の話によると、八年前まで自分は夫婦で相模原《さがみはら》市に住んでいたそうだ。子どもたちの独立を機に、義父母が暮らすこの家に入った。その後、義母が病気で亡くなり、一年前から義父も高齢者施設に入所した。祖父である邦夫は最期までこの家にいたのでよく知っているが、自分たちは結婚当初から別の土地で暮らしていたので、盆や正月くらいしか顔を合わせなかった。印象に残るような昔話の記憶はなく、他の家族から聞いた覚えもない。

それなのに突然、警察がやってきて邦夫について聞きたいと言う。いきなりのことですっかり面くらい、しどろもどろになるばかり。遺品の類いを聞かれ、あわてて義父の部屋を探してみたものの、義父のものか祖父のものかもはっきりしない。

「警察は義父の話も聞きたいと言い、主人が施設に案内して立ち会ったんですけど、義父だって意味がわからずびっくりするだけ。めぼしい話は聞き出せなかったみたいです」

「元はと言えば先生の送った葉書なのよね。実物はご覧になった?」

「写真を見せられました。昔の住居表示でしたがたぶんここ。宛名は『鈴木邦夫』でした」

由佳利と艶子は顔を見合わせ、声にならない声をあげる。ひとつクリア、という類いの達成感だ。

「裏面は?」と艶子。冷静でしっかりしている。

「よくわからないんですけど、かぞえ歌みたいなものが書かれていました」

「かぞえ歌?」

「ちがうかもしれません。横書きの平仮名が、上から規則正しく並んでいる感じで、ひとつふたつというような言葉があって」

「貴地先生の作品にもかぞえ歌がモチーフになったものがあったわ。何か関わりがあるのかしら」

「さあ。私も主人も貴地先生の本を読んでないので、思いつくものさえありません。そういった話を祖父としたこともありません。ほんとうにわからないんです。警察も諦めてくれればいいんですけれど」

真面目な人なのだろう。家族に関する質問に応じられず、必要以上に焦ってしまい、今なお忸怩《じくじ》たる思いに駆られている。

「わからなくてもしょうがないわ。あなたを責める人はどこにもいない。それよりも、先生には大人になってずいぶん経ってからも、葉書を送りたくなる幼友だちがいたのね。すごく素敵なことよ。邦夫さんはおそらくとてもいい方だったのね」

女性はきょとんとした顔になったのち、口元をほころばせた。初めて見る柔らかい表情だ。

「嫁の私から見ても、いいおじいちゃんでしたよ。人が良くて明るくて大らかで。孫からもひ孫からも好かれていました」

「ひ孫さんからも？」

「ええ。うちの子たちは離れて住んでいたのであまり会えませんでしたが、主人の妹が里海町の南部にいるんですよ。ここにはちょくちょく来て、義妹の子どももひいおじいちゃんに懐いていました」

黙って聞いていた由佳利が初めて口を挟む。

「旦那さんの妹さん、里海町にいらっしゃるんですか」

「そうなの。私たちとしては妹家族がここに入ってくれてもよかったんだけど、義父はやっぱり長男を頼りにしてて。義妹も今の自分の家を気に入ってるのよ。日当たりのいい庭があって、花の手入れに精を出してる」

「いいですね。この季節だとお庭にはボタンかしら、バラかしら。私の家は純和風なのでボタンです」

由佳利が話をつなげると女性も応じてくれる。

「義妹のところはバラ。今ごろ花盛りだわ」

「もしかしたら妹さんの方が、邦夫さんについて知っていたりしませんか」

言ったとたん、女性の表情が硬くなったのであわてて否定する。

「いえいえ、ご心配なく。こちらに迷惑をかけるようなことはしません」

やりとりを聞いて艶子が横入りする。

「ご迷惑をかけないのはもちろんだけど、私、生前の邦夫さんが貴地先生のことをどう話していたのか聞いてみたいわ。先生にお会いすることはもうかなわないけど、知らないことがきっとあるだろうし、思い出話の中でまた先生にお会いできるってことでしょ」

由佳利は笑みと共に茶々を入れる。

「まるでアイドルの追っかけみたいですね」

「今どきは『推し』って言うのよ。私にとって先生は永遠の『推しメン』」

女性が肩の力を抜いて息をつく。

「羨ましいです。そんなふうに思う相手がいるなんて。もしよかったら義妹に聞いてみましょうか。邦夫さんの話をしてくれるかどうか」

艶子と由佳利は相手をおびえさせない程度に喜び、よろしくお願いしますと手を合わせた。

女性は家の中に引っ込み電話をかけ始めた。話し声が途切れてから戻ってきた。

「午前中ならいるそうです。でも、できればその、警察がうちに来たことは……。まだ言ってないので」

「心得ましてよ。先生の子ども時代についてうかがいたいだけ。こう見えても私、口は堅いの。やだわ。『こう見えても』って何かしらね」

茶目っ気たっぷりにおどけてみせる艶子に、女性は義妹の名前や住所を教えてくれた。

町の南部といっても海まで行かずに線路のそばらしい。女性に礼を言って鈴木家をあとにする。車に乗ってシートベルトを着けたところで横を向くと、艶子も由佳利を見てにんまり微笑んだ。

次の当てができただけでもありがたかったが、れっきとした収穫もあった。群馬で見つかった葉書の宛名は鈴木邦夫だった。そこにはかぞえ歌らしきものが書かれていたらしい。

大下町から車を走らせること三十分。入り組んだ住宅街に手こずりながらも教えてもらった家にたどり着く。目指す相手は小林《こばやし》真奈美《まなみ》さん。地図からすると線路近くだが、いくつか路地を挟んでいるので電車の音や振動は気にならない。ゆるやかな南斜面とあって日当たりも申し分ない。

そしてさっきの女性の言うとおり、庭には色とりどりのバラが咲き誇っていた。

生け垣に沿って車を止め、外に出て玄関を探して歩いていると庭に人影があった。由佳利たちに気付いて会釈する。先ほどの女性は小柄でほっそりとしていたが、こちらは丸顔でふくよかだ。肌の色艶も良く、十歳くらい若いだろうか。

お義姉《ねえ》さんが電話で言っていた方かしらと問われ、艶子と共に頭を下げて名乗る。

「家はちらかっているので、庭でもよろしいですか」

素敵な提案だった。庭に続く木戸を開けてもらい、香《かぐわ》しいバラの歓迎を受けるような気持ちで足を踏み入れる。庭にはもうひとり、帽子をかぶってしゃがみこんでいる後ろ姿の人がいた。草むしりしかできない息子に草むしりをさせているそうだ。あちらにと言われたウッドデッキには、アイアン製のテーブルセットが置かれ、すらりと伸びた木々のちょうどよい日陰の中にある。

座るようにすすめられ腰かけていると、ピッチャーとグラスを手に女性が戻ってきた。慣れた手つきでグラスに注ぎ、ハーブティーを振る舞ってくれる。

「いきなり押しかけてきたのに、ご親切にしていただきすみません」

「いいえ。こう見えても私、かなりのおじいちゃん子だったんですよ。義姉から電話があったとき、おじいちゃんの話ができるのかしらとうきうきしてしまいました」

艶子は満面に笑みを浮かべ、邦夫の孫に当たる女性、真奈美さんの手を握らんばかりに喜んだ。

それから彼女はとても楽しげに、次から次にいろんな話をしてくれたが、いつまでたっても孫娘と祖父の思い出話から抜け出さない。初めて行った海水浴や、褒めてもらった浴衣《ゆかた》の柄、小学校の運動会にきてくれたこと、たくさんお弁当を作ってのお花見。さらに自分の結婚式でのエピソードまで。

話の腰を折らないように気をつけつつ、幼なじみだった邦夫と貴地先生とのことを尋ねると、本屋さんに行ったときに、「これはおじいちゃんの友だちが書いた本なんだよ」と教えられたそうだ。

「私がまだ小学校のときだから、へえって驚いただけ。子どもからしたらまったくの大人の本ですもの」

そこからまた小学生の頃、邦夫からもらったお年玉の話になり、それ自体は微笑ましく聞いていられるが、氷で薄まったハーブティーのように由佳利だけでなく艶子もぼんやりしている。収穫はなしかと思いつつ、ダメ元で葉書の話をした。警察のことには触れず、昭和三十年代、貴地先生から邦夫に葉書を送ったらしい。資料的価値のある葉書なので気になっている。知っていることがあったら教えてほしい、と。

「昭和三十年？　私が生まれたのは四十一年よ。生まれる前のことはわからないわ」

「邦夫さん、先生のことで何か話していませんでしたか？」

「特には何も。お名前を聞いたのも本屋さんにいるときだけだし」

「古い手紙や葉書の類いを見かけたことは？」

「おじいちゃんの？　さあ。でも古い写真ならば私のところにも少しあるの」

真奈美さんは立ち上がり、「待っててね」と言い残して、家の中に入ってしまった。

艶子とふたりきりになった気安さで、由佳利は落胆を顔に出した。空振りでしたねというぼやきは慎む。突然の来訪を受け入れ、飲み物までご馳走してくれたのだ。相手の気持ちを害さないよう、気をつけて引き揚げのタイミングを摑もう。

そんなことを考え、艶子に話しかけようとしたとき、背後に気配を感じた。

振り向くと、Tシャツ姿の若い男が立っている。帽子をかぶって軍手をはめているところからすると、草むしりをさせられている真奈美さんの息子か。たぶんそうなのだろうが、浮かんでいるにやにやした薄笑いは解せない。

気味が悪くて腰を浮かせると、「よう」と声をかけられた。

「おれだよ、おれ。忘れたなら薄情だぞ」

日に焼けて色が黒くて鼻筋が通っていて、いつも笑っているような締まりのない垂れ目、やけに綺麗な歯並び。

「えっと、どなたでしょうか」

「だから」

「もしかして小林？　まさか、ここあんたの家？」

中学高校と、同じ学校に通った同級生だ。

「ようこそ我が家に。おれだってびっくりしたよ。いきなり現れたお客さんのひとりが、坂口なんだもん」

「そうか、小林も里海町の出身だっけ」

里海町には小学校が三つあるのでそこだけがちがっている。そして高校が同じということは、破談の相手となった真人のことも知っている。とっさについ、そんなことまで考えてしまう。

「お袋のマシンガントーク、付き合ってもらったお礼くらいはしておこうかと思って。おれ、昭和三十年代に来たという貴地先生からの葉書、知っているかもしれないよ」

思わず目を剝く。何を言っているのだろう。

「おれの話を聞きたかったら、場所を変えてくれよ。ここじゃない方がいい」

とまどう由佳利に代わって艶子が応じた。

「お申し出、了解よ。どこがいいかしら。お昼どきだからご飯の食べられるところがいいわ。お心当たりある？」

「ありがとうございます。でしたら、うーんと、海岸沿いの磯屋《いそや》食堂とか。お口に合うかどうかわかりませんが、坂口と一緒にいらしてください」

家の中で人影が動き、縁側に真奈美さんが戻ってきた。息子はすばやく引っ込む。真奈美さんは気付かなかったようで先ほどと変わらぬ笑顔でこちらにやってきた。

「お待たせしました。どれもこれも古い写真ばかりで私も懐かしいです。ご覧になってて。飲み物のおかわりを持ってきましょう」

あわてて腰を浮かし、お構いなくと力を込めて言う。写真そのものは孫娘と一緒に写った邦夫を見ることができて思わぬ収穫になった。ぽっちゃりとした体型に下膨れの顔。ぼさぼさの眉に人の良さそうな垂れ目。貴地先生の幼なじみは郷里に根を下ろし、家族にも恵まれて穏やかな晩年を過ごしたようだ。

撮影時期は昭和四十年代から五十年代にかけて。先生も存命だった頃。写り込んでいる家並みや田畑の様子に気持ちが引き込まれる。人々の着ているものや髪型は生家館の展示物より今風だが、男の子の半ズボン姿や女の子の七三に分けた前髪などは珍しくて真剣にのぞきこんだ。

3　過去への扉

　磯屋食堂は小林宅から線路を渡り海岸道路に出てすぐの場所にある。駐車場は広く、店内もゆったりとした作りで、チェーン店ではないものの和食のファミリーレストランといった雰囲気だ。値段も手頃で長居しやすい。

　由佳利と艶子が店内に入ると、真奈美の息子、小林夏央《なつお》は窓際の奥の席に座っていた。シャワーくらいは浴びたらしく、庭で見かけたときとはちがうＴシャツを着てコットンシャツを羽織り、顔も少しはさっぱりしていた。

　艶子にはテーブルを挟んだ二人がけ席の窓際に座ってもらう。由佳利は通路側に腰を下ろした。時間は十二時を少し過ぎたところで、店内はぽつぽつ席が埋まっている。通路が広いのでまわりを気にせず話すことができる。

　あらためて夏央に艶子を紹介すると、艶子の著書を何冊か読んでいるそうで、「お会いできて光栄です」とまるで好青年のようなことを言う。由佳利の知る高校時代の夏央は茶髪にピアス、着崩した制服の下は赤いＴシャツというチャラい男だった。共通の友だちもなく、分かち合うような思い出もない。同じクラスになったのは高三のときだけだ。それでもわりとすぐにピンときたのは、中学校も一緒だったから。忘れた教科書をよそのクラスで借りるとき、たまたま目についていて「ちょっと貸して」と言えるくらいの気安さは互いにあった。

艶子の本を読んでいるなんてにわかには信じがたいが、お愛想を言う理由も思いつかない。艶子はとても喜んで、「小林さん」から「夏央くん」まであっという間に距離が縮まる。

由佳利はふたりのやりとりを尻目にメニューを開き、「鰺《あじ》のたたき定食」を選んだ。艶子は日替わりの「煮魚定食」、夏央は「鯖《さば》の竜田揚げ定食」。

それぞれの料理が運ばれてきて、箸を動かしながら由佳利たちの中高時代を艶子に話し、高校卒業後の夏央の様子も聞いた。デザイン系の専門学校を出たあとゲーム関係の会社に就職し、三年ほど働いた後、ウェブサイトを作る会社に入り、今はタウン誌で誌面のレイアウト作りをしているそうだ。

タウン誌の名前を聞いて、思わぬところでつながりがあると知った。観光促進課の職員として取材も受けたこともあるし、イベントの告知をお願いしたこともある。

「もしかして私が役場にいることは気付いてた？」

「もちろん。ある日突然、坂口の写真がパソコン画面に出てきて驚いた。何事かと思えば、『役場勤務の坂口さん』だもんな。写りのいい写真を選んで、きれいにレイアウトしてやったぞ」

苦笑いを添えて「お世話になりました」と会釈する。

「やだなあ。なんか恥ずかしい」

「今さらだって。今日も艶子さんと一緒にいるのは、もしかして仕事がらみ？」

「そうとも言えるし、ちがってもいる。私、貴地先生の生家館を担当してるのよ。艶子さんから貴地先生のことを調べたいと声をかけられて」

横から艶子が「お手伝いをお願いしたの」と言う。

「お休みの日に付き合ってもらってるけど、正規のお仕事ではないからお給料は出ないわ。私からも日当のお話をしてないし」

「いいんですよ、それは。生家館のことは個人的に気になっていたので」

「貴地先生のことを調べていて、うちに来る前は大下の伯父さんちに行ったのか」

夏央は母親から聞いたらしい。

「そう。突然お邪魔したのに応対してくださった奥さん、小林の伯母さんかしら、親切にしていただいたのよ。小林のお母さんの方が邦夫さんと交流があったと、取り次いでくださったし」

「ただの思い出話じゃなく、葉書について聞きたかったみたいだな。お袋がとんちんかんだから、坂口も艶子さんもわかりやすくがっかりしてた」

こんなに鋭い男だったかと、由佳利は内心舌を巻く。

「まあね、艶子さんが一番知りたいのはたしかに葉書の件。小林は何か知ってるような口ぶりだったよね。ほんとうなの？」

食事を終えてコーヒーや紅茶など、それぞれ飲み物を頼む。窓の外は車が左右に流れ、その向こうに緑の低木が見え、さらに先には海が広がっている。日差しを受け白んでいるので薄い水色くらいにしか見えないが、ウインドサーフィンの帆がいくつも浮かんでいる。

「貴地先生がひいじいちゃんに宛てた古い葉書、今それがどこにあるのかを、坂口たちは知っているのかな」

「邦夫さんのお宅にあるんじゃないの？」

鎌をかけたつもりだ。夏央は「そうかな」と首をひねる。

「もったいぶらずに話してよ」

「そっちこそ知ってることをまずは話せ。順番からしたらそちらが先だ」

ここに来るまでの間に、なるべく手持ちの情報は伏せて、向こうの情報を引き出そうと話していた。けれど夏央はTシャツに描かれたアイスクリームほど甘くはないらしい。艶子から目配せされて由佳利は考えながらしゃべる。

「最近、思いがけないところで古い葉書が見つかったの。警察が関わるような案件で、詳しいことはわからない。ただ、差出人が『よしだたかし』という先生の当時の名前で、消印は昭和三十年代、宛先が里海町であることだけはわかった。艶子さんはその葉書がどういうものなのか知りたくて、昨日、里海町にいらしたばかり。私とは貴地先生のイベントを通じて顔見知りだったから、手伝ってほしいと頼まれた」

「警察……」

「先生は差出人として名前をひらがなで書いている。ひょっとして子ども時代の友だち宛てではないかと考え、真っ先に浮かんだのが鈴木邦夫さん。それで大下にある鈴木宅を訪ねたの」

「葉書が見つかった『思いがけないところ』って、具体的にはどこだ？」

「群馬県の山の中」

夏央の顔つきが変わる。

「そりゃまたずいぶん遠いな。葉書はどういう状況で見つかった？　山の中にぺらりと落ちていたわけじゃないだろ」

「謎の人物の上着のポケットに入っていた」

「謎？」

「そうとしか言いようがない。身元不明だから」

言ってしまってから、まずかっただろうかと由佳利の目が泳ぐ。

「ちょっと待て。その、葉書を持っていた人物ってのは、今どこにいて何をしている？」

「亡くなっている」

夏央は身体を引いて固まった。

「私はちゃんと話したよ。今度は小林が知っていることを教えて」

「いやでも今、すごい話を聞かされたばかりで」

「順番を守って。そっちが話す番！」

強引は承知の上で詰め寄ると、夏央はこれ見よがしに肩をすくめたのち、おもむろに口を開く。

「おれはさ、ひいじいちゃんが若い男に、古い葉書を渡しているところを見ている」

若い男。

「ひいじいちゃん……邦夫さんが亡くなる少し前の話だ。おれは中学生だったと思う。届け物を頼まれて土日のどちらかに大下のじいちゃんちに行ったら、じいちゃんもばあちゃんもこれから買い物に出かけると言う。一緒に行くかと聞かれたけど、ゲームがしたかったから留守番がいいと答えた。そしたら、もうすぐひいじいちゃんにお客さんが来る、邪魔をしたらダメよと注意された。てっきりお年寄りが来るとばかり思っていた。ところがチャイムが鳴って玄関に出てみたら、自分とそう変わらない、高校生くらいの若い男が立っていた」

「邦夫さんが亡くなったのは十五年前だよね」

「うん。それくらいだね。邦夫さんはその若い男を、家の奥にある自分の部屋に連れて行った。おれはゲームを始めたけれど、やっぱりなんか気になって。ばあちゃんに言われていたとおり、柄にもなくお茶なんかいれて持って行った。三十分くらい経った頃かな」

夏央がノックをして部屋に入ると、八畳間の床一面に地図や新聞が広げられ、ふたりは楽しげにそれをのぞき込んでいた。

邪魔にならないところにお盆を置くと、夏央も膝を床について紙類に目をやった。どれもこれも古びている。近くにあった新聞の日付を見ると昭和二十八年、西暦一九五三年。紙面には男性の顔写真が掲載され、見出しには「地元出身の作家　貴地崇彦氏　彗星《すいせい》のごとく文壇に登場」と書かれていた。

その横にあるのは雑誌から切り取ったページで、同じ男性がインタビューに答えている。雑誌のそばには、すっかり黄ばんだ里海町の古い市街図がある。曾祖父がこういったものを保存していたことを夏央は知らなかった。近所の畑を借りて家庭菜園を楽しむ一方、お祭りでは浴衣姿で太鼓を叩き、ＮＨＫのど自慢の予選に出場するような活動的な人だった。家の中でも新聞や雑誌を読んでいる姿は記憶にない。

戸惑っているとふたりの会話が耳に入ってきた。小学校の裏山や、温泉街を流れる川、神社やお寺、旅館、店屋、かつての町の姿を邦夫は語り、来訪者である若い男は熱心に耳を傾けメモまでとっている。

つまらなくなって立ち上がると、地図の説明を終えた邦夫は近くにあった紙箱をたぐり寄せ蓋を開けた。中には古い手紙や葉書がぎっしり詰まっていた。

「若い男は興味津々という感じで身を乗り出し、邦夫さんは懐かしそうにいろいろ見せていた。おれはそのまま部屋を出ようとしたんだけど、『君にあげようか』と聞こえてきて振り返った。男の手には葉書みたいな紙きれがあった。そいつは『嬉しいです』『大事にします』なんて言ってすごく喜んでいた。まるでとびきりの宝物を分けてもらったみたいに」

由佳利がとなりをうかがうと、艶子は真剣な顔で話に聞き入っていた。テーブルに置いた手をぎゅっと握りしめている。今の話を咀嚼《そしやく》しているのだろう。由佳利は気持ちを引き締め問いかける。

「男の人の名前はなんて言うの？」

「わからない」

「苗字だけでも、下の名前だけでもいいの。お願い、教えて」

「わからないんだ。おれも男が帰ってからすぐ聞いたし、邦夫さんはちゃんと答えてくれたよ。でもそいつ、でたらめを言ってた。偽名だよ。そいつから聞いた高校におれの先輩がいたから頼んで調べてもらったんだ。該当する生徒はいなかった。住所も嘘っぱちだ」

群馬の山中で見つかった人物の名前は不明なので、邦夫宅に現れた男性がたとえ本名を名乗ったにしても同一人物かどうかは判断できない。でも偽名というのはただそれだけできな臭い。

「おれはちゃんと話したぞ。今度はそっちだ。さっきの身元不明で亡くなった人の件、もっと知りたい。年齢はどれくらい？　女性？　男性？　見つかったときの状況は？」

艶子に相談したくて視線を向けると、艶子は小さくうなずいてから夏央に言う。

「私は葉書の謎を解きたいの。先生がどういうつもりで出したものなのか。それが今、どうして亡くなった人のポケットから発見されたのか。夏央くんはどうかしら。気になるか。ならないか」

「なります」

間髪を容《い》れずに応える。

「ひいじいちゃんが関わっている出来事です。その葉書はおれだって見てる……のかもしれない。受け取った男が何者なのかも知りたい。なんていうかその、今になってあのときの謎が解けるのかも知れないと思ったら、すげー興奮しますよ」

「だったらぜひひとも協力してほしい。一緒に真実を突き止めましょう」

手を組むということか。夏央の人となりを保証できるほど親しくもないが、付き合いならばそれなりに長い。気まぐれに引っかき回すような性分ではなく、主導権を握りたがるタイプでもない。友だち関係は多彩で、風変わりな連中とも揉めずに付き合っていた。艶子や自分にはない視点から、ものを考えてくれるかもしれない。案外、重要なことのような気がする。

艶子から順を追っての説明を頼まれ、由佳利はうなずく。

「さっきの話と重複するけどいい？」

「もちろん。待て。集中して耳を傾ける」

夏央は座り直して真顔になる。

「前もって言っておくけど、警察は何も教えてくれないの。貴地先生の生家館があるということで、捜査員ふたりが群馬から里海町までやってきた。役場を訪ねて生家館の担当者である私を呼び出し、いろいろ質問はするんだけれど、こちらから聞いても捜査上の内容は話せないの一点張り。そこで警察が帰ったあと、加山市にある文学館の窪田さんって人に電話した。向こうにも警察は行ったらしいので、何か知ってることがあったら聞かせてもらおうと思って。そしたら窪田さんはもう艶子さんに話をしていた。そこから艶子さんが情報網を駆使して、伏せられている内容のいくつかを聞き出した。群馬県の山中で遺体がみつかり、事件と事故の両方から捜査が始まっていること。遺体の身元は不明で、唯一の手がかりが上着のポケットから見つかった葉書であること。葉書の出された時期や差出人まではわかったけれど、宛先の番地や名前は探りきれなかった。艶子さんと私は、先生の幼友だちである邦夫さんに当たりをつけて大下の鈴木宅を訪ねた。そうそう、葉書の裏にはかぞえ歌のようなものが書かれていたらしい。小林の伯母さんが教えてくれた」

「かぞえ歌？」

「まだはっきりしてない。そういう感じの文面だったみたい」

「亡くなった人の情報は？」

「二十代か三十代くらいの男性。私が知っているのはこれくらい」

夏央はじっとテーブルの一点を見つめたきり微動だにしない。しばらくして顔を上げ、艶子に話しかける。

「山中で亡くなった人に、心当たりはありませんか」

「ないわ。まったく」

「今、坂口が話したのがすべてなら、ほんのわずかな手がかりや中途半端な情報だけで、里海町まで来たんですか。おれに会ったから鈴木邦夫についての話も聞けたけど、ほんとうならこれもないはずですよね。なんていうか、すごく茫洋《ぼうよう》としてませんか。さっきおれ、葉書の謎が解きたいと言いました。ほんとうのことが知りたいです。でもあらためて話を聞いてみると手がかりも情報も少なくてあやふや。これで真実に迫ることってできるんですか。もしかしたらもっと強くて確かなものを摑んでいるんじゃないですか。だったらここで話してください」

艶子は夏央に熱く迫られても涼しい顔だ。

「昨日ゆかちゃん、あら、ゆかちゃんでいいかしら、『坂口さん』と呼ぶようにしてたんだけど、自分の中では『ゆかちゃん』と呼んでたの。気安くてごめんなさいね。だって五十歳も年下なんですもの。ちゃん付けになってしまうわ。そのゆかちゃんにも話したんだけど、生前、貴地先生から言われていたの。自分にはやり残したことがある。いつか君が真実を明らかにしてくれないかと。今回、数十年も昔に出された先生の葉書が、不審死を遂げた人の上着から見つかった。それを聞いたとき、ああこれだと思ったの。先生が見つけられなかったものの手がかりがついに現れた。今の夏央くんには小さくてあやふやなものにしか思えないだろうけど、私からしたらようやく目にした怪魚の魚影よ。絶対に逃さない。銛《もり》を持ってすっ飛んでいく。当たり前じゃない。私をいくつだと思っているの。八十一歳よ。やりたいことはみんなやりきった。残っているのはこれだけ」

きっぱり言い切られ、由佳利も夏央も二の句が継げない。ぽかんとしてしまう。

「あなたたち、ついてらっしゃい」

威勢のいいことを言ってホホホと笑ったものの、艶子は「その前に」と腰を浮かした。トイレだそうだ。

「よくわからないけど役者が上だな」

「うん」

「自分が子どもって気がする。もうすぐ三十なのに」

「私だって昨日のお昼、いきなり呼び出されて以来、ペースに乗せられっぱなし」

乗りかかった船どころではない。船に拉致されたようなものだ。

「生家館の担当者ってだけで？」

「まあいいのよ。けっこうひまだから」

由佳利が言うと、グラスの中の氷をストローで回しながら夏央が返す。

「そういやプライベート、大変だったみたいだな」

とっさに顔が強《こわ》ばりそうになるが、気持ちの波をやり過ごす。言ってもらってよかったのだ。知っているのかいないのか、どういう感想を持ったのか、それとも何も感じていないのか。相手を推し量る方がずっと疲れる。ここ数日で得た教訓だ。

「聞いた？」

「なんとなくちょっと」

「さんざんな目に遭ったよ。今はただ、自分の馬鹿さ加減に嫌気が差してる真っ最中」

「おまえが悪いんじゃないだろ」

「どうしようもなくダメな男と結婚しようとしてたんだから、やっぱり馬鹿だよ」

「『お』を付けとけ。『お馬鹿』くらいで十分だって」

こんなところで深い話はしたくないが、目の前にいる同級生が自分の元婚約者、真人のことをどう思っていたのか知りたい気もした。男の目から見て、真人はどんな人間だったのだろう。

由佳利にプロポーズし、両家にも結婚の報告をし、式場を予約して新居となる賃貸マンションも見学し始めていたのに、真人は学童保育を利用しているシングルマザーと親しくなり、心引かれ、浮気ではなく本気になったらしい。まるで、一世一代の恋に出会ったような熱の入れようで、何を言っても後の祭りだということはよくわかった。

「お馬鹿ねえ」

ふとイソップ童話の「北風と太陽」を思い出す。腹の立つことを言われたり冷たい目を向けられたりすると肩に力が入り平静も装えるけれど、優しさや温かさを示されると気が緩む。そちらの方が今は危険だ。見境もなく泣いたりわめいたりしたらもっと傷つく。

「ちょっとだけ可愛い響きになるね。お気遣い、痛み入ります。ありがとう」

わざとふざけた言い方にして頭を下げる。笑顔も添えた。

「たまにはお馬鹿もやっとけ。おまえ、昔からちゃんと勉強して成績も良くて公立の大学に入ってさ。就職先は地元の役場で公務員だもんな。照る日もあれば曇る日もあるっての、知らないだろ。今はたまたまの曇り空なんだよ」

「土砂降りって気もする。止む日は来るのかな」

「もちろん。それまで、下ばっかり向いてないで動いた方がいい。そうだな。目の前にうってつけのネタがある。何しろ平成を飛び越し昭和にタイムスリップしなきゃいけない。いや、ひいじいちゃんと先生が小学生の頃なら大正時代か。今から何年前？」

「昨日ちょっと計算してみた。百年くらい前だよ」

「そりゃすごい」

「だよね」

三方を山に囲まれ南が海に開けた地形は変わらないが、アスファルトの道路もコンクリートのビルもなかった時代だ。コンビニもドラッグストアもなく、人々はどこで買物をしていたのかと思ったが、店屋はいくつかあったはずだ。邦夫の生家である酒屋も。そして貴地崇彦の家は町立ひかり公園の片隅ではなく、小学校の近くに建っていた。

艶子がトイレから戻ってきたので地図を借りてテーブルに広げる。夏央も折りたたまれた古い地図を取り出した。昭和四十年に発行されたものだ。

「おれはよく知らなかったけど、邦夫さんは町の歴史を調べていたらしい。若い男と知り合ったきっかけもそれだ」

あるとき、菜園の手入れの途中で休憩していると、制服姿の学生に話しかけられた。その学生は地図を片手に持ち、畑近くの地形について尋ねてきた。指をさしながら答えてやると熱心に耳を傾け、手作りの年表を取り出す。昔のことを調べているという。邦夫はすっかり感心し、丸太で作ったベンチのとなりに座らせ大いに語った。自宅には古い写真や新聞記事もあるよと言い、今度おいでよと誘った。

「それだけ聞けば自然な流れだね」

由佳利が言うと夏央はため息がちにうなずく。

「昔話を聞くような家族はいなかったから、嬉しかったんだと思う。家に上げて昔の写真を見せ、葉書を一枚譲る。これだけならぜんぜん問題じゃない。じっさい家族は何も知らない。でもあとから学生の言った名前がでたらめだとわかり、邦夫さんも戸惑ったと思うよ。その場に居合わせたおれにそいつとのいきさつを語り、それ以外のこともいろいろ話してくれた。ある意味、邦夫さんを知るきっかけにはなったんだよな」

夏央は遠いものを見るような目になり、それから視線を地図へと落とした。

「邦夫さんは言い伝えや奇妙な噂話、怪談の類いを調べていた」

「どこの？」

「里海町のだよ。おまえも聞いたことはあるだろ。絹及川のほとりには子どもの幽霊が出て川に引きずり込もうとするとか、雨の日の田んぼに人魂が浮いていて、見た者の後をつけてくるとか、夜中の町角に道を尋ねるおじいさんがいるけれどみるみるうちに透けてなくなるとか、裸足の女の人が歩いているので声をかけるとのっぺらぼうとか」

思わず由佳利は眉をひそめた。子どもの頃、夜中のトイレも雨の日のお使いもどれほど恐かったか。鼻で笑った弟は、あるときお地蔵さんのほこらで古びた人形を見つけ、その目が光ったとかなんとかですっかり改心した。トイレもお使いも助け合うようになったのはささやかな副産物だ。

「知ってるけど、それを邦夫さんが調べてたの？」

「じっさいに出くわしたことがあると言ってた」

「のっぺらぼうに！」

つい大きな声を出してしまい、あわてて口を押さえる。

「それじゃないよ」

「じゃあ人魂？」

「道を尋ねるおじいさんだ。怪談って現実にあったことを、空想の力でねじ曲げたり膨らませたりするケースがあるんだろうな。邦夫さんは戦後しばらく経った頃、仕事からの帰り道にみすぼらしいおじいさんに出会った。どこかの場所を尋ねているようだけど、お寺らしいとわかるだけで聞き取りにくい。紙に書いてもらおうかと自分の鞄から筆記具を取り出していたら、いつのまにかおじいさんは消えてなくなった。当時、村のそこかしこに似たような目撃談があったらしい。通りすがりの人を呼び止め場所を尋ねる。寺だけじゃなく、山だったり川だったり店屋だったり。それからかなりの年月が経ち、自分の経験したことが怪談のひとつになっていると知り、他の怪談も調べることにしたそうだ。もうひとつ、邦夫さんは気になることを言っていた。自分を呼び止めたみすぼらしいおじいさんが、ほんとうに探しているのは場所じゃない、特別なものだって。自分もたぶん同じものを探しているって」

「なんなの、それ」

「わからない。邦夫さん、言ってくれなかった」

海岸道路に面した和食レストランの片隅にしばらく沈黙が落ちた。

どこから手を付けていいのかわからない見知らぬ大皿料理が置かれた気分だ。

「さっきおれ、『茫洋』って言葉を口にしたけど、おれの話も茫洋としてるな」

由佳利は「ほんとうにそうだよ」と返す代わりに考える。とりとめのない気持ちのまま言った。

「同じものを指しているから似ているのかもよ。艶子さんは貴地先生の言葉として言いましたよね。『自分にはとうとう見つけ出せなかったものがある』って。それって邦夫さんの探しているものと同じだったりしませんか」

艶子は身を乗り出す。

「きっとそうよ。先生と邦夫さんは小学校を卒業し、先生はこの町から離れたのに、何十年経ったあとでも繋がっていた。一枚の葉書がその証拠。ふたりには終生変わらぬ探しものがあったんじゃないかしら。邦夫さんはどう？　結局見つけられたの？」

夏央は首を横に振る。

「体が利かなくなるまで歩きまわり、動けなくなると残念そうに窓の外をよく見ていました」

「貴地先生も病室から外を見つめてらした。一緒に探しましょう。今度こそ、ふたりに代わって私たちが探し当てるのよ」

夏央に熱い言葉を送ったあと、艶子は由佳利を見る。あなたもいらっしゃいとその目が誘う。ついさっき夏央にも言われたばかりだ。下ばっかり向いてないで動いた方がいいと。たしかにじっとしているとろくなことがない。真人が夢中になった相手の女性の名前や顔が、ほんのちょっとの隙を突いて脳裏に浮かぶ。

もっとちがうことに夢中になりたい。

「私もご一緒します。生家館のために」

「いいわね。素晴らしい動機だわ」

「でも、これからどうします？　具体的な案はありますか。昔のことすぎて当時を知る人はほとんど亡くなっているのかも」

「大丈夫よ。夏央くんだって、自分が生まれるより遙か前の出来事を伝え聞いている。そういう人がきっと他にもいるわ」

「たとえば？」

「そうねえ。思いつく人と言えば……」

艶子がポンと手を叩くようにしてあげたのは寺の住職だった。邦夫たちの出た小学校のそばにある石恩寺《しゃくおんじ》という寺の、正しくは前住職だそうだ。

「さっきの話からすると、謎のおじいさんはお寺の場所を尋ねていたらしい。石恩寺さんにも噂話くらい残っているんじゃないかしら」

地図を見ると石恩寺は笛田小学校のある笛田地区の北東部、小高い山の麓《ふもと》に建つお寺だ。斜面に墓地が広がっている。艶子は昨日、由佳利と昼食を取ったあと先生たちの母校を訪ね、その足で近くの石恩寺に立ち寄り、庭掃除をしている前住職に出会った。

残念ながら貴地崇彦の実家のお墓はよその寺だそうだが、艶子と年が近かったこともあり、前住職とは会話が弾んだという。

「またいつでもどうぞと言われたの。お勤めや手習いの時間もあるとおっしゃっていたけど、たいていお寺にいるそうよ」

海岸沿いのレストランから由佳利と艶子は車で、夏央は原付で寺に向かい、駐車場で合流した後に山門をくぐった。お堂ではなく住居の玄関を訪ねると中庭へと案内された。玉乃木旅館に比べれば小さいが、築山や池、石灯籠の配された日本庭園だ。

庭に面した家屋の掃き出し窓は開け放たれ、ゆったりと延びた広縁に人影が現れた。坊主頭で作務衣《さむえ》を着た老人だ。手招きされ、三人は会釈をしながら歩み寄った。

「昨日の今日で申し訳ありません。お言葉に甘えてまた来てしまいました」

「なんのなんの。隠居の身で退屈してますからね。お客さんは歓迎ですよ。今日はお若い方もご一緒ですか」

「ええ。こちらの青年が、昨日お話しした酒屋の邦夫さんの、ひ孫さんです」

「なんと。もうみつけましたか。それはお早い」

前住職はそう言ってずんぐりした体を揺らした。エプロン姿の女性が座布団を持ってきてくれたので年長者ふたりに加え、由佳利も広縁に座らせてもらう。夏央は「大丈夫」と言って脇に立った。

艶子は由佳利のことを有能な助手と紹介し、ついさっきの町に伝わる怪談と、それを調べていたという邦夫について話した。夏央も加わり、邦夫が遭遇したらしいおじいさんのことを言うと、前住職は「ああ」と声をあげた。

「戦後の混乱がちっとは落ち着いた頃かねえ。わたしも修行を終えてこの寺に戻ってきた。あの頃は今よりずっとたくさんの檀家《だんか》さんがいてね。やれ初七日だ、やれ一周忌だと大忙し。そのとき聞くともなしに耳に入ってきた噂があるにはあった。人っ子ひとりいない夜の辻におじいさんが立っていて、通りすがりの人を呼び止め道を聞くんだとさ。知らないと振り切って進んでも、また同じおじいさんがいて尋ねられる。それを繰り返しているうちに知らない場所に迷い込み、夜が明けるまで家には帰れない」

邦夫の話とは微妙に異なるが、道を尋ねるという共通点はあるので同じと考えていいのだろう。

「あんたがた、そのおじいさんは顔に怪我があり、片方の足を引きずっているというのは聞いたかい?」

いいえと夏央が答える。

「やけに具体的ですね。もしかして実在する人物?」

「そういうこと。どこからか幽霊めかして恐がられるようになったけれど、出くわした人間が大げさに吹聴したんだろう。じっさいは名前のある生きた人間だよ」

夏央も艶子も由佳利も驚いて目を丸くする。

「みんなからはタケさんと呼ばれていた。タケジか、タケヤか。うーん。タケジだったかねえ」

にわかに夏央が「タケさん!」と大きな声を出す。

「ひいじいちゃんも言ってたような気がします。よく聞き取れず、いつの間にか忘れていたけど、タケさん。それだったかもしれない」

　前住職は息を吸い込み鼻の穴を膨らませ、出っ張ったお腹の上で腕を組んだ。

「元は赤松家に使える奉公人だったらしい。小さな子どもの頃から住み込みで働いていたんだが、あるとき裏山の崖から落ちて九死に一生を得た。顔の傷も不自由な足もそのときのもので、当時の当主、仙一郎《せんいちろう》さんと言ったっけねえ、不憫《ふびん》がって治療費も負担したし静養もさせた。それに恩を感じ真面目にこつこつ働いていたようだ」

　けれど三十代半ばを過ぎた頃、突然暇を出され郷里に帰った。なぜどうしてと不審に思う人はいたようだが、その翌年に仙一郎は亡くなり、人々の記憶の中からタケジの記憶も薄れていった。やがて太平洋戦争の勃発、敗戦と、めまぐるしく時代は変わっていく。そして終戦のごたごたが少しは落ち着く頃、すでに高齢となっていたタケジが笛田地区に現れた。

　自ら名乗ったのか、特徴的な風貌からか、過去を知る人たちの間で「タケさんが帰ってきた」と評判になり、さまざまな噂がまことしやかに流れた。

「あれは、わたしから見て先々代の住職が夏風邪をこじらせぽっくり逝っちまった年だ。秋の長雨の頃にタケさんはやってきて赤松家を訪ねたらしい。けれどそのときの当主は仙一郎さんの息子の清一郎さん。先代ほど馴染みがなかったんだろうね。会おうとはしなかった。言葉はきついが、門前払いで追い返したんだよ。タケさんは懐から封筒を取り出し、大事なことが書いてあるから旦那さまに読んでほしいと、応対した使用人に何度も頭を下げたそうだ。会えないことも予想していたのかねえ。そのあともしばらく地区にとどまり、ふらふら歩きまわった。それを見て気味悪がった人がいたんだね」

「手紙をことづけたんですか」

「清一郎さんの手に渡ったかどうかはわからないよ」

「タケさんは何かを探しているようだったと、ひいじいちゃんは言ってました。そんな話は聞きましたか」

夏央が尋ね、前住職は「探しものねえ」と顔をしかめた。

「噂話の中にはよくない話もあった。タケさんが赤松家の金品に手を出しクビになった、とかね」

「え？　恩を感じて真面目に働く人では？」

「クビになった理由がわからなくて、好き勝手な憶測が飛び交ったんだろうよ。たしかに赤松家は財産持ちだ。恩義を感じていても屈折した気持ちがあったのかもしれない。先々の不安に脅かされたのかもしれない。悪い仲間にそそのかされたのかもしれない。郷里にまとまった金を送りたかったのかもしれない。疑いだすときりがない。それに」

前住職は聞き耳を立てる三人を順番に見てから声を潜めて言った。

「じっさいタケさんの不審な行動を見たという人がいた」

戦後の話ではなく、クビになる前の目撃談だそうだ。その人は友だちと酒を飲み駅前から歩いて帰ってきて、家に入る前に玄関先でタバコを吸っていたそうだ。すると路地の奥に人影が現れた。赤松家の裏口から誰かが出てきたのだ。外灯もないような真っ暗な小道だったが、月が出ていたので目を凝らすとなんとなく輪郭がわかった。歩くときの体の傾げ方からしてタケジだ。リヤカーを引き、こちらに向かって歩いてくる。声をかけるような近さになったとたん、ひょいと曲がってしまった。裏山に続く細道があるだけの場所だ。タバコを吸い終わっても戻ってくる気配はなく、こんな時間に山に入ったのだろうかと訝《いぶか》しみつつ家の中に入った。

そして自室の布団にくるまり眠りについてほんの二時間後、家族に揺り起こされた。同居している兄嫁が産気づいたので、産婆さんを呼んできてくれと頼まれた。明け方までまだ時間はある。渋りつつも表に出たところ、先ほどの路地に人影が見えた。裏山から戻ってきたとおぼしきタケジだ。リヤカーは空っぽのようで、急ぎ足で路地を進み、あっという間に赤松家の裏口に吸い込まれていった。

「不審に思いながらも産婆さんを連れて戻り、数時間後にやっと赤ちゃんが生まれたりと、ばたばたしてるうちに忘れてしまったそうだ。けれどタケさんが突然赤松家を辞めたことで、ふとしたときに、あれはなんだったのだろうと飲み仲間に漏らしたんだな。いろんな邪推が生まれた。金品に手を付けた、というのもそのひとつだ。割ってしまった瀬戸物をこっそり捨てに行ったという説もあった」

由佳利たちは相槌《あいづち》を打つように、それぞれ頭を縦に振る。

「それにしてもずいぶん詳しくご存じなんですね」

「まあここだけの話、タバコを吸ってたのはうちの檀家さんなんだ。次男坊でね、戦後は駅前で食堂をやっていた」

「今はどうされているんですか」

由佳利が尋ねると、前住職は白い眉毛を八の字に寄せて肩をすくめた。

「わたしよりずっと年上だったから」

言いながらにわかに腰を上げ、「よっこらしょ」と立ち上がる。ふらふらするので由佳利はあわてて靴を脱いで広縁に立ち横からそっと支えた。広縁から室内に入ると畳の上では足取りがしっかりしたので手を離し、部屋を横切っていく後ろ姿を見守った。しばらくして戻ってきたのでさっきの座布団までサポートする。

前住職は年季の入った帳面と眼鏡を携えていた。帳面は布張りになっていて角がすり切れ色もあせている。座布団に腰を下ろし、ほっと息をついてから眼鏡をかけてページをめくっていく。

手を止めたところで、話を待つ三人に向かって前住職は口を開く。

「次男さんは和久《かずひさ》さんか。ふむふむ、昭和五十一年に七十九歳で亡くなっている」

昭和五十一年と言えば四十五年前？

「産婆さんを呼びに行って、そのとき生まれた赤ちゃんは？」

「亡くなっているよ」

「もう？」

「和久さんの甥《おい》で、元弥《もとや》さんの長男になるんだから、康則《やすのり》さんだろう。大正九年に生まれ、平成十五年に八十三歳でお亡くなりになった」

圧倒的な時間の経過に、由佳利は呆然とした。無事に生まれ、おそらくはすくすくと育ったであろう赤ちゃんが、八十歳を過ぎて亡くなる。それからさらに十数年が過ぎ去っているのだ。

夏央も困惑の顔つきだ。艶子だけが落ち着いた表情でうなずいている。

「おお。うちのことも書いてあるな。先々代が亡くなったのは昭和三十四年だ」

ならば、タケジが里海町にやってきたのはその年の秋になる。

前住職に厚く礼を言って広縁をあとにした。木戸を抜けてお堂の前まで来たものの、次に取るべき行動がわからず由佳利がぼんやりしていると、少し歩きましょうかと艶子が提案した。歩くと言っても寺の敷地内では墓地くらいしか行き場がない。

墓参用の水場の脇を通り、四角い石が敷き詰められた狭い通路をたどたどしく進む。左右にあるのは苔《こけ》むした立派な墓石で、卒塔婆《そとうば》が立てかけられ、燃え残った線香が横たわっている。曲がりくねった隘路《あいろ》を三人は黙々と歩き、狭い階段をのぼっていく。

葉を茂らせた樹木が見えたので誰からともなく指をさし、そこまで来たところで足を止めた。振り返ると竹藪や雑木林に縁取られた墓地が見えるだけだ。殺風景で味気ない。空に湧き上がる雲まで混沌として見える。

「この中のどこかに、さっきの話に出てきた人たちも眠っているのかしら。檀家さんだったらありえるわよね」

上り階段に息を切らしていた艶子は、高台の風を浴びてホッとした様子だ。

「もしかして今からお墓探しを始めるとか？」

「それは言わないわ。ただ、話の人に限らず、大勢の人たちがこの世に生まれ亡くなっていった。こうして土地のお墓に立つと実感できると思って」

由佳利は達観したようなことが言えず、ため息がちにつぶやいた。

「時の流れにも人の数にも飲まれてしまいそうです」

「飲まれる前に、今は一歩先に進みましょう。進むための手がかりも得られたし。ふたりには感謝してるの。夏央くん、あなたは住職さんの話を聞いてどう思った？」

木の枝に片手をかけ、眼下を眺めていた夏央が顔を向ける。

「そうですね。さっき頭の中で計算してみたんですけど、邦夫さんは生きていれば今年、百十一歳ですよ。その長い年月がそっくりあてはまるような壮大な話に、なんて言うか、ねじ伏せられる気分で」

「私たち、まだ三十年足らずの人生だもんね。ついていくことさえ難しい」

同感する由佳利にうなずき、夏央はバッグからメモを取り出した。

「今回、艶子さんが動いたそもそものきっかけは、昭和三十年代に貴地先生が出した葉書でしたね。それをポケットに入れてた人がごく最近、亡くなった。葉書の受取人はうちの邦夫さんであり、昔、それらしきものを謎の学生に渡していたのを、おれが見ています。もうひとつ、邦夫さんが熱心に語っていたのが、このあたりに古くから伝わる怪談。それについてついさっき、前住職から貴重な話が聞けました。タケさんという実在する人物がいて、昔々赤松家で働いていたらしい。突然辞めてしまったのに、なぜか終戦後に里海町に現れて、赤松家を訪ねている。門前払いをくらうも、しばらくこのあたりをふらふらしていた。タケさんについて邦夫さんは、『何かを探しているようだった』と話しています。もしそれがほんとうなら、タケさんの探しものとは、大正九年の月夜の晩、赤松家の裏口からこっそり抜け出して裏山に隠してきたものと、関係があるのかもしれない」

優秀なメモに感嘆しつつ、由佳利の脳裏に里海町のジオラマがよぎる。それも、さまざまな年代の。着物姿の人が行き交う大正時代、軍靴の音が響いた昭和前期、敗戦後の高度成長期、家々が立ち並び商業施設も増えた平成、スポーツセンターの着工が始まる令和。それらの奥底に、「なくなったもの」があり、「探し出そうとする人」がいたとしたら、百年前と今は繫がるのだろうか。

慎重に「小林」と声をかける。

「探しものって何かな。目撃談からすると、リヤカーに載るくらいの大きさで、裏山に隠せるもので、数十年経っても消えてなくなったりしないものだよね」

「ああ。そして、それなりに価値があるんだろう。でなきゃタケさんもわざわざ探しに来ないよ」

「赤松家の裏口から出てきたんだから、赤松家の所有物でまちがいない？　そうだとしたら赤松家だって探すよね。盗まれたなら警察に届け出るだろうし」

「赤松家は紛失を知らないのかも。いや、ずっと知らないままとは考えられないな。ということは、なくなったものの価値を低く見ているのかもしれない」

「どういうこと」

「『あれは安物』みたいな。『どうせ偽物』とか、『本物はちゃんと保管してあるから大丈夫』とか」

「それで?」

「タケさんは偽物に手を出してしまい屋敷を去る。ところが年月が経ち、ほんとうに偽物だったのかと疑念がわき里海町にやってきた」

「おお。いいね。ありえそう」

「邦夫さんも『タケさんの持ち出し』を知っていた。戦後わざわざタケさんが現れたことで、ひょっとして本物だったのかもしれないと思った。だから、タケさんの探しものを自分も見つけたかったんだ」

艶子が「先生も」と声をあげ、夏央は快活に白い歯をのぞかせる。

「タケさんがこっそり裏山に行った年は、前住職の話からすると大正九年。先生と邦夫さんが十歳のときです。何かを知っていても不思議はない」

墓地から駐車場までは下り坂や急階段になるので、夏央が艶子の手を引きゆっくり下りた。これからについて、夏央は大下の伯父宅に行くと言う。午前中に由佳利たちが訪れた家だ。

そこには邦夫の遺品があるので、今一度じっくり調べてみると。新たな手がかりがありそうで期待が膨らむ。

「艶子さんはどうします？」

「タケさんについてもっと知りたいわ。赤松家に恩義を感じていた真面目な人が、ほんとうにおかしなまねなどしたのかしら。したとしたら理由があるだろうし、偏見や誤解が生んだ濡れ衣かもしれない。赤松家を去った事情も戦後に現れた真意もわからない。気になる人よ。その後どうなったのかも知りたい」

調べる当てを尋ねると、旅館に戻り主夫婦に相談してみるという。

由佳利は艶子を送ることにして、バイクの夏央とは駐車場で別れた。そのまま艶子に付き合ってもよかったが、母から何度となくＬＩＮＥが入っている。一番新しいものには買物を頼みたいとあった。野菜のオーブン焼き用のチーズが足りないそうだ。母なりに娘を案じ、小さなお使いで帰宅を促したいのだろう。

破談の件は両親も怒り心頭で、真人を激しくなじったが、娘に対しては感情をぶつけるのをこらえ慰める側にまわってくれた。今日の外出も「貴地先生の用事」と言うと、意外そうな顔をしつつも安堵《あんど》をのぞかせた。先生の生家館、ほんとうになくなってしまうの？　もしかしたら続けられるかもしれない。あら、お母さんも残るように応援してるわ。そんなやりとりのあと、「頑張ってね」と笑顔で見送られた。これ以上の心配はかけられない。

艶子にも気遣われ、旅館の前まで送り届けると、由佳利は降りることなく車を出した。

まっすぐ帰るつもりで母にも返事を入れておいたが、ひとりになって車を東へと走らせていると気持ちが沈んだ。初めて訪れた邦夫の家、夏央との再会、ランチを食べながら眺めた海、作務衣姿の前住職から聞いた話。それらが押し流され、そぎ落とされ、今までの時間とこれからがまったくの別物に思えてくる。

由佳利は駅前に出る少し手前で車を路肩に止めた。夏央が言ったように子どもの頃から勉強を頑張り、何度となく学級委員も務め、県立高校を経て第一希望の公立大学に推薦で入った。順風満帆に見えるかもしれないが、苦い思いを味わったことはこれまで幾度となくある。転校生の手助けを先生から頼まれたのにうまくいかず、仲の良かった友だちから非難されて、気づけばひとりぼっちで孤立していたり、中学では先生への反発から集団カンニングに加担し、知らせを受けて駆けつけた親に怒鳴られたり泣かれたり。高校では体育祭の実行委員ではしゃぎすぎ、友だちを傷つけることを言ってしまった。

どれもこれも自分なりに悩み、眠れぬ夜も過ごしたけれど、今のように消えてなくなりたいほどの苦しさは初めてだ。

自分は失敗した。みっともないみじめな失敗だ。婚約者に捨てられるなんて。

汚点は一生ついてまわる。

運転席でぼんやりしていると、助手席に置いたスマホが振動した。のろのろ手を伸ばせば夏央からだ。お寺の駐車場で作った三人のグループＬＩＮＥ宛てだった。

「邦夫さんの遺品、見つけてもらってきました。これから精査します。報告は明日にでも」

思わず「へえ」と声が出そうになる。なんだろうと心が動く。

姿形さえわからない「何か」が気持ちをくすぐり、立ちこめる霧の中で瞬《またた》くランプにも思える。ほのかな灯りは自分に向かって手招きしているようだ。

息苦しさがやわらぎ由佳利は目を閉じた。生家館のひっそりとした佇《たたず》まいが瞼《まぶた》に浮かぶ。このままでは時の流れという急流に飲まれてしまう小さな文学館。この地に繋ぎ止めておくために、自分にできることがあったならどんなにいいだろう。甘い夢に浸るように空想する。霧の中を恐れず進み、いくつもの謎を解き明かし、文学館を救う方法も見いだす。それができたらどんなにいいだろう。

いつの間にか手足の強ばりが解けていた。運転席のシートに座り直し、サイドブレーキを外す。夜の時間、夏央が邦夫の遺したものを調べていると思うと、にわかに自分も何か読みたくなり、スーパーに寄る前に町営図書館に向かった。町出身の作家として貴地崇彦のコーナーが設けられているので、刊行年数からかなり経った本でも棚に置いてある。

貴地崇彦は戦後間もなく、昭和二十三年に『月の声』でデビューする。貧しい家に生まれた主人公を、何くれとなく助けてくれた小学校の担任教師。素朴で温かな親交に突然の別れが訪れる。そこから担任に語りかける独白を織り交ぜ、少年の成長が綴《つづ》られる。最後の最後、涙を拭いながら月を見上げての一言は圧巻だ。担任からの返事が聞こえるようで耳を澄ましてしまう。

三十八歳は作家として「遅咲き」と言われるようだが、デビュー作が高評価を得たことで発表の機会に恵まれる。二年後の昭和二十五年、四作目の『白蓮《びゃくれん》を恋う』が多くの読者を摑み、文壇も認めるところとなり著名な賞に輝く。作家としての地位が確立され、以降、話題作を次々に上梓《じょうし》していく。

生家館の担当になったとき下条課長にすすめられ、この二作は読んでいた。今では使われていない言い回しや初めて目にする言葉があり、最初のうちこそページが進まなかったが、慣れていくにつれ、古い表現が大正から昭和にかけての時代背景を想像させてくれる。登場人物が細やかに立ち上がり、その運命に気が揉め、心情吐露に引き込まれる。

既読の本は避け、事件物として映画化もされた『砂上の殺意』を棚から選ぶ。ふと艶子の言ったかぞえ歌が出てくる話も気になったが、タイトルがすぐには浮かばない。明日にでも聞いてみよう。

三冊選んだところで艶子にも著書があることを思い出した。「仲村艶子」の「な」の棚をたどっていると一冊だけ、『まるで猫のあくびのような』という本があった。六年前に出たエッセイ集らしい。表紙は日差しの注ぐ日本家屋の縁側で、ぽつんと置かれたお盆の上に湯飲みやカステラが用意されている。どこを探しても猫の姿はなく、あくびとも無縁だが、よく見るとタイトルロゴに猫が隠れている。後ろ姿なので、もしかしたらあくびをしているかもしれない。デザイナーのセンスが感じられる装丁だ。

それも加え、計四冊を借りて図書館をあとにした。買物をして自宅に帰り着くとスマホに着信があった。夏央や艶子かと思ったら、生家館の受付係である澄江からだ。

ガレージに入れてエンジンを切ったところだったので、呼び出し音が切れる前に電話に出た。

開口一番、「お休みの日にごめんなさいね」と謝られる。土曜日なので職員は休日だが生家館は開いていた。何かあったのかと思う間もなく、話したいことがあるのでどこかで会えないかと言われた。

なんだろうと小首を傾げながら、翌日の日曜日、午前中を約束する。

群馬県警の捜査員が役場に来た日、頼まれて澄江の電話番号を教えた。警察からいきなり電話がかかってきたらさぞかし驚くと思ったが、まさにそうだったらしく、その日の夕方には由佳利のスマホに連絡があった。警察から若い男性の見学者について聞かれたとのこと。おおよその体格や顔つきを言われたが、澄江に心当たりはなく、「わかりません」「覚えていません」を繰り返した。向こうは早々に諦めたらしく、何か思い出したら教えてくださいと言って電話は切れたという。

あのあと何かあったのだろうか。それともまったくの別件だろうか。

4 昭和三十四年と三十五年

翌日の朝、由佳利と艶子と夏央のグループLINEに艶子からメッセージが入った。

由佳利と別れたあと、旅館の主夫婦に相談したところ、赤松家で今現在働いている人を紹介してもらったそうだ。タケジについて聞けるかもしれないので会ってくると言う。由佳利は澄江との約束があるので午前中は付き合えない。そんなやりとりをしていると十時近くになって夏央から「おはようございます」のスタンプが入った。

邦夫の遺品を整理しているうちに夜更かししてしまい、寝坊したそうだ。家の車を出せるというので艶子を頼み、由佳利は澄江との約束の場所に向かった。

待ち合わせの場所は郊外にあるベーカリーカフェだった。お互い車なので利用しやすい。由佳利が店に入ると澄江はテラスに面した窓辺のテーブルにいた。

「お休みの日にごめんなさいね。呼び出したりして」

カフェコーナーはセルフサービスなので、由佳利は紅茶を持って席についた。

「いいえ。勤務時間内ですとなかなか時間がとれなくて。よろしかったら気軽に声をかけてください」

「そう言ってもらえると助かるわ」

澄江はブラックらしきコーヒーの入った紙コップに目をやりながら、「実はね」と切り出した。

「警察からの電話については話したでしょ。ほんとうにびっくりした。じっさい若い男性で気になる人は思いつかなかったのよ。でも」

一旦言葉を切り、真剣な顔で言う。

「女性なのか男性なのかわからない人はいたの。それを思い出して」

「わからない人?」

「そういう人ってたまにいない? 背が高いから男の人だとばかり思っていたら女の人とか。髪が長くて女性っぽいんだけど、しゃべると男性の声だったとか」

なるほどと由佳利はうなずく。

「区別のつきにくい人ですね」

「それそれ。ことさら女装だの男装だのという話ではなく、なんとなくわかりにくい人が見学者にいたのよね」

「記憶に残っているということは、お話をされたんですか」

紙コップのコーヒーにゆっくり口を付け、澄江は首を縦に振る。

「二ヶ月ほど前、桜が咲く前の寒い雨の日だったわ。誰も来る気配がなく、今日は見学者ゼロかしらと思っていたら、玄関扉が開いてすらりとした人が現れたの。傘を傘立てに差し、濡れていた薄手のコートを畳んで胸に抱え、見学料のやりとりのあとは展示室を見に行ったわ。しばらくしてから『あの』と声をかけられ、展示物を詳しく見られないかと言われたの」

その人は貴地崇彦の子ども時代に興味があり、文集の他のページも見てみたいと言ったそうだ。けれど古い資料は紙の劣化も進んでいる。直に手で触れることはできず、ガラス越しに見てもらうしかないと説明した。

相手は残念そうにしながらも重ねて要求することはなく、そこから先は建物や住人について興味を示したそうだ。小説家が住んでいた家というのは知っているが、生家館の公開まで誰が住んでいたのか。その人たちは今どうしているのかと。

先生は結婚し子や孫がいるが、姉の春美は独身を通しこの家で亡くなった。そんな話をして、思いがけず会話も弾んだそうだ。

「前髪が長くて、眼鏡をかけていたので顔はよくわからなかったの。服装は黒っぽいズボンだったと思う。声は高くもなく低くもなく。物腰が穏やかだったからなんとなく女性という気がしたんだけど、どっちでもおかしくない気はする。どちらでもいいと思っていたし」

「たしかに。見学ルールに則《のっと》って見学してくだされば、どっちでもいいですよね。その方、どこからいらしたんでしょう」

「東京と言ったかしら。覚えているのはそれくらい。ごめんなさい。警察が捜している人とはぜんぜん関係ないような気がしてきた。きっとそうよ。ただの見学者だわ」

澄江はそう言って肩をすくめ笑顔をのぞかせた。半円を描く眉の下に、瞼の垂れさがった目があり、色白の頬にはシミも皺も目立つ。老いを感じさせる風貌ではあるが、明るい声や笑みをもらうと心が軽くなる。年長者ならではの懐の深さがあるからだろう。

問題の人物については判断がむずかしい。もう少し様子見でいいだろう。そう思って曖昧に頭を動かす。澄江はコーヒーの紙コップを両手で持ち、喉を潤してから視線を宙に向けた。

「その人が印象に残ったのは、昔のことを話して、春美さんを思い出したからかもしれない」

「春美さん？」

「ええ。貴地先生のお姉さまよ」

思い出すような関わり合いが澄江にあるのだろうか。

「もしかして春美さんと面識がおありですか」

「坂口さんには言わなかったかしら」

「受付係になったいきさつはうかがいましたけど」

「あの当時は開館日が多くて三人体制だったのよ。だから手もあげやすくて」

「もしよろしかったら、春美さんとのお話を聞かせていただけますか」

「ほんとうの思い出話よ」

結婚以来ずっと里海町に住んでいる澄江は、四十歳になった頃、知り合いから文学散歩の会に誘われた。作品にちなんだ場所に出かけ散策を楽しむ会だ。メンバーのひとりに貴地崇彦の姉、春美もいた。

「私とは四十ほど年が離れていたの。初めてお会いしたとき、春美さんは八十歳くらいだったと思う。気さくで穏やかで慎ましやかな人でね。その頃はもう、転んだりすると危ないからと、たまに顔を出しても早帰りされてた。私も年配の方たちのおしゃべりに疲れたりすると、ひとりで帰る春美さんにご一緒させてもらったりしたの。そしたらあるとき、おうちの前までお送りしたら、寄っていかないかと声をかけてくださって」

「お宅に入ったんですか。生家館になる前の家ですよね」

そんな人がいるとは考えたこともなかった。由佳利が物心ついた頃には今の場所にあり、家そのものが建ったのは百年以上も前だ。「すごく昔」の一言でくくっていた。

「当たり前だけど今のような展示物はなく、代わりにタンスや仏壇が置かれていたわ。春美さんは冷蔵庫の中からよく冷えたお茶を持ってきて、それをふるまってくれた。とっても美味《おい》しかったわ。暑い日だったのね。そうそう、クーラーはなかったけれど、開け放たれた掃き出し窓からいい風が入ってきた。南斜面にぽつぽつ家が建っているような場所だったから、視界を遮るようなものはなく、斜め下に竹林が少し見えたかしら。喉を潤しながらぼんやり眺めていたら、春美さん、あれは梅の木、そっちは柿の木と指をさして。梅の実がなれば梅干しに、柿は干し柿にと、楽しそうに目を細めてた」

由佳利は澄江の脳裏に甦《よみがえ》っているであろうものを想像で思い浮かべようとしたが、うまくできない。今の生家館には庭がないのだ。建物のすぐそばまで生け垣が迫っている。掃き出し窓が開け放たれることもない。除湿もかねて人がいるときはエアコンがつけられ、空気の入れ換えはあっても時間は短い。日差しを避けるために窓の向こうには葦簀《よしず》が下げられ日中でも薄暗い。照明は必須だ。

「庭があって、木が植えられていたんですね」

「ええ。梅干しや干し柿と聞いて、私、貴地先生も召し上がられたりするんですかと尋ねたの。若かったわねえ。今だったらとても言えない」

「どうしてですか」

「当時春美さんはひとり暮らし、先生は東京でご家族と暮らしていた。どれくらいの交流があるのか、わからないじゃない。ほとんど行き来がなくて、春美さんの作った物をまったく食べていないかもしれない。昔に遡って、それこそお母様が生きていらした頃だって、先生が食べたとは限らない。もしそうなら不愉快な質問どころか、いたたまれない気持ちにさせてしまうわ。年を取るとそんなことを考えるのよ。いろんな人を見てきたから」

悪気はない、という言葉を由佳利は思い出す。悪気はなくても、思いやりに欠けているから不用意な言葉を口にする。思いやりは年を重ねることで深めていけるだろうか。

「でもね、幸いにして春美さんと先生はよい関係を築かれていた。春美さんは私の言葉に微笑んで、昔はときどき送っていたのよと答えてくれた。母の味だから懐かしいみたいと。それから貴地先生の話にもなったの」

「どのような話ですか」

先生は郷里の町でつましく暮らす母と姉を常に気にかけていたらしい。母が年老いてからは近くに来ないかと提案し、転居を嫌がると介護や医療に気を配った。姉がひとりになり、母と同じく里海町にいたいと言うと、ため息がちに無理はしないようにと繰り返した。

母と姉が最期まで親しんでいた家だからこそ、先生は保存を了解したのかもしれないと由佳利は聞きながら思った。作家としての自分の功績を残したいというよりも。

　先生の作品の中で、登場人物のひとりがこんなことを言う。

「家族や生まれ故郷がしっかりあるやつはいいよ。嵐の海の中で立派な一枚板があるようなもんだ。そりゃ命拾いもするだろうよ。でも、ないやつはないで、木の欠片《かけら》だけでも見つけりゃいい。通りすがりにしなびたみかんをくれた爺さんとか、たき火にあたらせてくれた漁師とか、晴れた日に頂を見せてくれた山とか。それを離さず摑んでいればいい。案外沈むことなく、いつか自分が一枚板になれるから」

　先生自身は大事にしたい故郷や家族があった一方、そういったものを持ち得なかった人にも気持ちを寄せている。代わるものをみつけて道を踏み外してくれるなと。それだけ故郷や家族のありがたみを感じていたのだろう。終生、おろそかにはしなかった。

　澄江は穏やかな表情になって話を続ける。

「もちろん先生のお母さまも息子の成功を心から喜んでいたのよ。だから子どもの頃の文集や使っていた文房具、ズボンや帽子、片方だけの靴に至るまでだいじにしまっておいた。それを春美さんも手放さずにいてくれたからこそ、今、生家館で展示できているの。そうでなきゃ加山市の本館に根こそぎ持って行かれていたわ」

　いきなり本館が出てきて、由佳利は思わず吹き出した。

「ほんとうにそれ、ありえますね。春美さんに感謝しないと」

　澄江も「ねー」と相好を崩す。砕けた雰囲気になって話しかけやすくなる。

「春美さんから貴地先生のお友だちについて聞いたことはありませんか。ごく最近、私の同級生が先生の小学校時代の友だちの、ひ孫だとわかったんです」

「あら、どなたかしら。先生には仲の良かった子がふたりいたでしょ」

「酒屋さんの子どもで」

「だったら邦夫さんね」

　さすが打てば響く早さだ。

「邦夫さんは大人になってからも里海町にいたみたいね。先生とはずっと仲が良くて、あるとき赤松家からの招待を受けて、ふたり一緒に訪ねたそうよ。春美さんが言うには赤松家と自分たちのところでは、お殿様と農民くらいの差があったんですって。高い高い塀に囲まれたお殿様の家は、外からまったく見えず中がどうなっているのかわからない。近所の子どもたちにとって憧れや好奇心の的だったらしい。だからこそ大人になったある日、入れる機会がやってきて、先生はまるで童心に返ったように興奮してたって」

「いつ頃ですか」

「お母さまも喜んだと話していたから、お母さまがご存命の頃ね。たしかそのあとすぐ、お母さまは亡くなったのよ。春美さんは三人でちゃぶ台を囲んだ最後の機会と言ってた」

「赤松家からの招待って、何か特別なイベントでもあったんですか」

「あそこの当主さん、今の町長さんのひとつ前の方、先生の大ファンだったのよ。それでごくふつうに誘ったんじゃないかしら」

子どもの頃の憧れの場所に、大人になってから招かれる。しかも「先生」と呼ばれ、当主自らの最上級の歓迎を受け、子ども時代の一番の親友を伴って。まさに立身出世の見本のような出来事だ。晴れがましさは由佳利にも想像できる。さぞかし楽しい一日になっただろう。

「お殿様みたいな家のおもてなしって、どんなでしょうね。どんなにすごいご馳走なのか、想像もできません」

「それがね、先生の一番の目的は蔵の見学だったみたい」

「蔵？」

「子どもの頃からずっと、先生は赤松家の蔵を見たかったんですって」

澄江の表情がふと陰る。

「どうかしました？」

「ちょっとね、話をしているときの春美さんの顔が浮かんだの。何か言いかけて口ごもったような……。子どもの頃の夢が叶って先生は興奮して、その先生が久しぶりに実家に寄ったわけでしょ。春美さんもお母さまも喜んだ。そんな話をしているときに春美さん、どうしてか急に沈んだ顔になったりして」

「今の澄江さんがちょうどそんな感じでしたよ」

「あら。だったらあのとき春美さんも、心に引っかかることを思い出していたのかしら」

豪華な家屋敷やお殿様のおもてなしではなく、一番の目的は蔵。

そして先生の姉の、心に引っかかる思い出。

いかにも楽しそうな出来事なのに、顔を曇らせずにいられない事情が潜んでいたのかもしれない。ひょっとして、今自分たちが追いかけている謎に、それは繋がっていやしないだろうか。

澄江は昼前にベーカリーカフェをあとにし、席に残った由佳利はＬＩＮＥに届いた複数のメッセージを急いで読んだ。それによれば、タケジについての詳細を探るべく、艶子と夏央は赤松家で今現在働く人に会ったそうだ。聞き取った情報をつなぎ合わせ、タケジの身内が熱海《あたみ》で鮮魚店を営んでいることを突き止めた。これから向かうと、威勢のいいスタンプが添えられていた。

店はわかるのだろうか。タケジの身内に会えるだろうか。気が揉めるが、ふたりが戻ってくるまで二、三時間はかかりそうだ。カフェでパンを買い直し、ランチをすませてから由佳利は町立ひかり公園に向かった。生家館のある役場近くの公園だ。休日までわざわざ来なくてもと思うが、座り心地の良いベンチがあって本を読むのにちょうどいい。

鞄の中に艶子のエッセイ集が入っていた。昨日の夜、ためしに冒頭部分を読んでみたところ、するりと入ってくる文章につられたちまち数ページ進んだ。小説とちがってエッセイは合間の時間に読みやすい。

最初のうちはお気に入りのワンピースにまつわる話や駅で迷子になった話、ハンドバッグの蘊蓄《うんちく》、オペラ歌手との交流、しばらく住んだパリのアパルトマンなど、軽やかに綴っているのだけれど、ところどころに過去を振り返る話が挟み込まれ、ここしばらく共に過ごした彼女を思い出さずにいられない。

艶子は六歳の時に両親が離婚し、母と共に母の実家で暮らすようになる。裕福な実家だったらしい。母は自分の父や兄に溺愛され箱入り娘として育ち、結婚して子どもが生まれてからもお嬢さまでい続けた人だったと書いてある。艶子はそれに反発し、生意気でかわいげのない子と言われながら成長する。親子関係は良好ではなかったようだ。けれど、書にも画にも長け、たぐいまれなる美的センスの持ち主だったと母を認める記述もあり、エッセイが重苦しくなることを避けている。

母親もだろうが、何より艶子自身が美意識の高い才気煥発《かんぱつ》な女性だったにちがいない。それも早熟の。小学生の頃から谷崎潤一郎《たにざきじゅんいちろう》や芥川龍之介《あくたがわりゅうのすけ》、川端康成《かわばたやすなり》を読みふけり、太宰治《だざいおさむ》や三島《みしま》由紀夫《ゆきお》に影響を受けつつ、貴地崇彦の作品に引かれ、彼が教壇に立つ文学講座を受講。知り合うきっかけになったらしい。このとき艶子は十八歳。目を奪われずにいられない存在であったことは容易に想像できる。

これまで艶子本人とじっさいに会うことを考え、ネットでの情報収集は控えていた。根も葉もない噂によって先入観を持ちたくなかったから。けれど今の自分は艶子のプライベートをほとんど知らない。無頓着すぎたかもしれない。

スマホを使って検索し、スキャンダルを大げさに書いたものや個人の意見を絡めたものを外していくと、艶子の著作物や友人との対談から得た情報のみをまとめたサイトにたどり着いた。

それによると、妻帯者だった貴地先生との仲が噂されたのは艶子が二十代前半の頃。その後、彼女は二十八歳のときに、ひとまわり年上だった宗方史男《むなかたふみお》氏と結婚する。けれど史男氏に隠し子がいると発覚。彼は平身低頭で謝るも、相手の女性が二人目の子どもを妊娠したことで関係修復は困難に。離婚のさい、艶子に支払われた慰謝料はかなりの額にのぼったらしい。

以後、艶子はさまざまな男性と浮名を流すも結婚には至らず独身を通している。文筆業に加え、美的センスを活かしてアパレルブランドの相談役に収まるなど、仕事も精力的にこなした。現在は都内の閑静な住宅街に住み、気心知れた通いの家政婦がいて不自由はないようだ。

すでに母は他界し、兄弟も子どももなく、もしものことがあったら家屋敷を含めた財産はどうなるのか。ある対談の中で親しい友人に尋ねられている。遠慮会釈もない質問だが、彼女は含み笑いと共に「財産目当ての色男を待っているの」と返す。友人は「今までにお眼鏡にかなう人はいなかったのかしら」と。それに対し、「そろそろって気がするわ」と煙に巻いている。十年前のやりとりだ。

型にはまらない艶子の言動を批判する人もいるが、女性からの支持は年を追うごとに増えている。母を反面教師にしたという意味ではぶれない人であり、父との別れが年上の男性に惹かれる一因になったとしたら、満たされないものを持つ人なのかもしれない。

そんなことを考えていると当の艶子からＬＩＮＥにメッセージがあった。すでに熱海からの帰路についているそうだ。会えるならば里海町のどこかで合流したいとある。

「お目にかかったのは石川康雄《いしかわやすお》さんという人で、タケジさんのお兄さんの孫にあたるんですって。今年、七十三歳。魚屋さんでバリバリ働く元気な人だったわ」

熱海からは海岸道路を走ってくるので、チェーン店になっているファミレスを待ち合わせの場所にえらんだ。由佳利が一足先に着いて待っていると、十五分ほどでふたりは現れた。

由佳利はドリンクバーだけ頼んでいたが、夏央はオムライスを、艶子はパンケーキを注文した。昼ご飯が中途半端だったらしい。

旅館の女将に紹介してもらったのは赤松家で働いている女性だった。日曜日は休日とのことで、艶子と夏央は彼女の自宅を訪ねた。すると前の晩に女将の話を聞いた彼女は、かつての使用人たちと連絡を取り、タケジの苗字が石川であること、身内が熱海市内で魚屋を営んでいることを聞き出していた。夏央がその場で検索をかけたところ、それらしい店屋が特定できたので急遽向かうことにした。

石川鮮魚店は熱海駅から一キロほど離れた繁華街にあり、入り組んだ路地に面して年季の入った看板を掲げていた。車を近くに停めて様子を見に行くと、間口は狭いが奥行きは深く、エプロン姿の女性がふたりいてきびきびとお客さんをさばいていた。昼時はかき入れ時だろう。邪魔をしてはいけないと遠巻きに見ていたが、お客さんが途切れたところで女性のひとりと目が合い、艶子から歩み寄った。

こちらの主人に聞きたいことがあって来たと告げる。時間を改めた方がいいならまた夕方にでもと言うと、待っててくださいと言い残し奥に引っ込んだ。

すぐに頭に手ぬぐいを巻いた痩身の男性が現れた。眼光は鋭いが眉毛が白く、頬にも深い皺が刻まれている。艶子は名刺を差し出し、「貴地崇彦先生のことで調べておりますの」と大らかに微笑んだ。相手に警戒心をもたれないよう、熱海までの道のりで練った開口一番のセリフだそうだ。

先方が知らなくてもかまわないと思っていたところ、「あの作家さんの?」と言われて弾みがついた。既知の間柄である貴地崇彦の生い立ちを書き記すことになり、石川タケジさんのことをうかがいたいと言うと、相手はしばらく考え込んでから、近くにあるという喫茶店の名前をあげた。

そこで待つこと三十分。汗をふきふきやってきた男性は石川康雄と名乗り、タケジは祖父の弟で、自分が十一、二歳の時に亡くなったと話した。タケジは漢字で書くと「武治」だそうだ。

「武治さんが里海町の赤松家というところで働いていたのはご存じ?」

艶子がそんなふうに水を向けると、康雄さんはうなずいた。

「里海町にいたのは知ってます。奉公先の名前までは知りませんが」

でも、と続ける。

「作家先生のことはタケおじさんから聞いてますよ。自分が奉公した先の近所に、有名になった作家さんが住んでいたって。自分がいた頃はまだほんの子どもだったけどって」

艶子も夏央も目を見張った。まさかそんな話が出てくるとは思いもしなかった。「先生はおじのことを覚えていないでしょうが」と、康雄さんは照れた顔になり、ここは定食もいけるんですよと言って日替わり定食を注文した。夏央もそれに便乗して同じものを頼んだ。

なので昼はちゃんと食べているはずだが、夏央はファミレスのオムライスをせっせと頬張る。艶子はパンケーキを由佳利にも分けてくれた。

「武治さんは小学生だった貴地先生を知っていて、のちのちまで覚えていたのよ。それも意外だったけど、身内の人が懐かしそうに笑顔で話すことにも驚かされた。正直、武治さんのことをまったく知らないか、逆に知っていて冷たくあしらわれるかのどちらかだと思っていたの。でも康雄さんは終始にこやかに接してくれた。武治さんから悪い話を聞いてないんだわ。里海町では良くない噂が立っていたというのに」

艶子に代わり、オムライスを食べながら夏央が答える。

「武治さんが赤松家を辞めた理由については？　何か聞きました？」

「親から聞いたことを、康雄さんが思い出しながらしゃべってくれた。それによると稲作農家だった石川家は土砂崩れで田んぼがつぶれたり、家族が病気をして治療費がかかったりと、借金を抱えて困窮していたらしい。そんなとき武治さんが戻ってきて、こつこつ貯めていた給金や、辞めるにあたっての慰労金みたいなのを借金返済に充ててくれた。家族は命拾いしたと、そりゃもう感謝したそうだ。康雄さんからしてみれば、一家離散を救ってくれた恩人みたいなものだ」

「辞めるにあたって、慰労金をもらってたの？」

「本人はそう言ってたんだろうな。辞めた理由については覚えてないそうだ。いずれにしても借金返済を機に、石川家は海のそばに引っ越した。魚の加工場で働き、戦後は康雄さんの父親が商店街の外れに店を出した。武治さんも兄一家の近くに住み、ひもの作りの腕は亡くなるまで達者だったと康雄さんは話してたよ」

「武治さんはいつ、どんなふうに亡くなったの？」

「それが」

夏央は手にしていたスプーンを止め、しばらく考えるような顔になってから一気にオムライスをたいらげ自分のノートを開く。

「なんと、ここ里海町で亡くなったんだって。熱海とは離れているから、病院から知らせを受けた家族はびっくり。道端で倒れて運び込まれたらしい。あわてて駆けつけたけれど退院も転院もできずに、里海町の病院で息を引き取った」

言いながらスマホの電卓を操作し、夏央は「おおっ」と奇声を発した。

「康雄さんの年齢から計算すると、武治さんが亡くなったのは昭和三十四年かな。お寺の前住職が話していただろ。武治さんが戦後、突然やってきたって。あの年だよ。門前払いされて笛田地区をうろうろしてるときに倒れたんじゃないか」

「まさか。考え過ぎじゃない？」

「康雄さんの口ぶりからすると、武治さんは足が不自由だったこともあり、めったに出歩かなかったらしい。そうそう何度も里海町に来てないよ」

ではほんとうに、かつての奉公先を数十年ぶりに訪ね、中には入れてもらえず、近辺を彷徨《さまよ》っているうちに倒れたのだろうか。

「それにしても不思議だよな。こっちでは赤松家の財産に手を付けたみたいに言われているのに、康雄さんの家族にとっては実直ないい人だったらしい」

夏央の言葉に、艶子が「そうなのよ」とうなずく。

「武治さんが里海町にいるとき、子どもが川で亡くなる事故があったんですって。川縁を歩いているのを武治さんが見たそうで、そのとき声をかければよかったと悔いていたらしい。その思いがあるからか、康雄さんが木登りで高いところまで上がると、いつもは優しいおじさんが危ないと叱ったそうなの。そんな話を聞いていると、やっぱり悪い人には思えないのよね。数年なら演じることはできても、七十いくつで亡くなるまでとなると、性根の問題になるでしょう？」

今度は由佳利がうなずく。

「艶子さんがおっしゃるのはわかります。里海町に流れていたのはあくまでも噂ですし。ただその噂って、数十年経ってから突然、赤松家を訪ねたからですよね。昔の行動にも不審な点があり、辞め方も不自然だった。納得できないものが、武治さんを知る人の中にあったからではないですか」

「秘密だな」と夏央。

「武治さんは誰にも言えない秘密があったんだよ。だから里海町側の人間からするとおかしな行動をする人で、秘密とは関係のない康雄さんたちからすると何もおかしい人じゃない」

「その秘密は里海町内に限定されることなのね」

「うん。面白くなってきた」

夏央は鼻歌をうたうような身振り手振りでペンを取り、ノートの余白に「わかったこと」を書き始めた。
・武治さんは貴地崇彦を知っていた。
・奉公先の近くに住んでいたと話している。
・武治さんは実家に帰ったとき、まとまった金を持っていた。
・その金により実家は大いに助かる。
・武治さんは昭和三十四年あたり、里海町の病院で亡くなる。
・なぜ里海町に来たのかは不明。
・実家では質素に暮らし、身内から優しいおじさんと慕われていた。
「突然辞めた奉公人が、感謝されるほどの金を持っていたのはやっぱり怪しいよ」

「私、貴地先生を知っていたというのも気になる。里海町にいたときは『吉田崇』という名前だったのよ。よっぽどの小説好きなら、経歴を見たりインタビュー記事を読んだりもするだろうけど」

「おれは本屋さんのポップで知ったよ。『里海町出身！』って、今でも謳《うた》ってるだろ」

「里海町だからね。武治さんは熱海にいたんだよ」

「そして貴地崇彦はペンネームか。吉田崇がベストセラー作家になったことを誰かに教えてもらったとして、それは誰なんだろう」

夏央はそのあたりもメモに書き加えた。

「謎が増えるばかりだね」

「そっちはどうだったんだよ。午前中、生家館の受付をしてる人に会ってきたんだろ」

尋ねられ、由佳利は澄江との会話をふたりに話した。警察からの電話を受け、澄江が心当たりがないと答えたこと。その後、性別のわからない見学者がいたのを思い出し、不安になったこと。相談内容については「ふんふん」と相槌を打っていたふたりだが、雑談の中に登場した先生の姉については目つきが変わる。

「お姉さまに会った人がいるなんてすごいわ」

「中に入ってお茶を飲んだ家が、のちのち文学館か。そして今は自分が受付係。奇遇って、そういうのを言うんだな」

たしかに、澄江はどんな気持ちであの家の玄関先に座っているのだろう。柱も天井も襖もかつてのままだ。見学者がいないときはひとりで過ごす。体をほぐす意味でもたまに立ち上がり家の中を歩くらしい。タイムスリップするような錯覚に陥ることもあるのではないか。

艶子と夏央は、先生が赤松家に招かれた話になるとさらに目を輝かせた。邦夫を伴い、目当てはどうやら蔵だったと聞いたとたん、仲良く腰を浮かす。

「それ、いつのこと！」

「さあ。先生のお母さんが亡くなる少し前みたいですが」

「ちょっと待って。わかるかもしれない。いいえ、わかるわ。えーっと」

言ったきり、額に手を当てたままの艶子。

「すぐには出てこない。こういうときは……そうそう、文学館の窪田くん。ゆかちゃん、聞いてみて」

艶子の指示を受けて由佳利は「貴地先生のお母様の没年月を教えてください」と窪田にLINEを送る。

返事を待っている間、それぞれがドリンクバーから新しい飲み物を持ってきたりトイレに行ったりしていると、窪田からのメッセージが表示された。まずは「パシリにされてる気がする」と文句の一言。そのあと、「先生の母上、吉田トミさんは昭和三十五年十二月五日に、七十八歳で亡くなりました」と。お礼の言葉とスタンプを素早く返す。

「昭和三十五年か。先生が邦夫さんに出した葉書も三十五年だ。何月だっけ」

「消印では三月」

「その数ヶ月後に、先生と邦夫さんは赤松家を訪れている」

「そうなるね。ちょっと待って。前の年に武治さんが里海町を訪れているよ」

昭和三十四年と三十五年。

夏央がノートに書いたふたつの年を由佳利もじっと見比べる。関連がありそうだが、今の段階では何も言えない。

「もっと情報なり手がかりなりがないと進まないね。そうだ、邦夫さんの遺品を調べたんだよね。どうだった？」

「全部は見切れていない。でも気になるものはあった」

夏央の鞄から出てきたのは黄ばんだ紙切れだ。手描きの地図らしい。川や小道、大きな木、崖のような表記の他、丸印やバツ印が書き込まれている。

「邦夫さんは山の中を繰り返し調べていた」

「山の中？」

「赤松家の裏手にある山だ」

由佳利も艶子も息をのんで地図を凝視する。

「お屋敷のある場所は昔から変わっていない。その近辺の詳細地図と邦夫さんの地図を照らし合わせると、曲がりくねった細い川の形が一致していた。屋敷の裏手から入れる山と見てまちがいない。わかりやすく言うと、雑然と木が植わっている傾斜地だな。おれ自身は入ったことがないけど、獣道みたいな小道がついてて、土地の人が山菜採りやキノコ狩りに行くような場所だ。このあたりでは珍しくもなんともないけど、邦夫さんは繰り返し同じエリアに入り、おそらくはコンパスを片手に歩きまわっている」

夏央はさらに数枚を机の上に並べた。線も印も文字もかすれているので読みにくいが、よく見ると「ほら穴あり」「がけくずれあと」などと書き込まれている。そしてどの紙にも川のようなものが記されている。目印にしたのだろうか。

「同じところに何度も。目的物があったとしか思えないね」

「ああ。紙の劣化はまちまちだから、長い年月にわたっての調査だ」

「日付はない？」

「あっても読めそうで読めない。たとえばこれ、三だよな。二ではなくて。その横が……」

由佳利は身を乗り出して紙に顔を寄せた。

「数字だとしたら四かな。三四？」

「三十四年のことか？」

昭和だとすると、武治が里海町で亡くなった年だ。貴地先生が邦夫に葉書を出した前の年。

「いろんな矢印がその年を指しているね」

「調べれば調べるほどそこに行き着く」

由佳利と夏央の会話に、艶子が声を滑り込ませた。

「眠っていたものが目覚めた年なんだわ」

ひとつ息をついてさらに続ける。

「そのあとまた眠ってしまうけれど、ごく最近、また目を覚ました」

すべての発端が武治の真夜中の行動だとすると、石恩寺の檀家に赤ちゃんが生まれた年。

大正九年。

貴地先生が十歳だった頃。今からざっと百年前だ。

そして昭和三十四年、武治が再びこの町に現れる。大正九年からは約四十年後。何かを探してさまよい、倒れて命を落とす。

さらに六十年が経ち、つい最近、群馬県の山中にて若い男性の遺体が見つかった。

由佳利の脳裏に小高い傾斜地がよぎる。里海町のそこかしこに見られる雑木林に覆われている。そこに入る小道の先は濃霧に遮られ、どこに続いているのかわからない。

5　言わずに死なないで

　週明けの月曜日、出勤時の下条課長と一緒になった。由佳利にとって里海町の歴史や地理にもっとも詳しい人だ。生家館になる前の吉田家、春美さんやそのお母さんについても、研究者並みに知っているだろう。先生が赤松邸を訪問したいきさつはどうだろう。ひょっとしたら武治のことも聞き及んでいるかもしれない。

　そんなことを考えながら課長にくっついて役場の建物に入る。エレベーターではなく階段で二階に上がった。

　下条課長はいつも通りに「おはよう」と挨拶した後、「何か用事？」という顔をする。聞きたいことがありすぎて由佳利は迷った。どこから話せばいいのだろう。ここ数日、いろんなことがありすぎた。課長のフロアは二階で自分は三階。話がないならここで別れなくてはならない。「そうだ」と思いつく。

「課長、里海町に昔から伝わる怪談をご存じですよね」

「怪談って、人魂とかのっぺらぼうの？」

「そうですそうです。その中に、赤松家の元奉公人って人が関わっている話があるらしくて。ご存じですか」

　課長は眉根を寄せて首を大きくひねった。

「もしかしてあれ？　橋のたもとに現れる幽霊の。いや、ちがうか」

「道を聞くおじいさんなんですけど」

ピンとこないらしく、聞き返す顔になる。武治のことは知らないらしい。

「すみません。いきなりへんなことを聞いて。このところ私、生家館に関することでいろいろ調べていまして」

「そう言われると気になるね。担当は変わってしまったけれど、何かあったらなんでも言ってよ」

「ありがとうございます。ややこしい話もあるんで、今度お時間のあるときにあらためて」

課長は面倒くさがることなく、むしろ興味津々といった顔でうなずいた。由佳利はそんな課長を見送ってから三階まで上がる。貴重な味方を得た気分で足取りは軽くなる。

我ながら単純だと思うが、百年にわたる壮大な謎に取り組んでいるのだと、自分で自分を励ましたい。やり甲《が》斐のある仕事だと持ち上げたい。じっさい、玉乃木旅館の主夫婦、石恩寺の前住職、熱海の鮮魚店の主、受付の澄江と、古い古い記憶を丹念に思い起こし、聞かせてくれる人がいる。少しずつ情報が集まっている。

この調子で動き続けていれば、いつか「真相」にたどり着けるのではないか。

元気よく自分のフロアに入り、顔の合った人と朝の挨拶を交わして席に着く。本業も頑張らなくてはならない。ちゃんと働き給料をもらい、新しい服でも買おう。靴でもいい。鞄でもいい。そして美味しい物を食べに行こう。

「坂口さん、ちょっといい」

　パソコンを起動させていると同じ課の佐竹真喜子《さたけまきこ》がやってきた。年度からすると八つ上の先輩だ。左右を見て近くに誰もいないことを確かめつつ、となりの椅子を引っ張ってきて腰かける。

「マルシェでやるイベントの件なんだけど。画家さんの体調が悪くて別の内容に差し替えるかもしれないんですって？」

　佐竹は観光促進課に所属する同僚だが、地域の名産品の開発やＰＲ、それらを使ったふるさと納税を担当している。マルシェには直接関わっていないが毎年、会場整理や迷子コーナーなどをサポートしてもらっている。

「そうなると思います。残念ですけど別案を考えているところで」

「代替え案、仲村艶子さんのトークショーという話を青木《あおき》くんから聞いたんだけど」

　玉乃木旅館の女将の提案を、席の近い同僚に話し「有りかもしれないね」とは言われていた。

「はい。課長にも相談したところ任せると言われたので、近々先方のご都合を聞くつもりです。仲村艶子さん今、里海町にいらしてるんですよ」

　佐竹は露骨な不満顔になった。

「どうかしました？」

「どうかじゃないわ。男の人たち、無神経なことをするのよね」

「は？」

「坂口さん、気が進まないいんじゃないの？　無理しなくていいのよ。青木くんに押しつけちゃいなさいよ。私から言ってあげようか」

「どうしてですか」

「仲村艶子さん、その昔、貴地先生とお付き合いしてたんでしょう？　妻子がいるとわかっていながらちょっかい出したりして。今も昔もそういう人っているのよね。本人は悪びれもせずけろりとして、妻子や婚約者に謝罪の気持ちもないの。坂口さんが相手することないわ」

言われている意味がわからず、もしやと思うそばから血の気が引いた。破談になった件を指しているのだろうか。

「いや、私は……」

佐竹はいっそう声を潜めた。

「ちょっと小耳に挟んだの。あなたをひどい目にあわせた相手、ずいぶん年上で子どももいるんですってね。図々しいというか、したたかというか。災難だと思って、自分を責めたりしちゃダメよ」

待ってくださいと言いたかったが声にならない。相手が年上のシングルマザーだろうが年下の美少女だろうが関係ない。簡単に人を裏切る真人が悪い。思えば、ろくな相談もなく海外ボランティアに参加した行為も一種の裏切り行為だった。付き合っていた自分に対しても、家族に対しても、もしかしたら勤務していた学校にも生徒にも。

「艶子さんと私の件はぜんぜん別物ですよ。一緒にしては申し訳ない。とても魅力的な女性で、ここしばらく調べもののお手伝いをさせてもらってるんですよ。学ぶことが多くて尊敬しています」

「あらそう？」

「ここだけの話ですけど、生家館を残すことができるかもしれません」

由佳利は晴れ晴れとした笑顔を佐竹に向けた。裏切り男を選んだ自分は大馬鹿者だったが、それを職場でいじられたくはない。夏央が言ったように、「お馬鹿」くらいですませたい。そのためには涼しい顔でにっこり笑うくらいの強さが必要だと、たった今、実感する。

「私、生家館の担当者としてできるだけ頑張りたいんですよ」

「坂口さんが？」

意外そうな声のあと、ほんのかすかに鼻で笑われたような気がする。貴地作品はほとんど読んでいないので生家館にはふさわしくないと、担当決めのときに再三尻込みしたのは他ならぬ自分だ。佐竹は覚えているのだろう。それを今頃になってと、あきれているのかもしれない。

元気な笑顔を引っ込めて、由佳利はしおらしく肩をすくめた。

「ここ数年、貴地先生も読んできましたし、今は仕事に集中しようと思いまして。佐竹さんにも私のプライベートのことで心配をおかけしてたんですね。申し訳ありません」

「あら、私ならいいのよ。もしよかったら話はいつでも聞くわよ。遠慮なく声をかけてね」

「ありがとうございます」

頭を下げていると、大荷物を抱えた課員が外回りから帰ってきた。商店街で使うディスプレイの試作品ができたそうだ。佐竹がすぐに気づきそちらに向かったので、由佳利も立ち上がり二言三言やりとりに加わってから自分の席に戻った。

何事もなかったように予算案を修正したりメールの返事を書いたりしたが、気を抜くと手が震えてしまいそうだった。佐竹の目に映る自分は世間一般のそれなのだろう。かわいそう、気の毒と言いながら、心の中であああはなりたくないと思っている。みっともないと蔑《さげす》んだり、面白がったりする気持ちも混じっている。

強くならねば。しょげるのも落ち込むのもここじゃない。好奇な眼差しを向ける人たちの前じゃない。

気を張っているうちに没頭し、観光農園への補助費一覧を表にまとめて印刷した。広報課に相談したいことがあり、ファイルに入れて立ち上がる。

広報課のある四階の廊下を歩いていると名前を呼ばれた。振り向くと、同じようにクリアファイルを手にした赤松町長が立っていた。会議室のある階なので、打ち合わせでもあったのだろう。

由佳利も町役場で働くようになって七年目。所属が観光促進課ということもあり、それなりの顔見知りではあった。

「いいところで会った。坂口さんにちょっと聞きたいことがあったんだ」

「私にですか？」

今年七十三歳になる町長はがっちりした体つきで、髪の毛も染めているという噂はあるものの黒々として、年より若く見える。黙っていると強面《こわもて》にも見えるような精悍《せいかん》な顔立ちながら、笑うと顔中の皺が動いて目尻も下がり親しみやすさが増す。

掲げているスローガンは当初からずっと「里海町を明るく生き生きとした町に」。たしかに景気が停滞し活気の乏しかった町に大型商業施設を誘致し、公民館を増設し、町立病院も、全面的にとまではいかないまでも段階的にリニューアルして好評だ。現在は新たなる複合施設の建設に向けて邁進《まいしん》中。

「秋にやる市民マルシェ、君のところの課が担当だったよね」

「はい。何かありましたか？」

「そこでやる予定のイベントができなくなって、他の案に変わるらしいね。うちのお手伝いさんから聞いたんだ」

お手伝いさん、というところでひときわ小声になる。

「すみません。まだご報告する段階ではなかったもので」

「いやいや、いいんだ。報告云々《うんぬん》の堅い話ではなく、うちのお手伝いさん……千代子《ちよこ》さんというんだが、今ちょうどイベントにぴったりの人がこの町に来てる、その人に頼んでほしいと朝からやかましくて。なんと言ったかな、えーっと、苗字はなんだっけ」

「もしかして、仲村艶子さんでしょうか」

「そう、艶子さんだ。君も知っているのか。そんな有名な人かい」

旅館の女将も艶子にイベントをやってほしいと言っていた。女将の知り合いである赤松家の使用人とは千代子さんなる人物だろうか。

「艶子さんってほんとうにこっちに来てるの？　観光？　それとも用事？」

「貴地先生のことを調べにいらしてるんです。前にも貴地先生のイベントに参加されたことがあって、私とも顔見知りです。それでこの週末、私も少しだけお手伝いさせてもらいました。と言っても車を出したくらいですけど」

町長は眉を上げ、目を丸くした。

「貴地先生の？　もうずいぶん前に亡くなっているのに」

「まだまだ調べたいことがあるそうです」

「へえ。そんなものかねえ。文学のことはわからないけど。待てよ。となると生家館の噂も耳に入っているよね」

町長はとたんにバツが悪そうな顔になる。

「あそこの閉館は歓迎されないだろうよ」

「残念がっていらっしゃいました。でも分別のある方なので非常識なことはおっしゃいません。そういえば町長のお父さまとも面識がおありのようでした」

「ほう。父の知り合いでもあるのか。思わぬところでご縁があるものだ。君も知ってるだろうが生家館の移築に尽力したのは他ならぬ父だ。わたしから見たらほんとうに羨ましい趣味人だった。父の道楽のためにこちらは働くしかなくて、不公平極まりないよ。おっと。いかんね。役場の廊下の真ん中で、反抗期の子どものようなことを」

由佳利は控えめに微笑んで首を横に振った。実業家にはならず文学に傾倒した父に代わり、若い頃から家業を担った町長だ。父をスキップする形で、祖父から孫へと家督も政治家としての地盤も受け継がれた。精力的に職務をこなし、町長として揺るぎない地位を築いているところからすると父よりも向いていたのだろうが、苦労は多種多様あったにちがいない。

「生家館の件はお目こぼしいただくとして、艶子さんにはよろしく言っといてよ」

「はい。承知しました」

「うちとしても、貴地先生の生誕地であることは大事に受け継いでいきたいんだ。評価の上がる新発見があるといいね」

「ありがとうございます。町長のお気持ちは艶子さんにお伝えいたします。あ、すみません、不躾《ぶしつけ》ですがもしよろしかったら」

町長と一対一で話のできる、めったにない機会だ。由佳利はここぞとばかり慎重に切り出した。

「艶子さん、町長のお住まいに興味のあるご様子でした。貴地先生がいらしたころから建っていた、とても大きなお屋敷ですものね」

「まあ、古いことは古いね。あちこちリフォームはしてるけど」

「見学させていただくのは過ぎたお願いでしょうか」

「うちを？」

「もちろんプライベートなエリア以外のところを」

「全部プライベートだよ。基本的に普通の家なんだから」

町長は相好を崩し笑った。明るい声だったので気を悪くしたのではなさそうだ。

「そういう話はわたしよりも千代子さんに言った方がいい。会合やら習い事やらに家族が使っているから、兼ね合いがあるんだよ」

「では千代子さんにご相談してもいいですか。もちろん無理なようでしたらご遠慮します」

「さっき話に出た、道楽者の父の遺した資料なんかもあるにはあるよ。どうしていいのかわからず、手つかずのまま置いてある」

「それすごいです。私みたいな者でも興味あります」

勢い込んで言うと町長はさらに頰をほころばせた。それと同時に廊下に人影が現れ、「ここでしたか」と声をかけられた。町長を捜しに来た秘書らしい。そちらに向かって片手をあげる。

「貴重なお時間をありがとうございました」

「呼び止めたのはわたしだよ。我が家に来る機会があったらお手柔らかに」

由佳利は姿勢を正し、丁寧にお辞儀をして後ろ姿を見送った。

艶子たちになんて報告しよう。真っ先に思った。今のやりとりは当主の了解を得たと考えていいだろう。艶子から千代子へうまく持ちかければあの屋敷に入れる。小躍りしたい気持ちで広報課に向かう。

フロアでの憂鬱な出来事はすっかり忘れていた。もしかしたらほんとうに、生家館存続のための活動は自分を救ってくれるのかもしれない。


その頃、艶子は旅館の庭でポスター撮影にのぞんでいた。前々からあった話で、艶子にしても主夫婦には何かと世話になっている。予報通りに朝からよく晴れていたので、快諾しないわけにはいかず、昼食後に解放されたところで由佳利からの報告を聞いた。

案の定、疲れが吹っ飛んだと大喜びだ。「千代子さんなら任せて」と頼もしい。すぐに連絡を取りたいが午後は夏央と共に真鶴町《まなづるまち》に向かうとのこと。武治が亡くなったときの状況を知るべく、当時の病院関係者を探しに行くらしい。

かれこれ六十年も前になるので、医者や看護師といった主だった人々は存命している確率が低い。難しいのは承知の上で、まずは夏央の知り合いの病院関係者を訪ねるそうだ。

その報告を受けたのは由佳利が退勤したあとの時間。真鶴町では、「昔のことを知っているかもしれない看護師」を何人かあげてもらい、車を走らせ各人の家や仕事場、ケア施設などを訪問したという。ほとんどが首を横に振るだけだったが、中には「あの人ならば」とさらなる情報を寄せてくれる人もいて、それをたよりに小田原まで車を走らせた。けれど目指す人物はすでに亡くなったあとだった。

夏央は小田原から戻り次第、艶子を旅館に送っていくという。そのあと仕事をしなくてはいけないそうで、合流することなく由佳利は帰路についた。

艶子は夜のうちに千代子に電話をかけ、由佳利と町長のやりとりを伝え、赤松家の訪問を願い出た。千代子は熱心に耳を傾け、旦那様が了解しているならばと調整役を引き受けてくれた。

なんとかなりそうで嬉しいけれど、声がかかったときに同行できなければ由佳利の訪問はかなわない。幸い、長時間の会議や外出などの予定はないので、そのときが来たら艶子との打ち合わせと称して役場を抜けることにした。その分、寸暇を惜しんで仕事に励むと心に決める。

翌日の昼休み、艶子からスマホに電話があった。

「付添婦さんですか?」

「あなたも知らないのね。今の人は知らないんだわ。昔は入院患者さんのお世話をする人がいたの。家族だけでは手が回らないとき、お金を払ってお願いするのよ」

六十年前に町立病院で、そういう仕事をしていた人をみつけたそうだ。今は伊東《いとう》市内に住んでいるらしく、夏央の車で向かっている。収穫があったら報告すると言って電話は切れた。

その「付添婦さん」なる女性は今年九十四歳になる野島《のじま》ミツさん。里海町の出身で、付添婦や家政婦を長く続けたあと伊東にある介護施設で働き、数年前にそこをやめて今は公営住宅でひとり暮らしをしている。

ミツさんに夫や子どもはいなかったが姪《めい》はいて、その姪が看護師をしていたことから、「六十年前の町立病院を知る人」「医師や看護師に限らず、入院患者を覚えているかもしれない人」というキーワードを小耳に挟み、もしかしたらと名乗り出てくれた。

六十年前に彼女は六歳で、父親はおらず頼みの綱だった母を亡くし、母の姉に引き取られた。その頃、伯母は里海町立病院で付添婦として働き、暮らし向きはきつかったが、見舞客からもらった菓子を持ち帰り、病院での出来事もよく話してくれた。ふたりにとって懐かしい思い出であり、未だに話に出てくるという。

姪はこんなことも口にした。

「おばさん、本が好きでよく読んでいたんです。買うお金はなかったので、町の図書館で借りて。貴地先生の本もその中にありましたよ。だから何かしら思い出してくれるかもしれません」

艶子たちは自分たちが怪しまれないために、情報収集のさいに貴地先生について調べている形にしておいた。六十年前には先生も存命だったので、病院との関わりがあったかのようにほのめかしていたのだが、その名で反応があるのは嬉しい驚きだった。

ミツさんは伊東市郊外の、いささか辺鄙《へんぴ》な場所に建つ平屋にひとりで住んでいた。艶子たちが訪ねたとき、家の前に置いた椅子に腰かけ、草むしりをする近所の人を眺めていた。近所の人もみんな高齢だが、おそらくミツさんは最高齢だろう。姪は同居を呼びかけたがまだ大丈夫と断り、さまざまな介護サポートを受けつつ暮らしている。

その姪からも連絡があったようで、艶子たちを「ようこそいらっしゃいました」と気さくに迎え入れた。

家の中に招く仕草も見せたが、艶子が恐縮すると近所の人がもう一脚、椅子を持ってきた。できれば目の届くところで話してほしいと言われ、遠慮なく使わせてもらう。見知らぬ人間の訪問は、近所同士で気をつけているらしい。賢明な隣人に恵まれている。

「私は八十一歳になるんですよ。ミツさんの方が少しお姉さまですね」と艶子が切り出し、「里海町にいらした頃の話を聞かせてください」と本題に入る。傍らに立っていた夏央はすかさず病院の写真を差し出す。ネットで見つけたかつての画像を印刷したものだ。

艶子から老眼鏡を借りたミツさんは、のぞき込むなり「あら懐かしい」と顔中の皺を動かした。

里海町立病院は昭和二十一年に町立診療所として新設され、二十五年に町立病院と改称。昭和三十二年に建て直され、木造二階建て、病床数・百十五に増築された。

写真は白黒でいかにも古めかしいが、当時はできたばかりの新築病院だった。ミツさんは遠い目になって、「昨日のことのようだ」とつぶやく。

「ここで、入院患者さんのお世話をされてたんですよね」

「そうなの。仕事にあぶれていたら拾ってくれる人がいてね。あとは見よう見まね。病人さんの体を拭いてあげたり、さすってあげたりすると喜ばれてね。世話していれば情も移る。治らずに亡くなってしまうと、若い頃はよく泣いたもんだわ。いい思い出ばかりじゃないのに懐かしい」

艶子はうなずき、少し間を空けてから話しかけた。

「こちらで働いていた頃、石川武治さんという方が運び込まれてきたと思うんですけど、覚えてらっしゃいませんか」

「石川……？」

「まわりからは『タケさん』と呼ばれていたみたいです。その頃ミツさんはお若かったから、おじいさんの患者さんになりますね」

「はあ」

「実家は熱海で、魚屋さんを営んでいます。なぜ里海町の病院に運ばれたかというと、武治さんはかつて、赤松家で奉公をしていたそうで」

困り顔で目を伏せていたミツさんが顔を上げる。

「赤松って、地主さんの？」

「ええ。笛田地区にある昔ながらの大きなおうちですよね。そこで働いていたと聞きました」

ミツさんは「ああ」と首を縦に振る。知っていると言いたげだが、武治ではなく赤松家のことらしい。

「あそこはねえ、土地のものにとってお殿様なんだわ」

「奉公人も多かったんでしょうね」

白髪頭が再び大きく動く。

「あそこで働けたら名誉なことなの」

「赤松さんに縁のある人が運び込まれたって、聞いたことはありません？」

「そりゃねえ、身内が来なくても、あの家で働いてた人なら赤松さんが払ってくれる。心配しなくていいよって事務長さんが。わたしもそうかねえって」

意味がわからず艶子は横に立つ夏央を見上げた。考えを巡らせ夏央がミツさんに話しかける。

「お世話をする手間賃のことですか？」

「そうそう」

「病人が赤松さんの使用人だったから、支払いに困ったときは代わりに出してくれると？」

「なんたってお殿様だもの。わたしに払う給金なんて雀の涙みたいなもん」

艶子と夏央は顔を見合わせた。名前を確認したかったが「石川」にも「武治」にも首を傾げられてしまう。

「その、赤松さんとこで働いてた人とは、ミツさん、お話をしましたか」

「そうねえ」

「赤松さんのことを話しました？」

「ううん。でもその人」

言いかけて、ぱっと表情を変える。嬉しそうに目尻を下げた。

「貴地先生のお母さんが、お見舞いに来なすったの」

「は？」

「貴地崇彦。知ってるでしょ。有名な作家さんよ。わたし、たくさん本を読んでる。どれも素晴らしいわ」

「もちろん知ってますとも」

艶子は声に力を入れた。遠巻きに様子を見ていた人が驚いてこちらを見たが、気にしていられない。

「私も先生の大ファンなんです。その貴地先生のお母さまと、病人さんは知り合いだったんですか」

「病人さんが言ったのよ。『今ここにいた人、貴地先生のお母さんだよ』って。わたし、びっくりして。先生の本をいっぱい読んでますって、大騒ぎしちゃったわ」

艶子は呆然としたが、夏央は腰をかがめ、ミツさんに言葉をかけた。

「そのあとも先生のお母さんは病院に来ましたか。ミツさん、お会いしましたか」

「さあねえ。どうだったかねえ」

表情が陰り、視線を宙に向ける。どれくらいそうしていただろうか。ミツさんの見ているものが知りたくて、艶子も夏央も目を凝らしたが欠片さえも摑めない。もどかしい思いにかられていると静かに言われた。

「病人さんは別の人を待ってたの。先生のお母さんとは別の女の人。でもその人は間に合わなかった。病人さんの容体が急に悪くなってね。赤松さんとこの人も来たっけ。病人さんのお身内も。でも、誰も話せなかった。女の人は泣いてたわ。お願い、教えて。どこにやったのって。言わずに死なないでって。わたしも一緒に泣いた。女の人の嘆きが胸に迫ってねえ。病人さんが亡くなったことより哀しかった。そんな気持ちになったの、後にも先にもあれだけ」

由佳利は仕事帰りに玉乃木旅館に行き、そこで夕食をとりながらミツさんの話を聞いた。食事は美味しく空腹もあって箸が進んだが、ミツさんの最後の言葉は手の動きを鈍らせる重さがあった。ごま和えも天ぷらも食べにくくなる。神妙な面持ちになっていると「海老《えび》は残すのか」と夏央が身を乗り出すのであわてて箸で挟んだ。

「収穫はありましたね。まさか武治さんと先生のお母さんに接点があったなんて」

海老天を食べ終わってから由佳利は口を開いた。

「同時代に赤松家やその周辺に住んでいたわけですから、顔見知りでも不思議はないでしょうけど」

「まあね。戦後になって武治さんが現れたときも、先生のお母さまは近くに住んでいた。具合が悪くなった武治さんを病院に連れて行ったとも考えられるわ」

艶子の言葉に由佳利はうなずく。

「武治さんは先生が作家になったことも知っていました。あれはどうでしょう。ひょっとしてお母さんと交流のようなものがあったのでしょうか。年賀状のやりとりみたいな」

「さあ。そこまではわからないけど」

横から夏央が言う。

「もうひとりの女性ってのも気になるな。いったい誰なんだろう。ミツさんの話からすると武治さんの病床に駆けつけ、『教えて』『どこにやったの』『言わずに死なないで』と訴えたらしい」

「『どこにやった』って、武治さんが持ち去った『何か』に聞こえるね」

石恩寺の前住職の話にあった、リヤカーを引いて山道に分け入った謎の行動が思い起こされる。

「おれも真っ先に浮かんだ。邦夫さんが歩きまわった山でもある」

「女の人も同じものを探していたと考えられる?」

「そんな気はするけど断言はできないな。それよりも、病床の武治さんは女の人を待っていたようだ。つまり容体が変わらず意識があったなら、ちゃんと話そうと思っていたんじゃないか」

「それって『どこにやった』の答えだよね」

女の人がまるで正しい持ち主みたいだ。もしくは、そのせいで迷惑を掛けた相手か。

由佳利は天井を見上げて「うーん」と唸《うな》る。

「武治さん、年を取って心境に変化があったのかな」

「そうだな。墓場まで持っていくつもりだったのに気が変わった。戦後になってふらりと現れた理由にもなる。赤松家の人間にも折り入って話したかったのかもしれない。その『折り』はもらえなかったけど」

「代わりに女の人を呼んだのかな。だったら赤松家の関係者？」

いろいろ考えられるがすべて憶測の域から出ない。手がかりは増えているのに、肝心の「探しもの」は見えてこない。歯がゆいが、付添婦を長らく続けた人が、今なお忘れられずにいる光景に絡んでいるらしい。すんなり進まなくてもしょうがない。

黙って聞いていた艶子が話に加わった。

「先生のお母さまと、その女の人は知り合いだったのかしら」

「武治さんが待っていた人ですよね」

いずれにしても存命している確率はおそらく低い。当時まだ若かったミツさんが九十歳を超えているのだ。

夏央も紙に何か書き始めた。

・昭和三十四年。武治が里海町にやってくる。町立病院で死亡。

・昭和三十五年。貴地崇彦が「よしだたかし」の名前で鈴木邦夫に葉書を送る。
　同じ年。貴地崇彦が帰郷し、鈴木邦夫と共に赤松家を来訪。

「昭和三十四年こそが注目の年だと思ってるけど、翌年も気になることが起きてるな」

「そうだね。葉書が出されたのは三十五年。もとはと言えばこれが発端なんだから」

身元不明の遺体の上着から見つかった。過去の話ではない。ほんの十日ほど前だ。

「深読みのしすぎかもしれないが、貴地先生と邦夫さんを結びつけるものは、武治さんが山中に運んだ秘密の品のような気がするんだ。足腰が立たなくなるまで邦夫さんは問題の山を歩きまわった。そして亡くなる少し前に若い学生と出会い、旧友から届いたおそらくとても貴重な葉書を渡した。おいそれとは手放さないはずだ。それでも譲ったのは、彼もまた秘密の品を探そうとしてたから。というのは考えられないか？」

「先生と邦夫さんと学生が、武治さんの秘密の品で繋がってるってこと？」

艶子も加わる。

「先生のお母さまともうひとりの女の人も入るんじゃない？　少なくともそれがなんであるのかは知っていたと思うわ」

「ですね。いったいなんでしょう。見当も付かなくてもどかしいです。若い学生が関わっているってことは、現代でも価値が損なわれていないんですよね」

「学生さんは発見したのかしら。それともまだなのか」

学生と群馬の山中で見つかった人が同一人物かどうかはわからない。けれど可能性は否定できない。なぜ亡くなったのだろう。身元は明らかになったのか。

相変わらずわからないことだらけだが、由佳利はふと思いついて艶子に話しかける。

「もうひとり、この町の住人で貴地先生と顔見知りの人がいますよね。先生のファンだった赤松町長のお父さま。先生と同年代のようなので、武治さんのことも知っていたはず。秘密の品についてはどうだったと思います？」

「忘れてたわ、寿次さん」

艶子が妙に軽い声を出す。

「寿次さんはかなりのキーパーソンじゃないですか？　先生とは顔なじみで、お母さんたちの暮らしていた家の大家さんでもあります。艶子さん、寿次さんのことで思い出すエピソードってないですか。振り返ってみると、そういえばあのときみたいな」

「ごめんなさい。ない気がするわ。寿次さんって、なんていうか印象に残りにくい人だったの。小太りで猫背で黒縁眼鏡をかけていて、身なりに無頓着。恥ずかしがり屋っていうのかしら。顔見知りになっても、向こうから話しかけてくれたことはないし。私が挨拶すれば応じてくれるのよ。少しは言葉も交わしたけど、今日は暑いですね、もうすぐ月末ですね、みたいななんでもない会話よ」

由佳利の脳裏に風采の上がらない地味な中年男性が浮かんだ。二十代の、才気煥発《かんぱつ》な艶子に話しかけられ、汗をかいている様子が察せられる。実業家や政治家に向かなくても文学の研究者として魅力的な人物はいると思う。けれど寿次氏は、少なくとも艶子の歓心を買わなかったらしい。

「町長とはぜんぜんちがいますね」

「私も思った。ウェブで見たわ。町長さんは存在感のある人ね。堂々としていて、人心掌握にも長けていそう。真逆もいいとこよ。ああ、真逆と言えば思いがけない話を聞いたことがある」

「寿次さんの?」

「ええ。若かりし頃、スナックで働いている女の人に夢中になり、いろいろ尽くして借金の肩代わりまでしたそうよ。相手もほだされたのか、一緒に暮らすようになって。彼女の名前が……波子《なみこ》。そう、波子さん。貴地先生の作品にも『波子』が登場するもんだから、寿次さんが誰かにしゃべり、私の耳にまで入ってきたんだわ」

「町長のお母さんになる人ですか」

艶子は首を傾げたのち、横に振った。

「お兄さんが亡くなって家に戻され、波子さんとは別れたんだと思う。にわかに跡取り息子に祭り上げられ、家名にふさわしい女性と結婚したみたいよ。噂話に聞いた。たぶんその、ふさわしい女性との間に生まれたのが町長さん」

しっかり者の息子には恵まれたようだが、夫婦仲はどうだったのか。寿次氏は結局、仕事らしい仕事をしなかった。役員報酬が得られる立場だったので、金銭に困ることはなく趣味に生きた。町長はそれをやっかむように言っていたが、艶子の話と合わせると寿次氏は「悠々自適」や「豪放磊落《らいらく》」ともちがったようだ。

「今度お屋敷に入れたら、寿次さんって人の部屋も見られるんでしょう? 思いもよらない手がかりが見つかったりして。ってか、赤松家の中を見られるなんてサイコーっす。ふたりについてきてよかった」

夏央は好奇心丸出しでそわそわしている。由佳利は市民マルシェのイベントについて艶子に打診した。赤松家訪問のさいはその打ち合わせを装い、役場から駆けつけると言うと快諾はすぐだった。名案ねと褒められる。

過去への細道は混沌としているが、現在の進路はクリアで、まるで手招きされているよう。やる気に満ちたふたりと共に、由佳利はお屋敷探訪に胸を弾ませた。

6　お屋敷の中

　翌朝、役場に向かう通勤路で艶子から電話がかかってきた。千代子から連絡があり、今日の午後、二時間ほどなら便宜を図れるとのことだ。それ以降は来客があったり自分が出かけたりと都合がつかず、再来週になってしまうらしい。

　艶子はすでに今日の午後と返事をしていた。由佳利は役場に着くなり大急ぎで仕事に取りかかった。新しくできあがってきた観光マップのチェックをして、名前が変わったという駅前レストランに確認の電話を入れ、無許可らしい露天商の情報を課長に報告する。近日中の調査を検討する。

　短くなった昼休みに持参した弁当を食べ、艶子との面談を行き先掲示板に書き入れ、午後の一時十分には役場を出た。隣接する信用金庫の先に夏央の車が止まっていた。助手席に乗り、艶子の待っている玉乃木旅館に向かう。

　道々、赤松家の家族構成やふだんの様子を確認する。町長である晋一には妻と三人の子どもがいる。長女、次女、末っ子が長男。その長男は美術関係の大学を出た後、アメリカに留学し、現地で結婚した。今はアートギャラリーを仕切っているそうだ。

　娘ふたりは結婚後も近隣に暮らし、長女の婿《むこ》が赤松家の事業を、次女の婿が政界の地盤を継ぐと目されている。妻は町長の妻としてさまざまな文化・慈善活動に勤《いそ》しむ一方、実家の呉服店をもり立てるべく、屋敷内で着物の内覧会や野点《のだて》の会を催している。

今のところ住んでいるのは夫婦ふたりだが、朝から晩まで来客は多く、それを迎えるための準備もあり、使用人たちは複数人いて忙しくしているらしい。今日は奥様が小田原まで出かけ、昼食会のあと介護付き老人ホームの開所式に出席する。夕方まで屋敷内は静かになるとのことだ。

旅館で艶子を乗せ、赤松邸に着いたのは午後一時半を回っていた。通用口のチャイムを押すとすぐにエプロン姿の女性が現れた。丸顔でふくよかな体型をした噂の千代子さんだ。

「まあまあ、正門からいらしてくださいとお願いしましたのに」

開口一番、テンション高く言われた。

「正式なお客様としてきちんとお招きしたかったんですけど、それだと一ヶ月も先になりそうで、心苦しいながらも今日のこの時間をあげさせていただきました。奥様もたいそう残念がっていたんですよ。講演会にはぜひともうかがいたいと。マルシェのイベントはお受けになりますよねえ。わたしも楽しみにしております」

艶子から事前に聞いたところによれば、千代子より古株の使用人はふたりいるが、高齢だったり持病があったりして、今の仕切りは千代子に任されているそうだ。明るく大らかな印象を受けるが、多忙な主夫婦のスケジュールを把握し、それに合わせて動くのだからしっかり者にちがいない。

由佳利の思ったとおりに、千代子は三人の来訪の意図を理解し的確な言葉をくれる。

「旦那様からもくれぐれもよろしくと申しつかっているので、大手を振って見学してくださいませ。お茶などのおもてなしは見合わせましょうか」

一時半から三時過ぎまでと、時間は限られている。百年前に小学生だった先生たちの、距離的にはすぐ近くにあった建物。武治が奉公にあがっていたお屋敷。付添婦をしていたミツがお殿様と称した旧家。それらを目の当たりにする機会を有効に使いたい。

艶子はもてなしの類いを丁寧に断り、通用口から壮麗なる建物へと歩み寄った。玉乃木旅館に勝るとも劣らぬ規模がある。庭の手入れも完璧だ。

「想像以上に風格があって、どこもかしこも見とれてしまうわ。お願いした甲斐《かい》があった。千代子さん、無理をきいてくださってほんとうにありがとう」

「いいえ。とんでもない。わたしの方こそ、艶子さんに心から感謝してるんです」

「あら。私は何もしてないでしょ」

千代子ははにかむような笑みを浮かべた。

「わたし、結婚を二回も失敗しましてね。つくづく自分に嫌気が差していたんです。そんなとき、艶子さんの書いたエッセイにたいそう励まされました。ご本になったものを読んでいくうちに力もわいてきて、よし、もう一度頑張ろうと思えたんですよ」

「嬉しいお話よ。こちらこそ俄然《がぜん》、元気がわいてきた」

艶子の言葉に微笑み、千代子はさらに続ける。

「こちらで働くようになったのも艶子さんのおかげですし」

「私の?」

「はい。亡くなった大旦那さまは貴地先生の研究をなさっていました。貴地先生と言えば、艶子さんと関わりのある方。これも何かのご縁だと勝手に思い、通わせてもらうようになったんですよ。今ではすっかり古参ですけど」

「長くお勤めになって、任される立場に就いているのは千代子さんのお力よ。亡くなった大旦那さま、寿次さんとは面識がおありなのね」

「わたしがこちらにあがった頃はお元気でした。それから五、六年くらいして、八十二歳で亡くなったんですよ」

千代子は今年、六十五歳になるという。

話しているうちに正面玄関にたどり着く。エプロン姿の若い女性が待ち構えていた。

「申し訳ありません。外せない用事がありまして、しばらくの間、こちらがご一緒します。見たいところがありましたら何なりとおっしゃってくださいませね」

千代子からの紹介を受けて、若い女性はにこやかな笑みと共に頭を下げた。

お屋敷を見学するためだけに訪れる人はめったにいないだろうが、興味を持つ人はそれなりにいるのだろう。若い女性は心得たように、こちらが大広間、こちらが応接室、こちらがサンルームと案内してくれた。どこも物珍しく面白いけれど、感心しているだけではただの見学ツアーになってしまう。

時計を気にしてまずは寿次氏の部屋を見せてもらうことにした。

「それでしたら、書庫のとなりにある書斎にお連れするようにと言われています。もういらっしゃいますか」

「お願いします。寿次さんには私室と書斎とふたつがおありだったのかしら」

艶子が尋ねると女性は恐縮した面持ちで言葉を濁す。

「すみません。私はまだこちらにあがってから日が浅いもので、詳しいことは……」

「ごめんなさい。私たちが拝見したいのは書斎の方。そちらで十分なのよ」

「ありがとうございます。頼りない案内で申し訳ありません。書庫や書斎もふだんはあまり入らない場所で」

最後尾をぶらぶら歩いていた夏央が「入ったことはあるんですか」と投げかける。

「こちらで働くようになって四年になりますが、通い始めてすぐの頃にお屋敷全体を案内してもらい、書庫の奥にある書斎はチラリとだけ。そのあと空気の入れ換えのために開けた窓を、閉めに行くよう頼まれたことがあって、書斎にも一度入りました」

四年間も働いているのにほとんど知らない部屋がある。大きな屋敷ならではだろう。

歩きまわったので方向感覚があやしくなるが、増改築で複雑に入り組んだ一階の北西部分へと由佳利たちは案内された。廊下の突き当たりにドアがあり、それを開けると古い紙独特の匂いが鼻を突いた。書庫だ。十畳はあるだろうか。板の間の壁一面に本棚が設けられ、中央部分にも低い棚が背中合わせに置かれている。

腰高の窓がひとつだけあり、案内してくれた女性がかいがいしく開け放ってくれた。薄暗い部屋の空気が少しだけ動く。ずらりと並んだ背表紙に心引かれるが、目をつぶるようにして書斎の場所を尋ねた。続き部屋になっているそうで、通じるドアは本棚の間にほとんど埋もれていた。

それを開けると六畳ほどのこぢんまりとした部屋が現れる。小ぶりのソファー、ローテーブル、フロアスタンド、木製のシンプルなデスク、チェアー。そこかしこに本や雑誌、書類が積み重なっている。

「ここで寿次さんは貴地先生の研究をなさっていたのね。拝見してもよろしい？」

艶子の言葉に女性はうなずく。由佳利や夏央もデスクや雑誌の山に歩み寄る。書庫ほどではないがこちらも膨大な本の量だ。興味はあるけれど目指すべきは寿次氏の私物、日記や手紙の類いだ。かといって、いきなり引き出しの中身を探し回るのは気が引ける。

由佳利はデスクまわりの小間物や、無造作に束ねられた紙類をチェックしつつ、低い本棚の上に目を向けた。崩れかかった雑誌の谷間に、フォトフレームがいくつも押し込まれている。

引っ張り出して順番に見ていくと、風景写真ばかりだ。雪をいただいた山々や田畑、駅舎、川縁を走るローカル線。寿次氏にはカメラの趣味もあったらしい。お気に入りを壁や棚に飾っていたのか。そんなことを考えていると人物写真が出てきた。ガラス面の埃を指でどけると、古めかしい扉の前にふたりの男性が立っている。誰だろう。よく見るためにはガラスを外した方がよさそうだ。

案内の女性の許可をもらい、由佳利はフレームの留め金を外した。押さえの厚紙をそっとよけると写真の裏面が明らかになる。文字が書かれていた。

「昭和三十五年十一月　一ノ蔵にて」

ひっくり返して写真を見たとたん思わず声が出る。

「艶子さん、これ」

床の本をよけながら駆け寄ってきた艶子は、写真を見るなり目を丸くした。

「先生！」

「ですよね。となりにいるのはどなたです？」

夏央もやってきて「邦夫さんだ」とはしゃぐ。

「えらいわ、ゆかちゃん、いいもの見つけた」

「年月が経って色あせてしまいましたが、こんなふうにフレームに入れてたってことは、寿次さんにとってても大切な一枚だったんですね」

「ええ。そして、先生たちがまちがいなくここに来た証拠だわ」

写真の中で男性ふたりは白っぽい扉の前に立ち、どちらもスーツ姿、ネクタイを締めている。ぼやけているのでよく見えないが日差しがまぶしかったのか、笑顔というよりやや硬い、緊張の面持ちだ。子どもの頃、遠くに見ていたお屋敷への訪問とあって、先生たちにも気負いがあったのか。

名残惜しいが持って帰るわけにもいかず、フレームの中に戻して留め金を締めた。横から艶子に脇腹をつつかれる。目をやると艶子の唇が「トイレ」と動く。行きたいならどうぞと言いかけたが、その前に含みのある目配せをされた。

由佳利は「私？」と声にならない声を発する。今のところまったくその気はないが、誰かがトイレに行くとなれば、案内の女性は同行せざるをえないのでは。迷宮のような建物だ。そして彼女がこの場からいなくなると、残された人は自由に引き出しやキャビネットが見られるし、写真も撮れる。

「あの、艶子さん」

「どうしたの？」

「なんだか私、緊張したせいかトイレに行きたくなってしまいました」

「あら。我慢はよくないわ。行ってらっしゃいな」

小芝居に付き合ってもらったおかげで、案内の女性に頼みやすくなる。

「すみません。トイレまで連れて行ってもらえますか」

かしこまりましたと言われ一緒に部屋を出た。


廊下を何度か曲がり連れて行かれたのは、完璧にリフォームされたおしゃれなトイレコーナーだった。出てきてからも「素敵ですね」「お花が綺麗」と自然に言葉が出る。

案内の女性にさりげなく年齢を聞くと由佳利よりひとつ年下らしい。由佳利については役場勤務の公務員であることを知っていた。艶子が伝えていたらしい。堅実な仕事先で羨ましいと言われ、いえいえと首を横に振る。彼女は持病のある家族の世話もあり、フルタイムの正社員を目指せないそうだ。

「きちんと仕事をされているのはよくわかります。でなければ千代子さんから任されないのでは」

「使いやすいのが、今日はわたしくらいだったんですよ」

「お客さん、多いみたいですね」

「はい。大きな催しだと五十人くらいはいらっしゃいます」

「それはすごいです。ホテルや旅館でないのにそんなに受け入れるなんて。少人数でも気を遣うお客さんはいらっしゃるでしょうし。住み込みのお手伝いさんもいるんですか」

同年代の気安さを、彼女も感じてくれたのか会話にのってくれる。

「住み込みという人はいません。昔は大勢いたみたいですよ。元『女中部屋』というのを教えてもらったことがあります」

「わあそれ見たい。時間的に今日は無理ですけど。皆さんはいわゆる『通い』なんですね。だったら夜はここも静かになるのかしら」

「はい。ご親戚やご友人が泊まられる場合もありますが、基本的には旦那さま奥様のおふたりです」

「この広い家にたったのふたり？　ちょっと恐くないですか。ああ、内緒ですよ」

声を潜めると彼女は明るく笑う。

「防犯対策はしっかりされてますよ。それに、住み込みのお手伝いさんはいないんですけど、千代子さんは近くに住んでます。運転手さんも。何かあったらすぐ駆けつけるそうです。わたしが働くようになってから『何か』は一度もないですけど」

そんな話をしながらゆっくり廊下を歩き、庭に面したところまで来ると、緑の庭木の向こうに三角形の屋根が小さく見えた。

「もしかして蔵ですか」

「ですね。一ノ蔵だと思います」

「いくつもあるんですか」

「ふたつです。昔は四ノ蔵まであったとか」

「そんなに。今日は蔵も見せていただくようお願いしてましして」

女性は「存じております」というふうにうなずく。

「千代子さんが直々にご案内するはずです。あそこはいつもの仕事の中に用事がなくて、わたしも入ったことがありません」

「床の間の掛け軸や花瓶など、出し入れが多いんじゃないですか」

「お屋敷の中に収蔵庫があります。調度などの美術工芸品や骨董品はみんなそちらに。蔵にあるのはほんとうに古いものばかりだと」

「古いものって、たとえば？」

「農機具や鍋釜」

由佳利は思わず落胆の声を上げた。

「蔵には入れないでほしい。鍬《くわ》や鋤《すき》は物置でしょう」

「現役の鍬やスコップは物置にあります。現役の鍋釜も」

「明治や江戸時代から伝わる幻の逸品がひっそり眠っているイメージなんです」

「ひっそりはしています。ただ、逸品となると収蔵庫の中ですね」

すっかり打ち解けて軽口を叩きながら戻ると、書斎のふたりも機嫌良く待っていてくれた。合流し、蔵への見学を申し出る。女性は千代子がいるところまで案内してくれた。玄関近くに設けられた事務室だ。八畳ほどの洋間はちょっとしたオフィスの趣《おもむき》で、机や椅子が向かい合わせに置かれ、パソコンの他にもコピー機やシュレッダー、キャビネット、ホワイトボードなどが完備されている。

とても普通の家には思えないが、町長は役場に一室を得ているし、政治家としての個人的なオフィスは駅近にあるらしい。ここはあくまでも私邸を切り盛りするための作業部屋だ。

廊下から中をうかがうと千代子は電話中だった。ドアが開いたことで由佳利たちに気付き、通話を切り上げてにっこり微笑む。掛け時計をチラリと見て、棚に置かれた引き出しの中から何か取り出した。案内の女性とはここで別れるようだ。彼女は千代子からいくつかの仕事を言いつけられ、由佳利たちに深く頭を下げた。

代わって千代子が三人を連れて歩き出す。

「見学は捗《はか》どりました？」

「おかげさまで」

「休憩していただきたいんですけど。忙《せわ》しなくて申し訳ありません」

「こちらが急にお願いしたんですもの。聞いてくださって助かったわ。貴重なご本や資料が拝見できて大満足」

「それはよかったです。またゆっくりいらしてくださいね」

千代子は建物の西側に移動し、離れに続く渡り廊下を進む。一段低くなったところから坪庭に出られるようになっていて、由佳利たちはサンダルを借りて地面に降りた。庭木に遮られた狭いスペースだが敷石が続いているので歩きやすい。

時計を見るともう二時半だ。三時までとしたら三十分しかない。

「昔は蔵が四つも五つもあったそうですよ。今はふたつだけです。年に何回か、空気の入れ換えをしているんですが、ふだんはまったくの手つかずで」

「古い建物はそれだけで値打ちがあるわ。すごく楽しみ」

「艶子さんに言われると私までわくわくします」

坪庭を抜けると拓《ひら》けた場所に出た。そのとたん視線の先に大きな蔵が見える。

「手前が一ノ蔵。この向こうに二ノ蔵があります。二ノ蔵の方が小さいです」

風格あるたたずまいにたちまち心を奪われる。灰色の屋根瓦を載せ、二階建て家屋のような高さがあり、地面から四分の一くらいまで灰色のなまこ壁で覆われている。その上は白壁、高い位置に鎧戸《よろいど》付きの窓がある。厳かながらもまわりの木々との調和が麗しく、これを観光に活

かせればと、由佳利は仕事柄思ってしまった。個人宅の敷地内ではとうてい叶わない望みだが

母屋だって素晴らしい和風建築だ。紹介できたらどんなにいいだろう。

正面の入り口に向かうと扉は年季の入った黒っぽい板戸で、鉄製の装飾具や縁取りがいかめしさを倍増させている。由佳利の頭の中にさっき見たばかりの写真がよぎった。

「一ノ蔵の扉、もっと白くなかったですか」

千代子が振り向いて尋ねる顔になる。

「先ほど寿次さんの書斎で先生の写っている写真を見たんです。裏に『一ノ蔵』と書いてありました。でも写真の扉は黒くなかったので」

「白ならば向こうの二ノ蔵ですよ。あちらは漆喰《しっくい》の観音開きになっています」

「そうなんですか」

「大旦那さまが書き込んだなら、一も二も気にしていなかったのかも」

千代子の苦笑いにつられ由佳利も笑ってしまった。大きなおうちの旦那さまにとって、蔵は蔵でしかないのかもしれない。

「貴地先生が蔵を見学した話は千代子さんも聞いていましたか」

「ええ。いつだったか大旦那さまが自慢げに話されましてね。今おっしゃった写真、たぶん私も見ています。先生とご友人が扉の前に並んでいるところ」

「ああ、それです。寿次さん、どんな話をされましたか」

「デビュー作の感想を伝えたところ、にこにこ聞いてくださったとか、取材のこぼれ話をうか

がったとか。とても嬉しそうでした。けれど大旦那さまのお父上、先々代になりますね、その方が出先から帰ってらしてからは、まるで自分のお客さまのようにふるまうので、小説の話はできなくなったと。顔をしかめてらっしゃいました」

先々代と言えば今の町長の祖父だ。文学に傾倒する息子を快く思っていなかっただろうが、里海町出身の著名な作家となれば話は別だ。もてなしの主導権を握りたくなったにちがいない。

「貴地先生、先代と先々代の間に挟まれてお困りになったのではないかしら」と、艶子。

「大旦那さまは強く出られず、すぐお譲りになったと思いますよ。先々代は話し好きで、気《き》っ風《ぷ》のいい方だったそうです。貴地先生も手厚いもてなしを楽しまれたのでは。ただ大旦那さまにしてみれば、もっと静かに作品について語り合いたかったんでしょうね」

千代子は持参した鍵をポケットから取り出し、鉄製のいかつい鍵穴に差し込んだ。ガチャリと音がして金具が動く。

蔵の中は薄暗くひんやりしていた。戸が開いているので光が差し込み、目が慣れてくると内部の構造が見えてくる。一階部分の大半が吹き抜けになっていて、奥に階段があり、二階は木製の柵で囲まれているので一階と同じく窓の明かりが届いている。

置かれているものは事前に聞いたとおり、古びた農具や雑貨が多い。脱穀機や機織《はた》り機、笊《ざる》やストーブ、背負子《しょいこ》、木箱。農家の倉庫をのぞいている気分になってくる。壁に沿って戸棚があったので開けさせてもらうと、埃をかぶった食器類やお膳の類いしかない。夏央は革製の旅行トランクや年代物のラジオに歓声をあげたが、民芸館ではなく古道具店が引き取ってくれそうな内容だ。

二階も見せてもらったが一階同様、特別なものは見当たらない。

「隠し部屋みたいなものはないですよね」

念のため言うと千代子に笑われた。

「わたくしの知る限りございませんねえ。昔は地下室もあったようですが、もうずいぶん前に埋められてしまいました」

「地下室？」

「坊っちゃん、今の旦那さまのお子さんが高校生の頃、もうひとりの高校生と一緒に中で悪戯《いたずら》したらしく、不用心だからと埋め戻してしまったんですよ。床板も傷んでいたそうなので、二重に不用心でしたね。そのあと張り替えたので今はもう安全です」

千代子が足下を見るので由佳利も視線を落とし、そういえば床は新しいですねと言いたくなったが、残念ながら十分古びていた。

収穫がないまま一ノ蔵をあとにし、目と鼻の先に建つ二ノ蔵に向かう。他の蔵は撤去され、その跡地に物置が建てられたそうだ。庭仕事に使う道具類や季節ごとの祭事用品が収納されているという。

二ノ蔵は灰色の瓦屋根に白壁、窓、下の部分はなまこ壁でなく板張りになっていた。一ノ蔵よりひとまわり小さい。観音開きの扉だが右側中央に鍵穴があり、千代子が古めかしい鍵をポケットから取り出して深く差し入れた。

開けて中をのぞくともう一枚引き戸があり、それを動かしたとたん、ひんやりとした空気を感じた。朽ちた木や紙、布類の醸し出すこもった臭いが鼻を突く。千代子が窓を開けてくれたので内部が見えるようになる。暗がりに目も慣れたのだろう。二階はなく木組みの天井がぐるりと見渡せた。がらんとしているわけではなく、積み重ねられた茶箱や葛籠《つづら》、仏壇、タンスなど、雑多な品々が無造作に置かれている。

それらを覆っている埃の層は分厚く、柱や内壁も相当くたびれている。

艶子は仏壇に興味を示しのぞき込んだが空っぽだそうだ。夏央は戸棚に大福帳を見つけ、千代子に断りを入れてからめくっていく。商いの帳簿らしい。年代の古さを感じることはできるが、書かれてある文字は流麗でまったく読めない。

由佳利は手近にあったタンスの引き出しを開けさせてもらった。ところどころに布や衣服が入っている。いったいいつのものだろう。中には色鮮やかな着物もあり驚いた。

「ずいぶん昔のものでしょうが、綺麗ですね」

そばにいた千代子が応じてくれる。

「良いお品物なんだと思います。赤松家のどなたかがお作りになったんでしょう」

「母屋には収蔵庫があると聞きました。良いお品物でも移されないんですか？」

「高級品にもランクがありますから」

控えめな言い方に、「なるほど」とうなずく。ランクが最高級の品だけが収納庫にしまわれる。

「ここにあるのは、この場所がふさわしい品ばかりなんですね」

「値打ちという意味ではそうなってしまいますね」

「母屋の収蔵庫はずいぶん大きいんですか？」

「いくつかあります。年代も古いのから新しいものまで」

「そちらにもランク付けがあったりして」

「ええ。トップクラスの品が入っているところは、セキュリティーも半端ないですよ。私でも開けられません」

千代子は朗らかに笑い、さりげなく腕時計を見た。由佳利もスマホで時刻を確認する。三時を過ぎている。

「すみません。長話をしてしまって。もう約束の時間ですね」

「あっという間ですね。もっとゆっくりお話ししたいんですけど」

由佳利だけでなく艶子もいとまを申し出る。

「私たち、ここで失礼します。素晴らしいひとときを過ごさせてもらいました。冥土の土産ができた気分よ。あの世で貴地先生にお会いしたら、私だって赤松家のお屋敷にうかがいましたと胸が張れる」

艶子の言葉にみんなも笑みをこぼす。和やかな空気の中、サンダル履きのまま千代子と共に母屋に向かった。玄関でそれぞれの靴に履き替え、正門を開けてもらってお屋敷をあとにした。

「お疲れさまでした」

「ありがとう。艶子さん、どれにします？」

夏央は交通量の少ない路地へと車を走らせ、空き地の脇に停めた。近くにあった自動販売機で飲み物を買ってきてくれる。赤松邸では時間を気にして動いていたので喉を潤す暇もなかった。

冷たいウーロン茶やほうじ茶でホッとひと息つく。

「ほんとうならどこかでお茶したいんですけど。慌ただしくてすみません」

「お仕事を抜け出してくれたんですもの。十分ありがたいわ。来てもらってよかった」

「収穫はありました？」

助手席で体をひねり艶子に顔を向ける。

「もちろん。お互いの気づきはまた話すとして、あなたがトイレに行ってくれている間、私も写真を見つけたのよ」

「どんな写真です？」

夏央がスマホを操作し、古い写真を撮影したものを見せてくれた。建物の中で撮ったモノクロの集合写真だ。十数人の男女がそれぞれきちんとスーツなどを身につけている。

「艶子さんが言うには、神保町《じんぼうちょう》で開かれた貴地先生の講演会のものだろうって。終わったあと、先生を中心に編集者や顔見知りの読者が記念撮影をしたらしい」

画面が拡大され、中央の男性が明らかになる。今のような高画質ではないのでぼやけてはいるが、五十歳前後の貴地崇彦その人であることは見て取れる。由佳利が見つけた蔵の前の写真とほぼ同じ年頃だ。

拡大画面は横に滑り若い女性が現れる。ぼやけていても造作《ぞうさく》の良さが際立っている。

「もしかしてこれ、艶子さん？　可愛らしい」

「よくわかったわね。可愛らしい頃の私よ。なんたって二十歳そこそこですもの」

「そして寿次さんはこれだって」

夏央が指し示したのは、穏やかで人の良さそうな中年男性だった。

由佳利が感想を言う前に画面が別の写真に切り替わる。単行本に書き込まれた著者直筆のサインらしい。

日付は昭和三十五年二月十八日。「赤松寿次さま」「貴地崇彦」とある。

「写真の裏の日付も同じだから、講演会に出席し、サインを入れてもらったんだろう。ですよね、艶子さん」

「ええ。そうだと思う。私も同じ日付の本を持っているわ。あのとき、先生は寿次さんと久しぶりに再会したんじゃないかしら。講演会のあと話しかけられて驚いた様子だったの。『あなたが赤松家の？』って。今思えばたしかに、『あの、赤松家』だったんでしょうね」

貴地先生にとっては十代のときに養子に出て、離れてしまった故郷。そこの人がわざわざ東京で催された講演会に足を運んでくれた。それだけでも感激しただろう。相手が地元のお殿様的な人物ならばなおさら。

「貴地先生が驚かれていたということは、思いもよらない再会だったんですね」

横から夏央が言う。

「その再会があったのが昭和三十五年二月。直後である三月に、先生は邦夫さんに葉書を出しています。そして秋にふたりは赤松家を訪ねている」

うなずきながら由佳利も考える。

「講演会が二月。葉書が三月。訪問が秋。三十五年がこの流れだったとして、前年の出来事と関わりがあるのかな。ないのかな」

「武治さんが赤松家に現れた件だな」

「前に小林が昭和三十四年と三十五年をノートに書き出していたよね。いろんなことがあった年って」

「ああ。三十四年は武治さんが里海町の病院で亡くなった年でもある」

先生の母が病室にやってきてたらしい。けれどももうひとりの女の人は武治に会うことができなかった。

「わからないことだらけでもどかしいけど、確実にピースは増えているよな」

「小林はどう？　何か気付いたことや発見はあった？」

夏央はペットボトルのお茶を喉に流し込んでから首を横に振る。

「残念ながらない。でも先生と邦夫さんはどうだったのかなとは思った。念願の赤松邸に乗り込んで目的は達成できたのかどうか」

「目的って、秘密の品の発見？　もしくは手がかりの発見」

「うん。邦夫さんに限って言えば、赤松邸を訪問したあとも何かを探している感じだった。つまり、めぼしい成果はなかったんじゃないかな」

由佳利は心に浮かんだ言葉をそっと飲み込む。先生と邦夫が長い生涯にわたって追い求め、とうとうたどり着けなかったものに、自分たちは出会うことができるだろうか。

そのものがなんであるのかさえ、知らないのに。

ちらりと後部座席をうかがうと艶子は目を閉じていた。疲れて休んでいるのか、考え事をしているのか。

ペットボトルをカップホルダーに入れ、夏央が車を発進させた。

7　見通しの悪い迷路

役場に戻りマルシェのイベントについて、艶子から承諾がもらえそうだと課長に報告した。同僚の佐竹が視線を送ってきたので笑顔でうなずくだけにとどめた。

秋のマルシェはイベントもなんとかなりそうだが、冬はみかんのシーズンになるのでみかんを使った新メニューの公募があったり、みかんジュースの飲み比べ大会があったり、観光農園の新規アピールがあったりと忙しくなる。

席の暖まる暇《いとま》もなくフロアを出て、役場のウェブサイトを任されている部門と新しい告知について相談し、みかんジュースを飲む場所について観光協会と協議し、企画書の細かい修正をしていると定時が近い。もう少し、メールの返事だけでも今日中にと思っていると電話が鳴った。

何かと思ったら、生家館についての問い合わせだという。

「もしもし、お電話かわりました。貴地崇彦生家館を担当している観光促進課です」

「あの。ちょっとうかがいたいことがありまして」

女性の声だ。

「知り合いの家に『水を数える』という本があるんですけど、それ、『里海町立図書館』というシールが貼られてて。そこから借りたってことですよね？　返さなきゃまずいですよね？

表紙には『貴地崇彦生家館』というシールもあります。本に挟まってたパンフレットに電話番号が載ってて。それで今、えっと、かけてるんですけど」

なるほどと思いながら、柔らかく応じる。

「わざわざありがとうございます」

「あの、里海町ってどこにあるんですか」

「神奈川県の南西部で、静岡県に近い町です」

「うわ。遠い。ここ、三鷹《みたか》です」

「三鷹だと東京都ですね。でも返却のお気遣いならば無用ですよ」

「え？　どういうこと？」

「『貴地崇彦生家館』というシールが貼ってある本ならば、持ち帰り自由の、差し上げているものです」

先方のとまどいが受話器越しに伝わるのでもう少し補足する。

「昔は図書館に置いてあった本ですが、新しいものと替えられたので、古い方、と言ってはなんですが以前の本はどなたがお持ちになってもかまいません」

「借りたんじゃなくて、もらったということ？」

「はい。返却は不要です」

電話口で「そうなんだ」と砕けた声がする。

「心配して損しちゃった。でもなんでもらったのかな。いくらタダだからって。それに里海町？　ぜんぜん聞いたことない。変なの」

「どうかしましたか」

「今、行方不明で」

今度は由佳利がとまどい、聞き返す。

「どなたが行方不明なんですか」

「知り合い。前にちょっとだけ付き合っていた人。だから部屋の鍵も持ってて」

「どこにいるのか、わからなくなっている人がいるんですね」

「私、知り合いの知り合いから頼まれて、部屋を見に来たんです。そしたらいなくて。机の上にこの本が。里海町って、何か特別な町なんですか」

「そうでもないと思いますよ。いなくなっているのは、女性ですか。男性ですか。若い方？　それともお年寄り？」

「男ですよ。私より十歳くらい上だと思うから、三十歳ちょっとかな」

由佳利の両腕に鳥肌が立つ。群馬の山中で見つかったのは二十代から三十代と思われる若い男性の遺体だった。

「もしもし？　あの、電話繋がってます？」

「すみません。ちょっと気になることがありまして。その男性は何をされている方でしょうか。仕事とか趣味とかお聞かせいただけませんか。本があるってことは、小説を読まれるんですよね」

まさかぜんぜんと笑うような声がする。

「一応はミュージシャンかな。バンドを組んで音楽やってるんで。でも楽器代とか、練習するためのスタジオ代とか、ライブチケットの買い取り分とか、いつもピーピーしてて。本なんて笑っちゃいます。あ、本そのものを笑ってるんじゃないですよ。あの人の柄じゃないって感じで。やだ。『あの人』なんて。今もお金を貸した人から絶対見つけてくれと頼まれてるんです。でも私、そんな義理ないし」

だったらなぜ生家館の本が自宅にあるのだろう。

本人が持ち帰ったなら、里海町を訪れたということではないか。

それとも誰かからもらったのだろうか。

「もしかしたら連絡を取りたいことが起きるかもしれません。今、かけてきているこの携帯の番号をメモしてかまいませんか。私は里海町役場に勤務している、観光促進課の坂口由佳利と申します」

電話の相手は少し間をあけてから、いいですよとつぶやく。

「いなくなった方のお名前も教えてもらえますか」

「それって、居場所に心当たりがあるってことですか?」

「ちがうかもしれませんが、最近、気になることがありまして」

「名前は村上聖也《むらかみせいや》です。本名だと思うけど」

「出身地は?」

「さあ。東京じゃないの？」

「あなたの名前は」

「なんかそういうの、恐いな。びびるというか」

切られそうな気がしてあわてて言う。

「ごめんなさい。もとはと言えば、図書館から借りてる本をこのままにしていいのかどうか、心配してお電話をくださったんですよね。私もそのつもりで話していたんですけど、つい最近、私もびっくりしたりびびったりすることがあったので」

「え？　どんなこと？」

尋ねられ、言おうかどうしようか、それこそ電話口の女性と同じように迷うが、この電話を切ったあと自分は警察に連絡するだろう。何かあったら知らせてくれと言われている。捜査に協力しないという道を、選ぶ度胸などない。

「警察が私の職場である町役場に来たんです」

「え！　なに、警察？」

「その本の、作者についての問い合わせでした」

「なーんだ作者か。びっくりした。警察に関わったことないから、イメージとしておっかなくて」

「わかります。私も交番のおまわりさんや、交通安全課の巡査くらいしか知らないですよ」

「もしかして刑事に会ったんですか。ドラマみたい」

「会えばわりとふつうの人たちでした」

「へー。それもドラマの台詞《せりふ》みたい」

変なところで話が噛み合い、やりとりが続く。

「そのとき、詳しいことは教えてくれなかったんですけど、ちょっと事情がありまして何かあったら連絡してくれと言われています。生家館の本を持った人が行方不明になっているなら、知らせないわけにはいきません。この電話のことも、通話を切ったあと伝えようかと」

「待って。ちょっと待って。どうしよう。そんなつもりじゃなかったから」

「行方のわからなくなっている聖也さんでしたっけ。その方のことを相談してはどうですか？」

「相談？」

発見された遺体と、行方不明の男性が同一人物とは限らないが、そのあたりは念入りに調べるはずだ。

「警察は人捜しのプロですもの。何かわかるかもしれません。今そちらで地元の警察に捜索願いを出しても、まともに取り合ってくれないのではないですか」

「それはたぶん。っていうか、捜索願いを出す人いないと思うし」

「聖也さん、ご家族は？」

「兄弟はいなくて、親は死んだと言ってました」

女性はアユと名乗り、警察への連絡を逡巡《しゅんじゅん》しながらも了解してくれた。

由佳利は電話のあと、捜査員からもらった名刺を取り出し、役場から電話をかけた。「生家館の担当者」と言うと、数秒の沈黙のあと、間延びした「あーあ」が返ってくる。アユからの電話を切り出すと明らかに声の質が変わった。相槌のひとつひとつに熱がこもる。話し終わると「ありがとうございました」と言って通話は切れた。

翌日の昼休み、由佳利は役場からアユに電話を入れた。繋がらなくても履歴は残るので、自分のスマホからかける。呼び出し音が聞こえるだけだった。

手早く昼食を取り、建物から出て再度電話をすると今度は繋がる。

「よかった出てもらえて。里海町役場の坂口です」

「昨日の電話の人?」

「はい。あのあとどうなったのか心配で」

気になっているのはほんとうだが、わざわざ電話を入れたのは夏央の意見によるところが大きい。

アユからの電話を警察に伝えたあと、夏央や艶子にもすぐさま話した。ふたりとも驚き唖然《あぜん》としたが、夏央はいち早く頭を切り替え、願ってもないチャンスだと意気込んだ。警察に預けっぱなしにせず、その後の状況をアユから聞き出せと言うのだ。

「大変でしたよ。ほんとうにすごくすごく大変で」

捜査員は電話で連絡をとったのち、二時間足らずで三鷹のアパートに現れたという。その部屋の借主である村上聖也との間柄を根掘り葉掘り聞かれ、友人関係も聞かれ、スマホに残っていた聖也の写真を求められるまま見せると、捜査員同士で顔を見合わせ顔つきがいっそう激しくなったという。

「そのあとやっと、夜中になる前に解放されたんですけど、私、どうしていいかわからなくて。友だちに言ったらすごい事件をやっちゃったんじゃないかって」

「不安ですよね。お気持ち、お察しします」

「ほんとう？　それ、ほんとうに言ってる？」

「はい。何もかもがいきなりで、気が動転しますよね。無理ないですよ」

電話の向こうから鼻をならす音がする。

「警察はセイちゃんの知り合いや元のメンバーのところにも行ってるみたい」

「近しいご家族はいらっしゃらないんでしたっけ」

「うん。お父さんはもともといないというか、記憶にないらしくて、お母さんは十年くらい前に病気で亡くなっているって。私、ほんとうに詳しいことは知らない。今言ったのも、元メンバーからついさっき聞いたばかり」

「なぜ里海町に来たのか、貴地崇彦の『水を数える』という本を持っていたのか、それを知る人はいないのでしょうか」

「同じことを警察にも聞かれた。何もわからない。メンバーも知らないって」

誰もが互いを知らずに付き合っている。どこの生まれで、どんな親を持ち、どんな子ども時代を過ごし、十代を経て、どういう大人になったのか。目に見えるのは上辺だけで、言葉を交わしたり、同じ経験をしたり、時を過ごしたりして多少は内面に気付く。感じ取る。けれどどれも断片だ。すべてを知る人なんかいない。

知りたいと思っても摑めず、知ろうと思わなければもっとわからない。

自分も真人のことをほとんど知らなかった。彼は何を思い、教師を目指したのだろう。なぜ辞めたのだろう。なぜ海外ボランティアに志願したのだろう。行った先で何があったのだろう。なぜ帰ってきたのだろう。

話は聞いた。彼の語る部分だけ聞いた。それ以上は聞かなくてもよかった。興味がなくて。終わったこととしてすませたくて。都合の悪い内容に出てきてほしくなくて。

彼の方も、しゃべる分だけ聞いてくれる相手でよかったのだと思う。踏み込んでくることを望まなかった。結婚という新しい生活に向けて、当たり障りのないものを積み重ねていく。多少の煩わしさや不満に目をつぶり、なんとかなると言い聞かせる。真人だけでなく自分もだ。

現実はそんなに甘くなかった。

さらにもっと苦い現実に直面している人が、電話口で息をついた。やりきれなさや心細さが伝わる。由佳利は慰めの言葉を探したけれど見つからず、私でよかったらまた電話をくださいと言って通話を切った。

その一時間後、「セイちゃんは亡くなったらしい」とメッセージが届いた。

さらに、「群馬県の山の中で見つかったみたい」と。

ある程度の予想はしていたものの、いざとなると気持ちが揺れて仕事に手がつかない。

三鷹のアパートに住む男性が、貴地崇彦生家館にあった無料の本を持ち帰った。

その男性は群馬の山中で遺体として発見された。

遺体の上着のポケットには、貴地先生が旧友に出した葉書が入っていた。

この三点は事実なのだ。

男性と貴地崇彦を結ぶ線が必ずある。


アユには定時後に電話するとメッセージを送り、夏央と艶子のグループＬＩＮＥに報告した。夏央はすぐに「村上聖也の顔写真がほしい」と言ってきた。

「邦夫さんと会っていた学生かどうか、確認したい」

そこも繋がるかもしれないのか。だったら……何がどうなるのだろう。

考えるときりがないので定時まではデータ入力や数字のチェック、郵便物の作成など、無心になれるものに励んだ。

満を持しての定時、夏央は自分の仕事を切り上げ、艶子も一日ゆっくり休んだとのことで、駅前まで出てくることになった。個室が取れる居酒屋を予約し、ふたりが来るまでの間に、コインパーキング脇の空き地からアユに電話を入れた。

「遅くなってすみません。今、大丈夫ですか」

「警察の人が私の家まで来て、いろいろ聞かれて。もう、気持ちも頭もぐしゃぐしゃ」

いきなり言われ、通り一遍の、謹んでお悔やみ申し上げます、みたいな言葉は封印する。アユが思ってもみない事件や事故に遭遇し、驚き混乱している女性だとしたら、自分とそう変わらない。

「知っている人の急死はこたえますよね。つらくて苦しいと思います」

「うん」

「でも、アユさんはひとりじゃないです。まわりに気遣ってくれる人がいるはずです」

「……そう？」

少しだけ声に張りが出る。素直な人だと思った。頼まれて元彼の部屋を見に行ったり、図書館の本を心配したり、異変が起きて電話してくれる友だちがいたりと、彼女は人付き合いを苦手としない人なのだろう。話し相手や泣きつく相手は身近にいる。ただ今は少しでも事態に関わっている人と話がしたいのだ。

「お亡くなりになっていたというのは最悪の事態ですが、アユさんが部屋を見に行って、里海町役場に電話をしなければ、いつまでたってもご遺体が誰なのかわからなかったのかも。それはもっと悪い状況ですよ。身元がわかればお弔《とむら》いもできます」

「そうかな。なんか、とんでもないことをしてしまった気がして」

「とんでもないことはもう起きていたんです」

思わず畳みかけると、たじろぐ雰囲気のあと、「そうよね。私はなにもしてないよね」と返ってくる。

「ええ。そこは保証します。大丈夫です」

むしろ良いことをしたのだと言いたかったが、亡くなった人がいるのに「良いこと」はないと慎んだ。

「少し気持ちがらくになってきた。友だちはひどい目に遭ったねと言ってくれたけど、今はそういう言葉で終われなくて。ほんとうはセイちゃんのこと、いいと思ってなかった。好きだったら別れたりしないでしょ。嫌なこともたくさんあったの。だから、こんなことに巻き込まれて腹が立ったりうんざりもするんだけど、もう死んじゃったと思うと可哀想で。私がよけいなことをしたような気もして。何が何だかわからないの」

「気持ちの整理には時間がかかると思います。誰でもそうですよ。思ってもみないことが起きたとき、悲しんだり腹を立てたり悔やんだり落ち込んだりはふつうです。私もつい最近、隕石《いんせき》に当たったくらいのダメージに遭いました。まだ立ち直っていません」

「あなたも?」

強くうなずいていると、電話の向こうで男性の声がしてにわかにざわつく。

「警察だ。行かなきゃ」

「はい。あ、待ってください。聖也さんの写真を送ってもらえますか。昔、里海町で会ったかもしれないという人がいて、見せたいんです」

「セイちゃんに?」

「お願いします。メアドとＬＩＮＥのＩＤをショートメールで送っておきます」

「わかった。あとで送る」

電話が切れたあとも由佳利はしばらく動けなかった。立ち尽くし、気持ちの波が静まるのを待ってから約束の居酒屋へと移動した。


二階の個室に通されると、すでに艶子も夏央も来ていた。

飲み物や食べ物を頼み、店員がいなくなったところで先ほどのアユとの電話を話した。

艶子と夏央はさっそく話を始める。

「あちらはさぞかしバタバタしてるんでしょうね。身元がわかったら、新聞にも載るのかしら」

「事故だとしたら、出ても小さいんじゃないですか」

「まだ事故の線もありえるの？　話を聞く限り、ふらりと群馬の山に出かけるようには思えないわ。事故ならひとりで山に入り足を滑らせて転落、みたいなことでしょ？」

「金に困っていたようなので将来を悲観して、ってことも絶対ないとは言えないです」

「自殺ってこと？」

声を潜める艶子。はっきり返事をしない夏央。由佳利はやりとりをぼんやり聞いていた。いろんなことがいっぺんに起きて、アユではないが頭がパンクしそうだ。飲み物が運ばれてきたのでそれで喉を潤し、やっと人心地がつく。

「坂口、元気ないな。って、元気になるような状況ではないけど」

「なんだか、思いがけないところにどんどん運ばれているようで、ついて行けない」

「たぶん、あとひと息だ。警察が亡くなった人の関係者を片っ端から当たっているだろうから。そこで怪しいのが浮かんできたら徹底的に洗う。何も出てこなければ少なくとも他殺の線は消えるだろうし」

「事件じゃなく事故ってことになったら捜査は終わりになるの？　亡くなった人の上着に貴地先生の葉書が入っていたことや、里海町の生家館に来たこと、本を持ち帰ったことについての『なぜ』はわからずじまいなの？」

「かもしれない。考えてもみろよ。今坂口が言ったことって、貴地先生に関心のある人間ならではの発想だよ。興味のない人間からしたら、それと彼の死を関連付けなくてもいい。たまたま若い男が昔の流行作家の本を読み、生家館があるのを知って訪ね、そこにあった無料の本をもらってくる。それだけだ」

「ポケットに入っていた葉書は？」

夏央は間を置かずに答える。

「逆かもしれないな。たまたま何かの伝手で葉書を入手し、その先生に興味が出て生家館を訪ね、無料の本をもらう」

「邦夫さんから葉書をもらった学生ではないってこと？」

「その可能性はあるだろ」

「でも、葉書の差出人は『よしだたかし』だよ。マニアックな人じゃなきゃ、貴地先生とは結びつけられない」

　今度は少し考えてから夏央は口を開く。

「忘れてた。その件があったな。葉書だけならば、何も知らず道端で拾ったものと考えられなくもない。人の手から手に渡ったとも考えられる。けれど自宅には貴地崇彦の本があった。少なくとも亡くなった人は『よしだたかし』が貴地崇彦であることを知っていたわけか」

　艶子が「そうよ」と強く言う。

「亡くなった若い人の自宅には、『水を数える』があった。あなたたち知ってる？　あの本にはかぞえ歌が出てくるの。先生の作品で、かぞえ歌が登場するのはそれだけ。夏央さんの伯母さんは、葉書の裏面にかぞえ歌らしきものが書かれていたと言ってた。全部つながる。生家館の棚から、適当に一冊を選んだんじゃない。葉書と関連する本を持ち帰ったんだわ」

　一瞬、遠ざかるように思えた群馬山中の遺体が、戻ってくるような気さえした。

　彼はなぜ亡くなったのだろう。なぜ、死ななくてはならなかったのだろう。

　どうして葉書だけを持っていたのだろう。

　食欲はないつもりだったが、サラダやだし巻き卵に手を出しているうちに唐揚げの美味しさに舌鼓を打ってしまった。酒類は控えてウーロン茶にしていたが、二杯目はオリジナルモヒートを注文した。これがまたいける。

　飲みながらアユとの会話を細かいところまで話し、その流れで自分の結婚が破談になったことを艶子に打ち明けた。再会したときからなんとなく元気がないと思っていたので夏央に聞いたところ、プライベートで凹《へこ》むことがあったとだけ聞いていたそうだ。具体的な話に驚き目を見張る。

そこからの由佳利の愚痴やぼやきに「ふんふん」とうなずき、こう言った。

「実に、文学的示唆に富んだ内容ね。感服したわ」

「文学ですか」

「ままならないのが人の世よ。あなたは見通しの悪い迷路に放り込まれ、右も左もわからないのににじっとしているのも苦しくて歩き出している。世間の目を気にしながら、卑屈になったり空元気を出したりしながら、なんとか生きながらえている。そういう弱かったり強かったり繊細だったり鈍かったり迷ったり悔やんだり、かっこ悪くぐずぐずしてる様を描くのが文学だもの。なんの問題もない明るく幸せな人には刺さるものが少ないでしょうが、そうでない人には刺さりまくる。刺さって揺さぶって寄り添ってもくれるのが小説よ」

由佳利は思わず「やだ」と呟いた。

「何が嫌なの」

「すみません。艶子さん、私の何もかもを見ているみたいで、つい」

破談を突きつけられてから、何も手に付かず貴地崇彦の本を読み始めた。そこには大切なものをあっけなく奪われる人、自己憐憫に浸り続ける人、欺瞞《ぎまん》に気付かぬ人、見た目とは裏腹に慈悲深い人、そっと救いの手を差し伸べる人など、市井に生きる多彩な人々が描かれ、物語に引き込まれた。直面している現実を少しの間でも忘れさせてくれたのは、後にも先にも先生の小説だけだ。

そんな話をすると艶子は嬉しそうに頬をほころばせた。貴地崇彦の本に出会う前からさまざまな本を読んでいたけれど、先生のデビュー作である『月の声』に出会ったとき、艶子は初めて目が開き、耳が通り、心臓が脈打ったような感覚を覚えた。そして二度、三度と読み返しているうちに、自分が新しい場所に向かって飛んでいけるような解放感を味わった。

じっさい艶子は行動を起こす。先生の開いた文学講座に通い、書き上げた短編を読んでもらい、その才能を評価されて親しい間柄になっていく。取材旅行に同行し、編集者も一緒だったそうだが、宿をどう取ったのかは明らかにされていないと、暗に匂わせる記事を由佳利も読んだ。それこそ五、六十年前の古い記事だ。先生に寄り添い、仲睦《むつ》まじそうに庭木を眺める艶子の写真も掲載されていた。

あれを目にして、奥さんはどう思ったのだろうかとふと考える。今とはちがう時代だ。浮気は男の甲斐性と言われた時期があったと、何かのエッセイだかコラムだかで由佳利も読んだ。でも変わらない気持ちもあるはずだ。でなければ数十年前に書かれた小説に共感はできない。夫の浮気を容認できない女性は昔も相当数いただろう。もっとも、夫や恋人が他の女性と親しくなっても嫉妬しない場合もあると思う。

由佳利は真人が夢中になった女性を頭に浮かべる。いちゃいちゃしている場面を想像しても白けるだけだ。自分は捨てられ、彼女が選ばれたと思えば、人としてやはり自信を失う。プライドは傷つく。けれど恨むというより、あの男がまた裏切り行為をするような気がして落ち着かない。次に被害に遭うとしたら女性だけじゃなく子どももだ。なんて不愉快な。

それとも彼女とは睦まじく添い遂げるのかもしれない。だったらそのとき自分はショックを受けるのだろうか。

「なあ、坂口って、真人から婚約破棄の慰謝料ってもらったの？」

いきなり夏央が言う。

「まさか。貯金なんてほとんどない人よ。もらうとしたらご両親のお金になってしまう」

「その両親もさすがに堪忍袋の緒が切れたみたいだぜ。海外ボランティアに行くときの資金や、帰国してからしばらく出していた家賃を返せと詰め寄ったらしい。借用書を書かせたとも聞いた。毎月取り立てるそうだ。ぜひとも頑張ってほしいよな」

「そんなことになっているの」

「両親、優しすぎたんだよ。甘いの方の優しい。坂口もな」

「私？　やめてよと全否定したいけど、もしかしてそうなの？　考えもしなかった。慰謝料をがっつり請求すればよかったのか」

この世の冷たい風を思い切り叩きつけるべきだった。そしてきっぱり頭の中から、心の中から、自分の人生の中から、押し出すべきだった。真人のこれからなんて想像してもなんにもならない。彼はもう、関わりを断った人なのだ。今の自分はまるで未練があるかのよう。ぜんぜんちがうのに。

追加のサラダや卵焼きが来たあと、由佳利は取り皿やグラス類を動かして、空いたスペースを作った。夏央が作ったこれまでの「まとめ」をそこに置いてもらう。百年前からの年表や町の地図が描かれ、疑問点や新たな発見が列挙されている。

新しいものは群馬の遺体が村上聖也という、都内に住む男性とわかったことだが、その前に赤松邸の訪問も記載されている。

昨日のことなのにずいぶん昔に感じる。夏央が撮影した写真も並べられた。お屋敷の全体像と寿次の書斎とそこにあった過去の写真とふたつの蔵。

「先生と邦夫さんは蔵を見たがっていた。ふたりの共通項と言えば小学校時代だ。何かを見たのか。聞いたのか。知り得たことがあると思うんだ。それは数十年を経て、ふたりが五十歳前後になっても変わらなかった。興味をかき立てるという意味でね。だから赤松家を訪問した」

由佳利は塀の内側の光景を思い浮かべた。先生たちが訪れてからさらに六十年の歳月が流れている。けれど昨日、目にしたほとんどのものがきっと昔のままだ。柱も床も天井も庭の木々も石灯籠も。そして蔵も。

いったいそこに何があったのだろう。

先生たちが小学生だった頃、奉公人だった武治はリヤカーを引いて夜の山に入っていったそうだ。たとえば貴重品をこっそり運び出したとして、それは山の中にあるのではないか。なぜ先生たちは蔵にこだわったのか。

由佳利が言うと、夏央が応じる。

「武治さんが隠し場所を知っているとしたら、その在処《ありか》を地図に描き、蔵のどこかにしまったのかもしれない。それを教えようとして、戦後になって赤松家を訪れた。けれど相手にされず門前払いをくらう。さらに体調を崩して病院に担ぎ込まれ、自分の死期を悟ったのか、武治さんは在処を知らせたいもうひとりを呼び寄せようとした」

「ミツさんの言っていた謎の女性？　でも間に合わなかったんだよね。地図があったとして、それをどこにしまったのかは伝わらなかったんだよ」

だからこの話はここで断ち消えか。終わったのか。摑んでいる事実からするとそうなるが、由佳利は顔をしかめる。夏央も似たような渋面だ。翌年の昭和三十五年、先生は邦夫に葉書を出している。武治の行動と先生の葉書をつなぐ線はないのだろうか。

夏央の作った資料を再び眺めていると由佳利のスマホに着信があった。

「アユさんからだ。写真！」

ＬＩＮＥがつながり、そこには若い男のスナップ写真がアップされていた。

目鼻立ちのすっきりとしたイケメンの部類だ。くわえタバコで缶ビールを手にしているところは、アウトローっぽい雰囲気があって女性にモテそう。伸びた髪の毛を無造作に結んでの笑顔も様になっている。マイクを片手に歌っている姿もあった。

艶子も夏央ものぞき込み、艶子は「亡くなるなんて勿体《もったい》ない」と言ったが、夏央は押し黙る。そして横からではなく自分の手に持ち替えてじっと見つめる。

「はっきりしたことは言えないけど、おれが会った学生も小顔で、目や鼻が細めに整っていた。似てると思う。かけ離れた外見じゃない」

「中性的な容姿だとすると、生家館の受付係をしている澄江さんの話とも通じてくる。男性か女性かわからない人が来て、先生の文集の他のページを見たがったらしい」

「その人が『水を数える』をもらって帰ったとしたら、村上聖也にまちがいないな。彼自身が生家館を訪れたことになる」

　アユの話からすると、文学にも小説にも親しんでいなかったようなのに。

「村上聖也さんがかつて邦夫さんに会っていたとしたら、聖也さんもまた、武治さんがリヤカーに積んだものを探していると考えられる？」

「可能性は高いんじゃないか。リヤカーが山の中に入ったのは百年も前だ。武治さんが再び里海町に現れたのは六十年前。どちらも遙か昔で今年三十歳前後の人間は生まれてもいない。でも、おれみたいに身内に関係者がいるのかもしれない。話を聞いて興味を持ち、十五年前に邦夫さんのもとを訪れ、外の畑で声をかけた。邦夫さんは足腰が弱って山歩きができなくなっていた。諦めかけていたところ、若い学生が知っているとなれば、家にも呼びたくなるさ」

　そして差出人名が「よしだたかし」の葉書を手渡した。

「邦夫さんに会ったのが十五年前なら、それだってずいぶん昔だよ。なぜ今、上着のポケットに入れていたんだろう。生家館まで足を運んだんだろう」

「きっかけがあるんだろうな。現在の住まいが三鷹であっても、十五年前の彼には里海町との縁があったはずだ。でなきゃ十代の学生がうろうろしてないよ」

　彼は何者なのだろう。

ふたりと相談し、その場でアユに電話をした。写真の礼を言い、聖也と会ったかもしれない人は似ていると言っていると伝えた。まだ十代の学生だった頃の話で、聖也は里海町と縁があったのではないかと尋ねた。

アユは言葉を濁し、返答に困っているようだった。思い当たるものがないのだろうと察したが、聖也の急死を巡りアユの方も噂話が飛び交っているという。聖也は多額の借金を抱え、八方塞がりの窮地に追い込まれていたそうだ。荒稼ぎするために危ない橋を渡るようけしかける者もちらほらいた。それにのって結局は自分の命を縮めたのだと、彼を知る人の多くは訳知り顔になっている。

けれど中には首を傾げる者もいた。やばいことはやめとけと声をかけたところ、聖也はみんなの考えているようなつまらない手は使わないとうそぶいた。自分には大金を得る手立てがあると言い、ギラギラと血走った目ではなく、どちらかと言えばすっきりと落ち着いた顔で笑みさえのぞかせた。はったりには思えず、じっさい強引なまねをしようとする連中を避けて動いていた。

その「手立て」がなんであるのか、アユはわからないと言って電話は切れた。

由佳利と艶子と夏央は顔を見合わせたのち、視線を広げた紙へと落とした。

百年前、武治がリヤカーに載せたものが貴重品ならば。

考えずにいられない。今の時代でもそれを大金に換えることはできるのだろうか。

8　特別な何か

　翌朝、自宅から路線バスに乗り里海駅前で降り、役場に向かって歩いていると目の前にふたり連れの男がいた。赤信号に引っかかり横断歩道の手前で足を止めていると、ふたりの横顔が目に入りハッとした。先週、役場に来た捜査員たちだ。

　信号が変わったので声をかけるタイミングを外し、後ろを付いていくと彼らも役場に行くらしい。出入り口の手前でスピードが落ちたので、横に並んだときに顔を見て会釈をした。ようやく気付いて目を丸くする。

「文学館の？　ですよね」

「はい。おはようございます」

「そうか。ちょうど出勤の時間だったんですね。先だっては貴重な情報をありがとうございました」

　後半の言葉は声を潜め、まわりに視線を走らせながら言う。

　立ち止まった由佳利たちに注意を向けることなく、職員たちは足早に追い越していく。

「今日も捜査でいらしたんですか」

「ええ。まあ」

「生家館のことで何か？」

来訪の意図が気になり、探りを入れる気分で尋ねたが捜査員は言葉を濁す。

「もしかしてまったくの別件ですか」

「なぜそう思うんですか？」

「はっきりおっしゃらないからです」

「他の用事があって来たんですけど、貴地先生のことであなたにも話をうかがうかもしれません。そのときはまたよろしくお願いします」

そんなやりとりをしていると黒塗りの車が滑るようにやってきて、職員通用口の前で止まった。町長だ。運転手がドアを開けると颯爽《さっそう》とした身のこなしで降りてきて、居合わせた職員たちとその場で挨拶を交わしながらドアの向こうに消えていく。

由佳利にとっては見慣れた光景だったが、捜査員たちは立ち尽くしたままじっと眺めていた。鋭く厳しい眼差しではなく、由佳利が初めて口をきいたときのような、淡泊で落ち着いた雰囲気がある。用事があるから来た、終わったら帰る、という素っ気なさが感じられる。

「どうかしたんですか」

声をかけると「ああ」とふたりは我に返った。

「いえ、なんでもないんです。お引き留めするような形になってすみません。どうぞ、先に行ってください。遅刻させては申し訳ない」

促され、由佳利は歩き出そうとしたが、やはり気になる。

「町長にご用事ですか？」

ふたりの表情にはなんの変化もなく、あっぱれと言いたくなるようなポーカーフェイスだったが、長身の方が低い方に目配せしたあと由佳利に言った。

「お身内に不幸がありましてね。それを伝えに来たんですよ」

「町長のお身内？」

「ええ。しかし役場はまだ開いてなかったんですね。受付には頼めない。その場合、どうすれば我々の訪問を伝えられるでしょうかねえ。アポを取ってないんですよ」

亡くなったのは誰かと聞きたい気持ちを抑え、私が連絡しましょうかと申し出る。

「通用口を入ったところに警備員室があるんです。電話を使わせてもらい秘書室に話を通せば、面談の時間を融通してくれると思います」

ふたりを伴い建物の中に入ると顔見知りの警備員がいた。「あの人たちは」と目で聞かれたが、大事なお客さまだと言って電話を借りた。秘書室の内線番号を押す。

数分後、訝しみつつ秘書が降りてきたのでふたりを託し、同じエレベーターに乗るのは遠慮して見送った。そのあと何事もなかった顔をして職場に向かうことはできず、用事を思い出したふりをして通用口から表に出た。建物の陰にまわり鞄からスマホを取り出す。

今の話を誰かに聞いてほしい一心で画面を操作する。真っ先に浮かぶ顔は夏央だが、始業前の役場に刑事たちがやって来て、どうやら目的は町長らしいという内容に、もう少し付け加えることはできないだろうかと考える。「身内の不幸」の「身内」が問題なのだ。

由佳利はＬＩＮＥのトーク相手や連絡先のメモ、電話履歴を見ていく。ふと、赤松家の千代子が目にとまる。お屋敷訪問のさい、携帯の電話番号を聞いていた。今なら警戒させずに問い合わせができるかもしれない。

その場で番号をタップすると数コール目で繋がった。「おはようございます」と聞き覚えのある千代子の声が耳に入る。遅番なのでまだ家に居るそうだ。お手伝いさんもシフト制でまわっているのかと感心する一方、雑談は控えて気持ちを引き締める。

「いきなりの電話ですみません。つかぬことをおうかがいしますが、赤松町長のご親族に村上さんという方はいらっしゃいますか」

「村上さん？　さあ、すぐには浮かびませんが」

「下の名前は『せいや』です。三十歳前後の男性で」

千代子は少しの間を置いてから答えた。

「苗字は失念しましたが、旦那さまの甥っ子に聖也さんはいらっしゃいますよ」

「甥っ子？」

「ええ。お姉さまのお子さんです。こちらの坊っちゃんと同じ年で。何かありましたか？」

年齢からしても合っていそうだ。

「その方に以前、お会いしたかもしれない人がいまして。聖也さんは里海町に住んでらっしゃったんでしょうか」

「いいえ。ちょっとその、ご家庭の事情がございまして、聖也さんだけときどきお屋敷に滞在していました」

「いつ頃ですか。聖也さんが何歳くらいの頃かしら」

「中学生か高校生か。それくらいだったと思いますけど」

由佳利は感情を抑え、「ありがとうございます」と穏やかで平明な声になるよう気をつけて返した。千代子はとまどっている様子だったが、出かける支度があるのか、「何かあったら言ってくださいよ」と念を押して電話を切った。

今日はその仕事先で、ぎょっとする話を聞かされるのかもしれない。

それともしばらく「身内の不幸」は伏せられるのだろうか。

由佳利は建物から少し離れ、首を回して目線を上げた。町長室は三階にある。

今ごろ捜査員たちから悲報がもたらされているはずだ。

町長の甥にとって、この地に届いた六十年前の葉書はどんな意味があったのだろう。


再び通用口に入る前に、艶子たちのグループLINEにメッセージを送った。早朝の役場に刑事たちが現れたこと。町長に「身内の不幸」を伝えに来たと言われ、刑事たちを見送ったあと、千代子に電話をかけたこと。どうやら村上聖也は町長の甥であること。

手短に報告したあと、エレベーターに乗りながらもうひとつ送った。

〈今現在、知り得たことはそれだけですが、群馬のご遺体の身元がわかったら、これから先は警察に任せることになりますよね。いろいろ調べてくれるでしょうし。このあと私は仕事です。では〉

スマホの電源を切って鞄にしまう。

群馬で見つかった遺体が村上聖也という若い男性で、町長の甥ならば、さまざまな点と点が線で結ばれる。

彼は赤松家の人間だ。貴地崇彦の愛読者だった赤松寿次の孫に当たる。祖父から何かしら聞いたのかもしれない。たとえば人気作家が探していた特別な品物について。

寿次氏は貴地崇彦の訪問理由を知らなかったようだが、その後に気付くことは大いにありえる。訪問時、寿次も四、五十代だったのだから。

そして晩年、孫に話を聞かせたのではないか。興味を持った孫は、先生の幼なじみであり、共に赤松家を訪れた邦夫が里海町に住んでいることを知り、会いに行った。偽名を使ったのは自分の知り得ている情報を明かしたくなかったからではないかと想像する。郷土の歴史を調べている学生などを装い邦夫に近づいた。

邦夫はすっかり気を許し、自宅に招いて旧友からの葉書をあげてしまう。

その後どれくらいの進展があったのか。当時まだ十代の学生だった聖也に、いわくありげな品物が簡単に見つかるとは思えない。目星を付けるのがせいぜいだったのでは。それから十数年が経過し、彼はまた里海町を訪れるようになった。貴地先生の生家館に現れ、返却不要の本を自宅アパートに持ち帰った。

それだけではない。邦夫からもらった葉書だけを上着のポケットに入れ、群馬の山中で遺体で見つかった。

ここから先はどんなに想像を働かせたところで真相は藪の中だ。何も見えず、分け入る術《すべ》も持たない。それを持っているのは警察だ。捜査のプロが事件の全容を暴き、真実を明るみに出してくれるのを待つしかない。

待てばいいのだと、由佳利は三十分の遅刻を詫びたのち、自分の椅子に腰かけて気持ちも切り替えた。知らず知らず重さを増していた肩の荷を下ろしてもいい。できるだけのことはやった。自分に言い聞かせる。

昼休みになってスマホを手に取ると、艶子や夏央からLINEがいくつも届いていた。画面を開いてざっと目を通すと、村上聖也が村長の甥らしいとの由佳利の報告にびっくりし、それぞれの推論を立てている。由佳利の考えと似たり寄ったりの内容だ。

どう返そうか。思案しながら持参した弁当を食べ、水筒のお茶を飲んでいるとスマホに着信があった。てっきり艶子か夏央だと思ったのに、電話を掛けてきたのは貴地崇彦文学館の窪田だった。こちらが昼休みであることはわかっているだろうから、火急の用事か私用だろう。

電話に出ると真っ先に「休み時間に失礼」と言われる。

「どうかしましたか?」

「気になる案件があって協力を頼みたいんだ。今、話しても大丈夫かな」

「お弁当は食べ終わったのでどうぞ」

「ありがとう。実は、貴地先生の例の葉書、粘りに粘ってついに文面を見ることができた」

「それか」と思うと同時に、窪田の言った「協力」という言葉を訝しむ。

「先生はかぞえ歌を書いてらした。先生でかぞえ歌と言えば『水を数える』だ。作中のそれを思わせる言葉が葉書に綴られていたわけだが、ところどころちがっているんだ」

「ちがう?」

電話越しにうなずく気配がする。

「コピーを手に入れたからこのあと画像を送るよ。それでなんだけれど、君に頼みごとがある」

「はい」

「『水を数える』に出てくるのは、わらべ歌のようなかぞえ歌だ。作中では子どもが作ったことになっている。発表されたとき、貴地先生はご自身が子どもの頃、友だちといっしょに作ったものを登場させたとインタビューに答えている。マニアの間では話題となり、後日、いかにも子どもらしい手書きのかぞえ歌が発見された。資料も残っていて、昨日その資料のコピーを見つけ出した」

相変わらずとても熱心であり物知りだ。そういった作家や作品への熱意を、他にも複数の人が抱いているからこそ、さまざまな角度から研究がなされ、作品がより深く読み解かれているのだろう。

「ところが葉書にあるのは、作中の歌詞とも資料にある手書きの歌詞とも異なっている。そもそも作中と手書きの歌詞はほとんど同じで、一カ所しかちがいがない。なのに葉書の歌詞は相違点がいくつもある」

由佳利は半ばぽかんとして「そうなんですか」と相槌を打った。

「つまり現状、三種類のかぞえ歌があるってことだ。この中で、手書きの歌詞の実物は君のところの生家館にある。もうひとつ、葉書にある歌詞の原本もそちらにないかと思ってね。見落としや追加がないとも限らないだろ。調べてほしい」

「葉書の歌詞は、即興で書かれたんじゃないですか」

電話口から「いやいや」と返ってくる。微妙に華やいだ興奮気味の声だ。子どものように目を輝かせる窪田が由佳利の脳内に現れる。

「先生はインタビューの中でかぞえ歌は他にもあるとおっしゃっている。最初に書いたのは十歳のとき。それを十二歳で手直しして、故郷の町に残してきた。今は明かせないけれど、十歳で書いたものもそのうちきっと白日の下にさらさなくてはと思っている。そんな言葉を先生は口にしているんだ。ミステリアスだろ。秘密めいているだろ。すばらしい吸引力だ。当時もマニアは右往左往の大騒ぎだったよ」

「では、うちにあるのは先生が十二歳のときに手直ししたもので、それより二年前に書かれた原本も、こちらのどこかにあるかもしれないと?」

「そうそう。故郷の幼なじみに送ったものだとしたら、思い出しつつ書き綴ったって、十分考えられるだろ」

「わかりました。私は覚えがないですけど、窪田さんのご要望とあれば今日の夕方にでも生家館を調べてみます」

「よろしくね。くれぐれもよろしく。こちらの極秘情報も見せるから丁重に扱ってね」

通話が切れてからほんの数十秒後に画像が届いた。開くとき由佳利の胸は高鳴った。

いつものばしょに　いぬがいて
にいばしわたって　にっこにこ
さよならしたあと　さあいこう
しげるよ　はっぱ　しのびこみ
ごうかなおくらは　ごもっとも
ろうそくなくした　ろくでなし
ななつかぞえて　なにもなし
はちまきまいたら　はみだした
くつをわすれず　くるりんぱ
じゅうで　じゅーすの　じゅずつなぎ

問題の、葉書の裏面らしい。不鮮明なのは紙やインクの劣化を物語っている。横書きですべて平仮名。万年筆を使ったであろう大人の文字だ。ちょっとした挨拶文さえ添えられていない。わらべ歌のようなかぞえ歌だけ。

続けてふたつの画像が送られてきた。ひとつはすべて活字で、おそらく本のページを写し取ったもの。

いつものばしょに　いぬがいて
にいさんはれのひ　にっこにこ
さよならしたあと　さあいこう
しらんぷりの　しのびこみ
ごうかなごちそう　ごもっとも
ろうそくなくした　ろくでなし
ななつかぞえて　なにもなし
はちまきまいたら　はみだした
くりのきわすれず　くるりんぱ
じゅうで　じゅーすの　じゅずつなぎ

もうひとつは子どもらしさを感じさせるつたない文字で、これは由佳利の記憶が呼び覚まされた。生家館の資料整理のさいに見ている。

いつものばしょに　いぬがいて
にいばしわたって　にっこにこ

さよならしたあと　さあいこう
しらんぷりの　しのびこみ
ごうかなごちそう　ごもっとも
ろうそくなくした　ろくでなし
ななつかぞえて　なにもなし
はちまきまいたら　はみだした
くりのきわすれず　くるりんぱ
じゅうで　じゅーすの　じゅずつなぎ

二番目と三番目はほぼ同じで、二行目の「にいさんはれのひ」と「にいばしわたって」がちがうくらいだ。一番目は窪田の言うように異なる箇所がいくつかある。

文字を追いかけるたびにリズミカルなメロディで歌いたくなるが、それは原作が映画化され、由佳利も町で行われたリバイバル上映会に参加したからだ。一度聞いたら忘れられなくなるような素朴なメロディがついていた。

かぞえ歌の登場する『水を数える』は行方不明になった友人を捜すべく、その人の郷里に向かった二十代のルポライターが、連続殺人事件に遭遇する話を描いた長編小説だ。風光明媚《めいび》な山間《やまあい》の里で繰り広げられる惨劇は主人公を翻弄し、美しい女人伝説や華やかな祭りの陰で推理は完全に行き詰まる。そんなとき重要な手がかりを与えるのが伝承されたかぞえ歌だ。「いぬ」

「ろうそく」「くりのき」などが事件を解く鍵になる。

小説が出版されたのは昭和四十年なので、例の葉書が投函されたあとになる。先生は五十五歳。筆が乗っている時期だろう。映画化はその三年後だ。


午後の仕事に入ると生家館の受付係である澄江から電話があった。金曜日は休館日だが屋根瓦の点検作業があり、立ち会いを頼んでいた。その澄江のスマホに刑事から電話が入り、生家館にいると言うとふたりそろって現れたそうだ。

「以前の電話では若い男性としか言われなかったのよ。だから、わかりません知りませんとだけ答えた。それに嘘はないんだけど、坂口さんに話したとおり、女性か男性かわからない人はいたのよね。きちんと覚えているわけではないし、話すほどの内容もないし、警察には連絡しなかったんだけど、今日はそれを言ったの。だって、面と向かって警察の人と話をしていたら私の目が泳いだみたいなの。それに気付いて、心当たりがあるんじゃないですかと追及されて。恐かったわ。まだドキドキする」

役場の町長室を訪ねたあと、刑事たちは生家館に向かったらしい。澄江によると、女性か男性かわからない客がいたことは話したそうだ。刑事たちは廊下に置いてある無料の本を指さし、こういった本を持ち帰ったのかと尋ねる。記憶があやふやだったので首を傾げると、刑事たちはポケットから紙切れを取りだした。若い男性の写真だった。

それを見て気味が悪いやら心細いやら。少なくとも写真の顔にピンとくるものはない。投げかけられる質問にたどたどしく応え、三十分ほどでようやく解放された。彼らが帰ったあとは椅子にへたりこみ、やっと電話できるようになったと言う。屋根の点検はこれからとのこと。

由佳利はねぎらいの言葉を口にし、自分も用事があるので夕方そちらに行く旨を伝えて電話を切った。

町の中に警察がいて現在も捜査中だと思うと落ち着かない。いつ何時、目の前に現れるとも限らないのだ。彼らの強引さは身に染みているので、動けるときに動いておかなくてはと目の前の仕事に取りかかる。途中で課長に声をかけ、群馬県警の刑事たちが再び生家館にやってきたことを報告した。案の定とても驚き、なぜどうしてを連発する。由佳利は窪田からの用件を伏せ、澄江の様子を見がてら生家館に顔を出してくると話した。

刑事たちが役場に来ることはなく退勤時間になった。仕事を片付け役場を出る。足早に生家館に向かうと澄江は玄関先で待ち構えていた。予期せぬ刑事たちの訪問を受け、心細くてたまらなかったそうだ。点検の報告を聞きつつ内側から玄関に鍵をかけ、展示室に移動する。

「屋根よりも今は見学者よ。いったい何があったのか、坂口さんは知ってるの？」

「警察は話してくれないので私にもよくわからないんです。ただ、群馬県警の管轄で事故か事件かはっきりしない出来事があり、被害を受けた人の持ち物に、貴地先生にまつわる品があったみたいで」

「貴地先生の？」

「はい」

「その被害を受けた人というのが今日、見せられた写真の人？」

「だと思います」

町長の甥である可能性についてはまだ言えない。

「どういう被害なのかしら。いえ、言わなくていいわ。聞かない方がいい気がする」

賢明だ。曖昧に目を伏せる由佳利を見れば、良くない状況であることは察しがつくだろう。

ふたりがいるのは電気を付けていてもそこはかとなく薄暗い古屋だ。年季の入った柱や襖、低い天井に囲まれ、不慮の死を遂げた人物について語り合っていては背筋まで凍り付きそう。

「実は、警察が言ってくれないことを、こっそり教えてくれたのは本館の窪田さんなんです」

「まあ窪田さん」

澄江にしても、彼がどれほどの情報通なのかはよくわかっている。

「被害者の持ち物の件ですが、かぞえ歌に関係しているみたいなんです。貴地先生の『水を数える』に出てくるそうですが、澄江さん、ご存じです？」

「もちろんよ。なんだったかしら。数字の頭文字を取って、言葉が並んでいるのよね。いつものばしょに、いぬがいて、にいさんはれのひ、にっこにこ」

節を付けてさらりと諳《そら》んじる。

「さすがです。その通り」

「映画を見たから、歌うと自然に出てくるわ」

「小説が発表されたとき、貴地先生はかぞえ歌について、子どもの頃に作った歌詞をもとにしたとおっしゃっていて、じっさいここに手書きの歌詞がありましたよね」

澄江はすんなり首を縦に振る。

「ええ。しばらく展示されてないけど」

ガラスケースに入るのは収蔵物のごく一部。かぞえ歌が注目を浴びたのは小説の発表時や映画が公開された頃だ。

「それでなんですけど、窪田さんから、原本とも言える歌詞が別にもうひとつあるらしい、生家館にあるかどうか見てほしいと頼まれました」

「もうひとつ？」

「はい。時期的に小学生の頃だと思うので、一応、調べてみようかと」

葉書の裏面にあった歌詞の出所だ。資料的価値のある品は二階の押し入れやキャビネットに収納されている。澄江も付き合ってくれるというので、ありがたくお願いして二階に上がった。二間ある和室の片方にだけ押し入れがあり、先生が子どもの頃に使った鞄や衣服、愛読書や木工品など、主にかさばる物が保管されている。

紙類はもう一部屋に設置されたキャビネットの中だ。役場にある目録を調べたところ、それらしいものはないけれど、子ども時代のちょっとした落書きとして、他の資料に紛れている可能性はある。

由佳利たちは手袋をはめ、キャビネットの扉の鍵を開け、それぞれひと抱えずつ資料の山を畳に下ろした。展示物の入れ替えや、他所からの問い合わせに応じるために、収蔵品の出し入れや点検はときどき行われている。澄江にも手伝ってもらっているので扱いには慣れている。

生家館の収蔵物は衣類にせよ紙類にせよ、先生が里海町にいた当時に使っていたものなので、それこそ百年前後の時を経ている。当然のように脆《もろ》く壊れやすくなっている。キャビネットを開けるにも資料に触れるにも課長の許可は必要だが、そのわりに申請書の類いはなく、口頭でかまわない。今日も「本館からの問い合わせがありまして」と言うだけで、「そうなの。気をつけてね」と返ってきた。

唯一とも言える地元出身の貴地先生を軽んじているわけではないのだろうが、ゆかりの品々を正しく評価しているかどうかはわからない。課長に限らず役場全体、地域全体の話として。

由佳利にしても今回、艶子の探索に半ば強引に巻き込まれているうちに、ようやく過去の重さを実感するようになった。里海町に生まれ育った人、あるいは縁を持った人たちが、この土地で今の自分と同じように泣きもしたし笑いもしただろう。夢や希望だけでなく、嘆きも怒りも募らせただろう。懐かしむような思い出のできた人もいるし、背を向けて去った人もきっといる。すべてが遠い昔に消え去ったわけではなく、そこかしこで未だに息づいているのではないか。昔のものは今でも残っている。河原の石ころも山の木々も古い家屋も写真も本も。

由佳利と澄江は書類や文集を丹念にめくっていく。二十分ほどして澄江が声を上げた。もともと収蔵されていた手書きのかぞえ歌が見つかる。貴地先生は幼少の頃から創作意欲にあふれていたらしく、小学校に上がる前にはオリジナルの物語を書き始めている。添えられている絵も味わいがあってなかなか達者だ。それと一緒に丁重に保管されていた。

大きさは手のひらサイズ。すっかり黄ばんでいるが鉛筆書きの文字は読み取れる。

「よかった。あるとわかっているものでも、見つかるとホッとします」

「ほんとね。唯一無二のものだから」

「大事にしなきゃいけませんね」

ベストセラー作家のルーツがこの町に刻まれている。

興奮冷めやらぬまま、もうひとつのかぞえ歌を探したが、ひととおり点検し終わっても出てこなかった。見落としがあるかもしれず、「ない」と断言するのは早いだろうが、時計を見れば夜の七時を過ぎている。今日のところは終了することにした。

「手伝ってもらって助かりました。私ひとりでは半分も調べられなかったと思います」

「いいのよ。私もあなたと話してから、春美さんのことをよく思い出しているの。お手伝いできることがあったら言ってちょうだい」

「お話また聞かせてください。あのあと私、赤松邸にお邪魔したんですよ。澄江さんは仲村艶子さんをご存じですよね」

「お名前はね。著作もいくつか読んでるわ」

艶子が今、里海町に滞在していることを話す。貴地先生のことを調べたいと言われ、協力していることも打ち明ける。

「赤松邸には艶子さんのお供でほんの一、二時間ほど」

「いいわね、羨ましい。私は入ったことないの。どんなだった？」

由佳利はスマホを取り出し、これならば大丈夫だろうと思われる邸宅の外観や庭の写真を何点か見せた。スクロールしていると澄江の指先がすっと伸びる。

「古い写真があったわね」

「ああ。町長のお父さまの書斎に飾られていた写真です。先生も写っているんですよ。東京であった講演会のときの記念写真だそうです」

隠し撮りしたものなのでもう一度見せていいものか。迷っていると澄江に言われた。

「同じものを私、見てるかもしれない。春美さんも似たような写真を持っていたの」

意外な言葉に驚きつつ画面を見せると、澄江は「これこれ」と目を細めた。

「子ども時代の写真じゃないから展示はされなくて、坂口さんは知らないのね。探してみましょうか。あるはずよ」

先生が作家になってからの写真ならば収納場所に見当が付く。手分けして探すとほどなく見つかった。寿次氏の書斎に飾られていたのとまったく同じ写真だ。

「焼き増しした一枚をもらったんだと思うわ」

「焼き増し？」

「今の人は知らないのね。フィルムから余分に印刷した写真のこと」

澄江の指先がひょいと写真をひっくり返す。裏面に「宮本《みやもと》ユキ子《こ》」と肉筆で書かれている。

「この人は？」

「私も今のあなたのように春美さんに尋ねた。そしたら写真の右はじに写っている人だって」

再び表を向ける。貴地先生を中心にした十数人の集合写真の一番右。たしかに着物姿の女性が写っている。古い写真なので鮮明にはほど遠い。なのではっきりはわからないが年配のようだ。十数人がぴったりくっついているのに、ひとりだけ、となりの人と離れている。講演会あとの楽しげな親密な雰囲気がこの人からは感じられない。緊張しているのか、遠慮しているのか。

「どういった人なんですか」

「春美さんは『間に合わなかった人』と言ったわ」

「間に合わなかった人？」

「変でしょう。短編のタイトルみたい。そう思ったら気になって、家に帰って先生の作品をひと通り調べてみたの。ヒロインのモデルだったらドラマチックだもの、でもそれっぽいのはなかったわ」

いかにも残念そうに澄江は言う。

「この字は春美さんの字ですか？」

「ちがうと思う。春美さんはもっと柔らかな字を書くの。お母さんじゃないかしら」

目を凝らすと、「宮本ユキ子」の下に「、」がかすかに見える。続けて何か書こうとしたのか。

「すごく気になります。この方はいったい誰なのか。先生のお母さんとお姉さんが知っている人で、先生の講演会に来ているんですよね。いったい何に間に合わなかったのか……」

由佳利の脳裏によぎるのは昔の病院だ。

あともう少し。すんでのところで間に合わず、泣き崩れた女性。

長いこと付添婦をしていた人にとっても忘れられない光景。

急逝した赤松家の元使用人。

その人を訪ねていた先生の母。

記憶をたどり、由佳利は思わずにいられない。

宮本ユキ子さんが何者なのかを知りたい。

きっと重要な手がかりが潜んでいる。


澄江とは生家館で別れ、由佳利が鍵を預かって役場に戻った。道すがらLINEを見ると艶子も夏央も由佳利からの連絡を待っていた。鍵を返却したらやっと帰れる。そうコメントすると夏央が迎えに来てくれることになった。

ピックアップしてもらい、コンビニで夕飯を調達して艶子の泊まる玉乃木旅館に向かう。

話したいこと、話し合うべきことはいろいろあった。

長逗留している艶子の部屋に通してもらうと、艶子はたっぷりしたチュニックにスパッツを合わせくつろいだ様子だった。事件の謎を追って外出が続く毎日だが、朝晩温泉につかり、野菜中心の食事を心がけているので疲れがたまりにくく元気そのものだと言う。たしかに素顔の頬やおでこはすべすべだ。

座卓を部屋の真ん中に起き、さっそく夏央が資料を広げる。昨夜とほぼ同じ流れだ。昨日は駅前の居酒屋に集まり、アユとのやりとりを報告した。群馬で見つかった若い男性の遺体はアユの知人である村上聖也にまちがいないらしい。彼は多額の借金を抱え、それを返済するめどがあると周囲に漏らしていた。アユから彼の写真を送ってもらい夏央に見せたところ、邦夫の元に現れた学生に似ているとわかった。

それからほぼ一日経ち、事態はまた動いている。今朝早くに群馬県警の刑事が役場にやってきた。目的は町長に身内の訃報を伝えるためだった。

由佳利は千代子に電話をして村上聖也が町長の甥であることをつきとめた。刑事たちは役場を出たあと生家館に向かい澄江に会っている。そして、どうやら赤松家にも行ったらしい。千代子から艶子に電話があったのだ。

「ゆかちゃんはお役所の仕事中だからと私にかけてきたの。何か聞いているかと。迷わないでもなかったんだけど、正直に言った方がいいと思い、あなたからＬＩＮＥがあったことは伝えたわ」

「千代子さんはなんと？」

「あなたからの電話で久しぶりに聖也さんの名前を聞いたんですって。何かあったのかと思っていたところ、警察がお屋敷にやってきてまた聖也さん。びっくり仰天は無理ないわ。でもゆかちゃんからの電話の件は警察に言わなかったみたいよ」

「それは助かります。ありがたいです。そうか。そこで千代子さんが言ってたら、私のもとにまた来てましたね」

さぞかしややこしいことになったにちがいない。

警察は最近、町長の甥である村上聖也がこの家にやってきたかどうかを聞いたそうだ。町長夫人は外出中だったが、使用人たちでかまわないと言われ、千代子ともうひとりのお手伝い、たまたま居合わせた庭師も呼ばれた。三人とも勤続年数は長いので聖也のことは知っている。そして誰もがここ数年は見かけていないし、話題を耳にしたこともないと答えた。

刑事たちは思い出したことがあったら連絡してほしいと言い残し、屋敷をあとにした。

話を聞いて夏央が言う。

「印象としてあっさりめですね。警察は聖也さんの言ってた金策と赤松家を結びつけていないのかな」

「私もそう思った。町長やご家族と彼が最近会っているかどうか。そのあたりを使用人たちに確認しただけね」

「本命は現在の交友関係ってことですか。疑わしいのは里海町ではなく東京」

「ええ。千代子さんにしても警察の訪問にぎょっとしたものの、その人たちが引き払うとお屋敷の中はいつもに戻ってピリピリもざわざわもしていない。親族が亡くなったなら葬儀一般の手続きや用事がスケジュール中に入ってくるだろうけど、疎遠になっている人なので主夫婦の命に従うだけ。いたずらに騒ぐことなく目の前の仕事をこなしたそうなの。でもまあ朝の電話は気になって、時間を見つけて私には連絡してきたわけよ」

由佳利が横から尋ねる。

「艶子さん、どんなふうに話したんですか」

「貴地先生について調べているのはほんとう。けれど先生の足跡というより先生が探していたものを突き止めたいと、そこは正直に話した。先日赤松家を訪ねたのも、寿次さんの書斎と同じくらい蔵も目当てだった。なぜなら先生が蔵を調べたがっていたから。手がかりが得られるかしらと思っていたけど、残念ながら空振りだったわって。嘘でなく、ほんとうのことでしょ？」

千代子の困惑ぶりが目に浮かぶ。とりとめのない話に相槌のひとつも打ちづらかっただろう。

「聖也さんについては？」

「先生の探していたものは、どうやら他の人も探しているらしい。聖也さんの名前は思わぬところから出てきた。話せば長くなるから近々またと。千代子さん、熱が出そうですと言って電話を切ったわ」

複雑に込み入った話だ。一部分を語ったところで意味はわからないだろう。千代子を気の毒に思っていると、夏央が机の上に年表を広げた。

これまでの関係者が縦に並び、横軸は西暦。ところどころ括弧して和暦も併記されている。ざっと眺めていると「ここだよ」と夏央が筆記具の先で示す。

「町長の父である寿次氏は一九九六年に八十二歳で亡くなっている。二十五年前だ。村上聖也さんが三十歳ちょっとだとすると五歳くらい。祖父から孫に、のちのち金に困ったときに思い出す『特別な何か』の話をした可能性はないわけじゃないよな。あったのかもしれない」

「五歳か。覚えているかな。でも高校くらいの頃に、邦夫さんと接触してるんだよね。やっぱり覚えていたんだ」

「だよな。寿次さんの書斎は手つかずのままだったのだから、『特別な何か』についてあとから調べることはできる」

艶子も話に加わる。

「千代子さんから聞いた話では、聖也さんは里海町に住んでいたわけではないらしい。十代の一時期、あのお屋敷にいたようなことを言っていたわ。そのときお宝のことを思い出して、邦夫さんに会いに行ったんじゃないかしら」

「ありえますね。時期が合っている」

「私だってこれでも頑張ったのよ。親しくなった仲居さんから、赤松家にまつわる噂話を聞き出した。寿次さんに関することがけっこうあったわ」

赤松家の長男が早世したため後釜に据えられた寿次だが、以前艶子が話したように波子という女性と暮らし、子どもまで出来ていたそうだ。寿次は妻子を連れて家に戻ろうとしたのかもしれないが、女性は赤松家の用意した手切れ金に応じ、離婚届に判をついていなくなった。子どもも連れて行ったそうだ。

当時、寿次の父、清一郎はまだ五十代後半。精力旺盛で上昇志向が強く、長男の急死を嘆きつつも家長の座を誰かに譲る気はまだなかった。後継者は形だけでかまわない。次男を説き伏せて連れ戻し、赤松家にふさわしい女性と結婚させて、誰にでも務まりそうな仕事を与えた。

一方の寿次はその采配に従ったものの、家庭も仕事も持て余し、文学という自分の趣味に傾倒していく。家族は表立って咎めるよりも容認した。彼が実業家に向いていないことは誰の目にも明らかだったのだろう。博打《ばくち》や女遊びにふけるより、本を買ったり小説家に入れあげたりする方がずっとましだと考えたらしい。

「波子さんの噂はそれっきりなんだけど、間に出来た女の子、寿次さんの娘さんは小学生の頃に引き取られたみたいよ。実の父の家ですものね。でも馴染めなかったようで十代の頃から外泊を繰り返し、高校は卒業したものの東京に出て音信不通に。お金に困ると戻ってきて、融通してもらうとまたいなくなるというのを繰り返していたらしい。その女性が聖也さんの母親よ」

「アユさんの話からすると、もう亡くなっているようですね」

「ええ」

「亡くなる前には、寿次さんの実子として、それなりの遺産を相続したのでは？」

艶子はため息交じりに首を横に振る。

「どこかのタイミングでまとまった金額を受け取り、それと引き換えに相続権を放棄したと、噂話に聞いたわ。けっこう有名な知る人ぞ知る話だったみたい。かなりの借金をつくって、他に方法がなかったのね」

金銭的に苦しい状況はずっと続いたということか。本人も、その息子である聖也も。

「赤松家の血縁であっても、聖也さんは赤松家の財力を頼れなかったんですね」

大きな家屋敷からはじき出され、血筋というだけでは富が摑めない。けれどももしも現代に通じる「お宝」があったなら。それを見つける手がかりを自分が持っているとしたら。追い求めずにいられなくなる気持ちは察してあまりある。

聖也と里海町をつなぐものはおそらくそれだけだ。

「問題はやっぱりお宝の正体ですね。東京の胡散《うさん》臭い知人たちが持ちかける話よりも、里海町に眠るお宝の方が値打ちがあるとしたら、事件の舞台はやっぱり里海町になりますよ」

由佳利が言うと夏央が返す。

「なった方がいいの？　事件の舞台に」

「あ、そうか。何言ってるんだろう私」

艶子はすまし顔で言う。

「血なまぐさい事件は私も嫌だけど、このままうやむやってのはもっと嫌よ。里海町のお宝は絶対知りたいわ。なぜここまで具体的な話が出てこないのかしら。調べても調べても誰もがそのものずばりを言わない。もしかして何かしらのタブーだったりして」

「タブー？　たとえば？」と夏央。

「存在していることさえ秘密にしなくてはならないもの。あの家にあってはおかしいもの。桁外れに高価な骨董品や宝石類。あるいは盗品なんてどう？」

「いいんじゃないですか。隠さなくてはいけないけれど市場価値はバカ高い。それが狙われたり、山中に隠されたり、ひょっとしたらすり替えられたりして、いつの間にか行方不明に。赤松家はおおっぴらに探せないまま時が流れ、今ではすっかりうやむやに。あり得ますよ。もしも聖也さんの死が東京での交友関係ではなく、里海町のお宝に関わっているとしたら、行方不明の品に手がかりがあるってことです。そして宝のことを知っているのは彼ひとりじゃない。横取りしようとした第三者がいる」

横取り。聖也の死が他殺だとしたら、殺した人間がいるということだ。

やはり血なまぐさい話になってしまう。

お宝の話から離れたくなって、由佳利は窪田からの話をふたりにした。

葉書の裏面が明らかになり第三のかぞえ歌が見つかった。画像をＬＩＮＥに送ると夏央が持参したｉＰａｄの画面に表示する。艶子にもそれなら見やすい。

「『水を数える』は好きな話で映画はもちろん見たけれど、かぞえ歌に関する考察は知らなかったわ。私としたことが。窪田さんに負けた気分」

拗《す》ねた口調で言われ、由佳利も夏央も笑った。

けれどそのあとの、集合写真の話になると艶子も夏央も真剣に耳を傾ける。そして写真の裏の画像を見せるとふたりとも目を見張った。

「宮本ユキ子、」という手書きの文字がある。

この人は誰なのかと聞かれる前に、澄江の話を細かいところまで伝えた。

ふたりも「間に合わなかった人」というくだりに強く反応する。それってまさか。ですよねと言葉が飛び交い、由佳利がひと通り話し終わったところで艶子が片手をあげた。発言したいという合図だ。皺が刻まれシミの浮き出た細い手を、今ではすっかり見慣れている。

「私はこの写真の場にいたのよ。だからこの女性とも会ってる。待ってね。思い出すから」

じっと目を閉じる艶子を固唾をのんで見守った。あげた手を自分のおでこにもっていき、軽く叩く。

「このときの場所は神保町のどこかのホール。机と椅子が壇上に用意され、先生は古伊万里《こいまり》についで語ったんじゃないかしら。それを題材にした作品を少し前に出版されていたから。蘊蓄だけでなく取材のこぼれ話もあって、とても楽しかったわ。お話のあとにサイン会があって、それも終わると先生はロビーに出てきてお客さんをお見送りしたり、気さくに言葉を交わされたり。赤松寿次さんもそのひとり。久しぶりの再会だったようで、先生は珍しく饒舌《じょうぜつ》だった。まわりの人に『郷里の人なんですよ』と紹介して、小学校の話をして、急に黙り込んでしまったり。だから私、覚えているのね。先生はなんとなくいつもとちがっていた」

艶子の目がふっと虚空を見つめる。

「そしてもうひとり、少し離れたところに年配の女性が立っていたわ。若かった私から見ればもうおばあさんという御年の人よ。先生が気付いて目を向けると、その人は小さく会釈して立ち去ろうとした。先生は歩み寄って引き留めたの。会話の内容はわからない。私のいたところからは離れていたから。でも先生がとても丁寧に腰低く接しているのはわかった」

そう言って艶子は不意に目を潤ませた。急なことでびっくりする。そのまま涙ぐみ鼻をならすので、あわててティッシュを差し出した。

「ごめんなさい。当時のことを思い出したら、ありありと先生のことが浮かんで、むしろ浮かびすぎて、胸がいっぱいになってしまったわ」

由佳利はポットを引き寄せ、新しいお茶を入れて艶子の前に置いた。艶子はゆらゆら揺れるお茶を見ながらぽつんと言う。

「今さらなんだけれど、私、ほんとうは先生の恋人でも愛人でもないのよ」

口元に歪んだ笑みを浮かべる。一瞬、聞き間違いかと思った。もしくは何かの冗談か、比喩の類いか。けれどそうではないらしい。

「世間にはやし立てられ、そういうふりをしただけ。先生には別のお相手がいた。特定のひとりではなくいろいろと。奥様はご存じだったから私にはお優しかった。警戒するような相手ではないとわかっていたのよ。先生もそう。若い恋人がいる自分を楽しんでらした。それに気付くのは私自身が年をとってからになるんだけれど。この講演会の頃は何も知らない天下無敵の小娘だった。口惜《くや》しいわ。戻れるものならこの頃に戻りたい。そうすれば私、もっとうまくやる。先生をきっと振り向かせたわ」

艶子はツンと鼻を上に向けてから湯飲みを手に取った。ひと呼吸おいてから悠然とお茶をすする。しんみりと耳を傾けもらい泣きまでしそうな由佳利は、最後の言葉にぎょっとしたが目の前にいる八十代の女性のきっと本音だ。これくらいの強さが自分にもほしい。

「悪かったわね。急に昔話をしたりして。それだけリアルに思い出したってこと。ロビーでは撤収が始まっていたから、先生もそれに気付いて戻ろうとしたの。そしたら寿次さんが写真を撮りましょうと言い出して、にわかに記念撮影が始まったんだわ。先生は女性にもぜひ一緒にと言って引っ張ってくる感じだった。ほんとうは遠慮したかったんでしょうね。尻込みしながら離れたところに立って一緒に収まった」

艶子は大した話じゃなかったわねと謙遜したが、由佳利は「いいえ」と返した。

「その場の雰囲気がよくわかりました。宮本ユキ子さんという女性がこの写真のまま、ごくふつうの、特別なオーラを放っているような人ではなかったということも」

「物静かでひっそりとした人だったわね」

「写真の裏に書かれた名前は、先生のお母さまが書いたみたいです。名前を書いたんですから、お母さまの知っている方ですよね。先生もご存じなら、共通の知り合い。つまり里海町時代に面識があった人？」

「そうなるわね。しかも『間に合わなかった人』でしょ」

「武治さんの病室には先生のお母さまがいらしていた。この女性を含めて三人が知り合いなら、武治さんが待っていた人の可能性は高いですよね」

調べに行かなくてはと艶子は意気込む。夏央もうなずく。

「あてとしては付添婦をしていたミツさん。それと武治さんの実家、魚屋の石川さんにも聞いてみますか。宮本ユキ子さんという女性に心当たりがあるかどうか」

「そうね。それで行きましょう。さっそく明日にでも」

土曜日だ。役場も休み。由佳利は朝から同行することにした。

9　空白ばかりのパズル

車は夏央が出すことになり、朝の九時に玉乃木旅館に寄ってから由佳利の家にまわってくれた。庭木の手入れをしていた母親までくっついてきたので、艶子がわざわざ降りて挨拶してくれた。運転席の夏央についいては「私が頼んだ助手」と紹介してくれたので、無用な詮索は避けられた。

今日の天候は曇り。ところによって小雨が降るらしい。予報通りに太陽は隠れていたものの、広がっているのが白い雲なのであたりは明るい。夏央の運転する車は元付添婦、野島ミツさんの家に向かっていた。伊東市郊外にあるそうだ。夏央と艶子にとっては二度目だが由佳利にとっては初めての訪問だ。

伊東駅前のにぎわいを通り抜け、次第に田畑や雑木林が増えてきて家々の間隔が広がっていく。海岸線から離れ、大きなビニールハウスの前を走って行くと小さなバス停があり、その角を曲がる。ミツさんの住む公営住宅は年季の入った平屋だった。２ＤＫくらいの間取りだろうか。ところどころガラス窓が割れたままの住居もある。空き家なのだろう。

白茶けた地面と築年数の長そうな建物を見ているとわびしい気持ちにもなるが、家々の前には紫陽花《あじさい》の他、黄色やピンク色の小花が咲いていた。伸び放題の雑草もなく、軒下には木製の椅子が置いてある。ひなたぼっこをしながら風に揺れる草木を眺めるような平安がありそうだ。

ミツさんには前もっての連絡をしていなかった。曇り空のせいか外には誰もいなかったので、玄関チャイムを鳴らしドアをノックするとしばらくして中から物音がした。「どなたさんですか」という声と共にドアが開く。白髪頭のお年寄りがぬっと顔を出した。

真っ先に目に入ったのは夏央だったようでぎょっとしたのだろう。体を後ろに引いたが、となりに立つ艶子を見て皺の奥の目を瞬く。

艶子はすかさず前に出て、「驚かせてごめんなさい」と微笑みかけた。

つい先日、ミツさんが病院勤めをしていた頃の話を聞きに来たこと、今日は追加で見てもらいたい写真があること、すぐ失礼することをゆっくりした口調で説明した。今の世の中、お年寄りに近づくものは警戒されて当たり前だ。

ミツさんの表情を見ながら艶子は根気強くキーワードを繰り返した。里海町の病院、赤松家、貴地崇彦先生のお母さま、泣いていた女性。ようやく「ああ、あのときね」という言葉が返ってきた。

日差しがなく風が冷たいので家に入るよう言われたが、遠慮して写真を差し出した。町長の家で撮った画像を夏央がプリントアウトしたものだ。

玄関内は暗いのでミツさんは表に出てきた。近くにあった椅子をもってきて座ってもらい、用意してきた拡大鏡を手渡す。

「赤松家で昔、働いていたことのある武治さん。その人が亡くなる間際に、病床に駆けつけた女性はこの人でしょうか」

ミツさんは拡大鏡越しにのぞき込む。

「結局は間に合わず、武治さんと話すことは叶わなかったそうですが」

じっと見つめたのち、ミツは首をひねった。

「どうだったかしらねえ」

「何分、昔の話ですものね。昔も昔、かれこれ六十年も前」

「それはずいぶんだわ」

艶子の笑みにつられたようにミツさんも頬をほころばせた。

「顔は忘れてしまったけど、雰囲気は似てるような気もする。特別な人じゃなかったの。どこにでもいるようなふつうの人」

それが聞けただけでもよかった。たしかに写真の女性は特徴のある風貌をしていない。となりの人と少しだけ距離を取っているところに遠慮や奥ゆかしさを感じる。それもまたうがった見方かもしれないが。

写真全体を眺め回したミツさんは「懐かしいわねえ」と呟いた。古い写真というだけで引き込まれるらしい。

中央にいるのが貴地先生だと教えると、無邪気に「あらまあ」と声を弾ませた。

いつまでも外にいては体が冷えるだろう。由佳利たちは最初の言葉通り長居をせず、ミツさんが家の中に引き上げ、玄関ドアを閉めてからその場をあとにした。

大きな収穫はなかったが、否定されなかったことを良しとしなくてはならない。

再び車を走らせる。今度は熱海駅に向かう。鮮魚店を営む武治の甥、石川康雄さんに会うためだ。

店を切り盛りしている康雄さんにはあらかじめ電話を入れてあった。宮本ユキ子さんという名前に心当たりがないか、あのあと武治について思い出したことや気付いたことはあるか。何もないの一言で片付けられるのも覚悟していたが、意外にも近くに来れば会ってくれるという。

昼過ぎに以前の喫茶店に入り、昼食を取りながら待っていると、一時半を少し過ぎた頃にひょっこり現れた。Tシャツ姿でタオルを首にかけ、たった今まで仕事をしていた雰囲気だ。腰を浮かして挨拶する三人を見比べ、由佳利に目をとめた。町役場に勤める貴地崇彦生家館の担当者だと自己紹介する。

「そんな人まで来るとは。本格的だねえ」

昼食なら店の二階でとるそうで、康雄さんはアイスコーヒーだけ頼んだ。タオルを摑んで短く刈り込んだ頭を拭い、あわただしく夏央のとなりに腰かける。もう片手にノートを持っている。アイスコーヒーが運ばれてくる前に、康雄さんはノートを持ち替えぱらぱらめくった。

「この前、お宅らとしゃべって以来、武治おじさんのことを思い出してね。物置をごそごそしてたら見つけたんだ」

Ａ６サイズだろうか。黒い縁取りのついた灰色の表紙で、見るからに経年劣化が進んでいる。表紙の角は丸くなり、中の紙は黄ばんでいる。

「おじさんが病院にまで持っていったノートだ。遺品みたいなのはたぶんこれしか残ってない」

「では六十年前の？」

思わず手袋をはめてください、もっと優しく取り扱ってくださいと言いたくなる。

「これ見てよ」

康雄さんがページを開いて指さす。黄ばんだ紙面に、黒い鉛筆で男の子が描かれている。小学校低学年くらいだろうか。顔をくしゃくしゃにして笑っていたり、釣り上げたとおぼしき魚を掲げてみせたり、浴衣姿でおどけたりと元気の良さが一目で見て取れる。

「上手ですね」

「だろ。おじさん、絵がうまかったんだよ。でもってこれ誰だかわかる？　おれだよ、おれ」

康雄さんは人差し指を自分の鼻に押し当てて笑った。

「六十年前だとそうなるんですね」

「ノートの初めの方だからもっと前になるね。おれが十歳かそこいらの頃だ」

口を開けて目尻を下げ、ニカッと笑ったところは昔の面影がある。運ばれてきたアイスコーヒーを一気に半分ほど飲み、タオルで額の汗を拭い、康雄は「それでね」と再びノートを手にする。

後ろの方は白紙のようだ。使われているぎりぎり最後のページを探しあて、由佳利たちに見せてくれた。

そこには「宮本ユキ子」と書かれてあった。

「これは……」

胸元に冷たい手を押し当てられたような気がした。大正時代末期から昭和初期にかけての資料ならば、それなりに見慣れている由佳利だ。他のページと比べて違和感はない。あとから差し込んだ紙ではないだろう。手書きの鉛筆文字も劣化具合からして数十年は経っている。さっき見せてもらった子どもの絵とほぼ同年代。弱々しい線ではないので、迷うことなく意思を持って書かれている。

「最初に言っておくが、ぜんぜん知らないんだよ。親戚にも近所にもこういう名前の人はいない。おれは当時、十いくつの子どもだった。おじさんの死は驚きであり、もう会えないと思うと寂しかった。覚えているのはそれだけだ。ずいぶん経ってからこのノートを見つけ、描いてもらった自分の絵を見て懐かしかった。女の人の名前にも気付いて、親父に聞いたっけなあ。この人は誰かと。でも、知らんの一言だった。それきり忘れてたんだが、あんたたちに会ってから物置で探し当て、ぱらぱらめくっていたら昨日の電話だ」

「一致しています。私たちがお話ししたのはこの名前です」

すかさず夏央が例の集合写真を取り出す。

「ここに写っている着物の女性に見覚えはありませんか」

康雄さんがそちらをのぞき込んだので、由佳利は貴重なノートを預かる。艶子から差し出された拡大鏡を受け取って、康雄さんは夏央の指先に目を凝らした。

「さあね。知らないと思うけど。まさかこの人が宮本ユキ子？」

艶子が「そのようです」と応じる。

「若くないですよね」

康雄さんも艶子相手だと口調が改まる。年上だと意識しているのだろう。

「真ん中に写っているのが貴地先生です」

「ほう。この人が」

「着物の女性は先生よりふたまわりは年上に見えました。ですから当時、七十代くらいかしら」

「見えましたって。ここにいたみたいなことを」

「いましたよ。ほら、これが私」

ひょいと伸ばされた艶子の指先に康雄さんは目を丸くする。

「こりゃまたずいぶん若い。そして別嬪《べっぴん》さんだ」

「あら嬉しい。私にも若いときがありましたのよ」

「今もですよ。別嬪さんも変わらない。ほんとです」

「この写真が撮られたのは昭和三十五年の二月。武治さんが亡くなられた翌年になります」

「というと、おじは七十いくつかだったから、宮本ユキ子って人も似た年頃？」

「そうなりますね」

先生の母も七十代だ。ふたりは武治が亡くなる直前、病室を訪れている。先生の母は武治が亡くなる前なので言葉も交わせただろうが、ユキ子の方は間に合わなかった。結果は異なるにせよ、わざわざ足を運ぶには相応の関係性があったはずだ。

「里海町の病院にいるとき、武治さんには会って話したい人がいたのだけれど、間に合わなかったようです。それが宮本ユキ子さんだと思います」

「おじにそんな女の人がねえ。会えなかったなら可哀想に」

康雄さんは何かしらの男女の仲を想像したのかもしれないが、ミツさんの話を聞く限り、そういう状況ではなさそうだ。女の人は武治の打ち明け話を切望していただけでは。

苦い思いで顔を伏せると由佳利の目にノートが入る。見開きの左ページは白紙で、右ページの斜め上に縦書きで「宮本ユキ子」と書かれ、その下に鉛筆のスケッチが添えられていた。

ひとつは小さいながらも風景画のようだ。草木の間に水の流れのようなもの。小川だろうか。そう思って眺めると、橋らしきものも描き込まれている。もうひとつは靴の片方。たった今まで誰かが履いていたような使用感があり、靴紐が解けている。

由佳利は康雄さんに声をかけた。

「この絵はなんでしょうか」

「ああそれね」

言いながら首をひねる。

「空いてるところになんとなく描いたのかな。落書き?」

心当たりはないらしい。小川と靴の片方。どちらも達者な筆遣いで描かれているので新聞小説の挿絵のようだ。さりげないスケッチでも存在感がある。

「このページ、写真に撮ってもかまいませんか」

「うん。まあね。どうぞ」

開いたページを夏央に押さえてもらい、由佳利はすばやくスマホで撮影した。アイスコーヒーを飲み終わった康雄はこれから店に戻って昼食をとるそうだ。忙しい中、貴重なノートを見せてもらった礼を口々に言い、三人はその場で康雄さんを見送った。

大きな収穫はあった。点と点が結ばれ、ジグソーパズルのピースを発見したような達成感を得ることはできた。けれどパズルは空白ばかりで依然として全容は摑めない。これから先、どう進めばいいのか。それさえ思いつかない。由佳利は水滴の付いたアイスティーのグラスに手を伸ばし、持ち上げて揺らした。下に沈んでいた薄茶色が立ち上る。

「武治さんと宮本ユキ子さんの繫がりが発見できてよかったんですが、肝心のお宝については靄《もや》がかかったままですね」

「行けども行けども視界不良」

夏央もぼやく。

「このあとどうしようか」

「ふつうに考えれば、新しく出てきた宮本ユキ子さんについて調べるんだろうな」

どうやって？　という言葉を飲み込み、由佳利はストローでグラスの中をかき混ぜた。広げた資料に視線を落とし、夏央は顔を曇らせている。名案が浮かんでいるようには見えない。

「昔のことを知る人となると、どうしても限られてしまうわね。私の情報源はもともとわずかだし」

艶子の声も張りがない。由佳利は返す言葉もなく、スマホを操作してさっきの画像を表示した。撮らせてもらった武治のノートの一ページだ。指を動かし拡大させ、ゆっくり眺めていて一点で目がとまる。

「ここ、何か書いてある」

すぐに夏央がのぞき込んだ。

「文字みたいだな」

「だよね」

縮小や拡大、見る角度を変えたりしながら、平仮名の四文字であることがわかる。

「上の二文字は『にい』かな」

「一番下は『し』だろ？」

「三文字目は『ほ』？　『は』？」

「『にいほし』か『にいはし』。小川らしきものが描いてあって、そこに架かる橋のたもとにあるんだから……」

「橋の名前か。だったら『にいはし』」

ふたりのやりとりを聞いていた艶子さんが「ちょっと待って」と割り込む。

「にいはし、よ。にいはし。いえ、にいばし」

眼鏡をかけてテーブルの上の書類をめくり、これじゃないと言って夏央に別のファイルを出させ、のぞき込んだりひっくり返したりしてようやく「あった」と叫ぶ。

「ほら、ここ」

先生が邦夫に送った葉書の文面、それを印刷した紙だ。小さな爪の先に由佳利は吸い込まれる。

前から数えて二行目。

にいばしわたって　にっこにこ

「小説の中に出てきた言葉は『にいさんはれのひ　にっこにこ』だった。でも葉書にあったのは『にいばし』でしょ。ずいぶんちがう。里海町にはそういう橋があるのかしらって、思ったのよね」

「艶子さん、すごい」

「里海町には『にいばし』があるの?」

感激のあまり華奢《きゃしゃ》な体に抱きつきそうになったが、真剣な目で重ねて言われ、由佳利はスマホをたぐり寄せた。検索をかけ、出てきたサイトを開く。

「たしかに里海町にあります。ぜんぜん知らなかった」

由佳利の手首が夏央に摑まれ引っ張られた。

「ほんとだ。町の北西部、川の上流だな」

「里海町の地名にはそれなりに詳しいつもりだったのに、初耳って言うのが公務員として情けない」

「おれはびっくりだね。これ、車一台が通れるくらいの小さな橋だろ。いちいち名前が付いているのかよ。橋ってみんなそうなってるの？」

夏央は言いながら、折りたたまれていた里海町の地図を開く。「ここです」と艶子に教えた。艶子は眼鏡越しに目を凝らす。

「武治さんもこの橋を知っていたのね。だからノートに描いた。かぞえ歌と同じ橋というのは偶然なのかしら」

「さあ。どうでしょう。武治さんが絵を描いたのがいつなのかもわかりませんし」

由佳利も気持ちを引き締め、夏央の作った資料の中から別のかぞえ歌を探し出した。艶子の持っていた紙も受け取り、三枚を机に並べる。

「かぞえ歌は三パターンあります。便宜上、アルファベットを振りましょうか。生家館に収蔵されているものをAとします。Aは先生が小学生の頃に作られたようです。今から約百年前になります。Bは昭和三十五年、先生から邦夫さんに送られた葉書に書かれていました。Cは昭和四十年に出版された『水を数える』の中に登場します。この本が出たとき、先生はインタビューに答えて、かぞえ歌は他にもある、小学六年生のときに手直しして故郷に残してきた、とおっしゃったそうです。だとしたらAは六年生のときの作品。もっと前にさらなる原本があったということです。本館の窪田さんは、Bがその、原本じゃないかと言ってました。作られた順番からすると、B、A、C」

「さすが窪田さん。離れていてもナイスパスをよこしてくれるのね。AとCはほとんど同じで、ちがっているのは『にいさんはれのひ』と『にいばしわたって』くらい。小説に登場させるにあたり、固有名詞を避けて一般的な言葉に置き換えたんじゃないかしら」

「葉書にあったBは、けっこうちがいますね。しかもなんの添え書きもなく歌詞だけ。邦夫さんにはこれで通じると思ったから？」

「ええ。何も書いてないからこそ伝わる内容があったのよ。そして送った結果何が起きたかと言えば、先生と邦夫さんは赤松邸を訪問している」

「かぞえ歌にも秘密の宝を示唆するものが込められていたりして」

　ごうかなおくら　ななつかぞえて　くるりんぱ
三枚の紙をじっと見つめていると夏央に言われた。

「ここにいても埒《らち》が明かない。今からにいばしに行ってみよう」

たしかに、考えているつもりでも、ここしばらくで出会った人や見たものが頭の中をよぎりぼんやりするだけだ。捜査員ふたり、前住職、千代子、ミツ、先ほどの康雄、赤松家のお屋敷、先生の映画のシーン。

夏央の提案に、由佳利も艶子もうなずいた。

三人は熱海の喫茶店を出て夏央の車に乗り込み、里海町に舞い戻った。カーナビにセットしたせいもあり、迷うことなく新井橋《にいばし》にたどり着く。

絹及川は箱根南部に始まり里海町を抜けて相模湾に注ぐ二級河川だ。昔は水量も多く流れが急で大雨のときなど氾濫の被害も出たようだが、対策として川幅が広げられ、護岸工事も進み、近隣で田畑や住宅街が開発されたことから溜め池や用水路も整備された。今では水害の類いがほとんど起きていない。

由佳利たちが車から降りたときも、川は水深一メートルあるかどうか。岸辺の雑草や岩を撫《な》でながら北から南へと流れている。川幅は十メートルくらいだろうか。遊歩道が西側にだけついている。東は駐車場や倉庫が迫り、道が作れなかったらしい。両側に整備され、町民が散歩やジョギングを楽しめるのを目標としているが、まだまだ何カ所か途切れている。

新井橋のあるところは、温泉旅館の多い地区と役場や銀行などが集中している地区との、ちょうど間にあたる。廃業した旅館や空き地が目に付く殺風景な場所で、夏央の言った通り橋の幅は車一台分程度。一方通行ではないので、両方から来た場合は譲り合うのだと思う。そういった車はおろか、人の姿も見当たらない。

欄干に「にいばし」と刻まれたプレートを確認したあとは、三人ともすっかり手持ち無沙汰だ。

「この場所にまちがいなさそうだけど、武治さんのスケッチとはだいぶちがうわね」と艶子。

「スケッチでは小川のほとりという風情がありましたよね。水面との距離も近かったですし。橋は何度となく架け替えられたでしょうし、深さや幅についても改良がなされたかと」

由佳利は役場の人間らしいことを答える。

「昔の面影はないわね。でも昔だって、特別な場所だったようには思えない」

「艶子さん、鋭いです」

「書き留めたからには相応の理由があるはずよね。あのノートでは最後の絵だったし。宮本ユキ子さんの名前と同じページよ」

深く同意はするものの、いくら見回しても目を引くものがまったくない。駐車場の錆《さ》びたフェンスや倉庫のトタン屋根、枯れているように見える黒っぽい木、アスファルトの小さな亀裂、遊歩道に散らばる落ち葉。

夏央が橋の付け根、駐車場との隙間に小さな祠《ほこら》をみつけた。中にお地蔵さまがいる。身につけている帽子やよだれかけは、色あせていても赤だとわかる程度には最近のものだろうが、祠はほとんど朽ち果てている。お地蔵さまも黒ずんでいる。

「こんなところに押し込められて」

艶子はそう言ってのぞき込む。

「奥に風車《かざぐるま》や独楽《こま》があるわ。気にかけてる人もいるのね」

今もいるかどうかわからない。艶子の言葉通り、狭い隙間に無理やりねじ込んだように見える。橋や川の工事のさい、処分するのも気が引けて、とりあえずここに残したのだろう。まわりは雑草が茂り、ほとんど埋もれかかっている。

「これが関係してるってことはないかしら」

「そうですねえ。調べられたらいいんですけど」

赤い帽子の下、お地蔵さまは目鼻立ちさえはっきりしていない。祠は次に暴風雨があれば吹き飛ばされそうだ。建立の謂《い》われを示すものが残されているようには見えない。

「里海町のお地蔵さんを網羅したようなサイトってないかな。なんにだってマニアっているだろ」

夏央に言われ、さまざまなキーワードを組み合わせて検索してみたが、それらしいものは出て来ない。

「さすがにお地蔵さんはないか」

「『謂われ』はあるはずだけどね。お祀《まつ》りするときの動機や意図」

「数十年前の話だよな。このあたりってどんな感じだったんだろ。今あるのは空き地や、やってなさそうな工場、旅館の看板も見えるけど、あれももうやってないよな」

話が聞けそうな家もない。このまま忘れ去られて、いつの間にか消えてなくなる運命か。

「私がすごく仕事熱心だったら、このお地蔵さんにも救いの手を差し伸べるのかな」

「そっか、坂口はこういうのも管轄内か」

「前の上司ならほっとかないかも」

下条課長の顔が浮かんだ。

「遊歩道の整備にも力を入れていたし。川の両側に安全な道をきちんとつけたのもその課長だよ。前は途切れているところもあったの。もしかしたらこのお地蔵さんのことも知っているかも。今度、聞いてみようか」

「いいね。今度と言わず早急に」

うなずいて艶子の方を振り返ると、欄干にもたれかかってぐったりしている。空には暗い色の雲が広がり、肌寒い風が吹いていた。冷えてしまったのだろう。連日の疲れもたまっているにちがいない。由佳利は上着を脱いで艶子の細い肩に掛け、自分のうかつさに歯嚙みした。夏央が車を近くに寄せてくれたので、介助しながら後部座席に座らせる。

「旅館に戻りましょう。いいですよね？」

「ええ。ごめんなさい。大丈夫よ」

「今日はこのまま休んでください」

しおれたような艶子のそばから離れがたく、由佳利は助手席ではなく後部座席に乗り込んだ。車は静かに発進する。新井橋から玉乃木旅館はすぐなので十分前後でたどり着ける。

遠いのは過去に埋もれた真実だ。先生と邦夫が探していたものは未だに濃い霧の中。必死に頭を働かせ、西に東にと駆け回り、気付きも発見もそれなりにあったのに、「もしや」という片鱗《へんりん》さえ見えない。

焦りやもどかしさを徒労感が飲み込む前に、次に取るべき一手が浮かぶだろうか。新たな手がかりを掴むことはできるだろうか。

艶子を旅館に送り届けるとその日の活動は終了となり、翌日の日曜日も艶子から休養日が申し渡された。再会して以来、勤務時間以外のほとんどを、貴地先生の葉書にまつわる謎解明に費やしてきた。寸暇を惜しんで動いてきたとも言えるので、突然できた自由時間にしばらくぼんやりしてしまった。

部屋の片付けをして空気の入れ換えをしているだけでもう昼前だ。「今日はどこにも行かないの？」と母親に聞かれてうなずき、午後からは庭木の整理を手伝った。何をしていてもスマホが気になり、何度もチェックしてしまう。艶子からの呼び出しや夏央からの電話が今にもありそうで落ち着かない。

けれど六月の長い日が傾いても音沙汰がなく、夜になって由佳利の方から艶子にご機嫌伺いのＬＩＮＥを入れた。すぐさま既読になり「明日は電話しますね」と返ってきたのでホッとする。

もしや艶子は探索の断念を視野に入れ始めたのだろうか。

そう思ったのは深夜のまどろみの中で、目が覚めれば週明けの月曜日。由佳利はいつもと同じように身支度を調え、町役場に向かった。

あらかじめＬＩＮＥで知らせがあり、電話をしていい時間を聞かれた。由佳利は早めに昼食を取り、役場から出て木陰にあるベンチから電話をかけた。

「土曜日はごめんなさいね。冷えたのもあるけど、いろいろ考えていたら落ち込んでしまったの」

言葉とは裏腹に艶子の声には張りがあり、やけに明るい。

「だって、警察が出てくるとロクなことないのよ。一般人は引っ込んでろと言うのがあちらの基本だもの。あと数日で自由に動けなくなるかもしれない。そうと思ったら目の前が暗くなってしまったわ。長いこと気にかけていて、この数日でぐっと進んだのに、すべて宙ぶらりんで止まってしまったら泣くに泣けない」

由佳利は「そういうことか」とうなずく。

「だから動ける今のうちにと頭を働かせて、私、いいことを思いついたの」

「なんですか？」

「情報が転がり込んでくるのを待ってるだけじゃダメよ。積極的におびき出さなきゃ。そのために私が重要な証拠の品を握っていることにするの。聖也さんの死に関わるものよ。事故死でないとわかったら警察に持ち込むつもりだと、わざと方々に流す。聖也さんがもしも誰かに襲われたとして、犯人が東京の人ならばおそらく動きはないわ。そのときは警察に任せるしかない。でもこの近辺にいる人なら必ず私に接触してくる。犯人は捕まりたくないもの。証拠の品を握りつぶしたくなる」

「ちょっと待ってください」

「実は昨夜、夏央くんを呼びつけて、この話をしたの。そしたら彼、なんて言ったと思う？」

とっさに答えられず息を止める。

「彼はね、絶対ダメだって」

朗らかな笑い声が聞こえた。由佳利の身体から力が抜ける。

「頭ごなしに叱られたわ」

「そりゃそうですよ。危険です。絶対に止めてください」

「ゆかちゃんも却下なのね」

「ほんとうにやらないでくださいね。約束してください」

「はい。します。ふたりが本気で怒ってくれるから、なんだか嬉しくなって。そう言うのも変だけど、あなたたちからしてみたら、私は通りすがりのよそのおばあさんでしょ。相手する義理はないのに一生懸命考えて、動いてくれて、心配までしてくれる。しみじみありがたいと思ったわ。思わずにいられない」

艶子ははしゃいだ声を出してから、時間を気にして「もう切らなきゃね」と言う。

「続きはまた今度」

「定時後、旅館に行きましょうか」

「ううん。今夜、というか夕方に用事があるの。なんと、町長さんから直々にお電話いただいて、赤松邸にうかがうわ」

「まさか」

「ちがうわよ。夏央くんにも厳しく咎められ、おかしな情報は流してない。そんなことしてないのに旅館宛てに電話があってね。出てみたら、お父さまの日記について気になる点があるので相談に乗ってもらえないかと」

「艶子さん、おひとりで？」

「夏央くんにも一緒に行ってもらうから心配しないで。聖也さんが大変なことになって、町長さんもきっと、『なぜどうして』の中にいるのよ」

群馬で見つかった遺体の身元について、数日前のニュースで名前は明らかになっていた。その人物が里海町町長の甥であることは公表されておらず、結びつける人も由佳利の知る限り今のところいないらしい。役場内は静かだ。そもそも遠い群馬で起きた出来事なので、記事を目にした人は多くないのだろう。里海町で配られるローカル新聞には載っていない。

面白半分に騒ぎ立てる人がいないのは不幸中の幸いと言えるのかもしれない。公的立場のある町長はプライベートを切り離し、今日も公務に勤しんでいる。その内面が穏やかでないのは察してあまりある。艶子の言うように「なぜどうして」を繰り返し、原因探しをせずにいられないのだろう。

昼休みを終えて午後の仕事に取りかかり、打ち合わせや書類の作成を終えたところで、由佳利は新井橋の件を思い出した。あそこにあった古い祠について話を聞きたいと思っていたのだ。

下条課長にうかがいのメールをすると、外回りの仕事があって出てしまうので、用事なら今来てと返事があった。時計を見れば夕方の四時少し前。大急ぎで階段を下りて向かうと、課長は自分の席で手荷物をまとめているところだった。由佳利の顔を見るなり手を止めて、「ここでいいの？　それとも向こう？」と合図する。

フロアにはまばらに人がいる。由佳利は衝立《ついたて》に囲まれた簡易版の打ち合わせコーナーをお願いした。

「お忙しいときにすみません。課長、絹及川に架かる新井橋はご存じですよね。橋のたもとにあるお地蔵さまのことをうかがいたいんです」

「新井橋？」

由佳利はすかさずスマホの画像を課長に見せた。遊歩道からの眺め、橋のたもとの様子、付近の駐車場の雑然とした雰囲気、そして問題の古い祠。中に安置されたお地蔵さん。

「ああ、これね。祠は今にも吹き飛ばされそうだった。いっそ外した方がいいかもしれない」

「このお地蔵さまの謂われ、課長はご存じですか？」

課長は由佳利を見返してから、おもむろに腕を組んで首をひねった。

「もう一度、写真見せてくれる？　ああ、ぼくのデスクに町の地図があるから持ってきてくれるかな」

由佳利はスマホを預け、言われたとおりに地図を持ってきて机に広げた。絹及川の流れをたどり、新井橋を見つけて指で指し示す。課長はじっと見入った後に首を縦に振った。

「遊歩道の整備をしているときに、初めてこのお地蔵さんに気付いた。今から十年ちょっと前だ。いかにも古そうで由緒がありそうで、これは調べなきゃと近所の人に聞いてみたんだ。そうそう、当時は近くに釣具店があった。今はもうなくなって、駐車場になっているけどね。その釣具店の主が言うには、昔々、子どもの幽霊が橋のたもとに出る、道行く人に悪さするという噂が流れたそうだ。気味悪がって遠回りする人もいれば、念仏を唱えながら橋を渡る人もいる、なんとかしてほしいと町内会に言ってくる人もいる。そこで近くにある富池《とみいけ》神社に相談したところ、お地蔵さんを祀るようにとすすめられた。町内会は寄付を募り、祠を建ててお地蔵さんを祀った。うん。たしかそんな話だった」

「子どもの幽霊ですか」

「どうやら現実に、子どもが川に流されて亡くなるという事故があったらしい。その子の靴が、新井橋で見つかったと言うんだよ」

「靴？」

由佳利の脳裏に武治が描いたとされるスケッチが浮かんだ。

「まさか……」

「どうかした？」

スマホの画像をスクロールし、武治のノートを表示する。

「ここに描かれている橋はプレートの文字からすると新井橋のようなんです。そのそばに靴の絵が。今の課長の話にぴったり合います」

課長は「ふーん」と鼻だけ鳴らす。

「亡くなった子どもはなんという名前でしょう」

「そこまではわからない。釣具店の主も知らなかったと思うよ。何しろほんとうに昔の話だ。戦前どころか昭和になる前の、大正かもしれないと言われた。今からざっと百年前だ」

課長はおどけた口調で言うが、由佳利にとっては最近とみに馴染みのある年代だ。

「百年前ですか」

「坂口さん、どうかしたの？」

「だって百年前ならば、貴地先生がまだ生きてらした時代。っていうか十歳くらいで元気に走り回っていた頃です。学校はここ。ご自宅はこのあたりかな。でもって今と同じように赤松家のお屋敷があって」

由佳利の指先が地図の上をするする滑り、一カ所で止まる。

「課長、この前私が、赤松家の元奉公人にまつわる怪談を尋ねたとき、橋のたもとに現れる幽霊の話をしませんでした？　あれは、今の新井橋のことですか」

「まあね。里海町に伝わる怪談話のひとつ。君も聞いたことがあるだろう？」

「はい。元ネタがちゃんとあったんですね。それが赤松家の奉公人とどう繋がるんですか」

「とっさに思いついただけだ。ほんとうかどうかはわからないんだよ。ただ、お地蔵さんの件でしゃべっていたら、あの当時は釣具店の主のお母さんがまだご存命でね、ひょいと話に加わった。亡くなった子どもの姿を最後に見たのは、赤松家の奉公人だったと。それまでは行方がわからなくなった子どもを捜して、雑木林や草むらに分け入ってたそうだ。けれど川縁で見かけたという奉公人の話を受けて、絹及川沿いを調べたところ、新井橋で靴が見つかった。釣具店のお母さんはまるで昨日のことのように、親御さんが可哀想で見てられなかったと言うんだ。いつの時代であっても子を思う親心は深くて強いよね」

下条課長に礼を言ってフロアを辞し、自分の席に戻ったものの仕事に集中するのは難しかった。亡くなった子どものことが気になり、生家館に立ち寄り直帰という体《てい》を取って十七時前に役場を出た。閉館準備に入っていた澄江は、突然現れた由佳利を見るなり苦笑いを浮かべた。

「どうしたの。また調べもの？」

「たびたびすみません。すごく気になることがありまして」

玄関を閉めて中にあがる。すぐに廊下から襖を開けて和室に足を踏み入れると、畳の質感と天井の低さ、古びた建具や蛍光灯の灯りに胸が締め付けられた。ここには時の狭間《はざま》とやらに飲み込まれていくことを、断固として拒んだ過去の何かが、今なおたゆたっているのかもしれない。

「何かあったなら話して。私だってずっと気にしているのよ」

「ありがとうございます。聞いていただけたら助かります」

由佳利はかぞえ歌にあった「にいばし」を調べたこと、そこにあった古いお地蔵さんが気になり、下条課長に教えを請うたことなどを話した。

「百年ほど前に、絹及川で亡くなった子どもがいるのね？」

「はい。貴地先生の知り合いかもしれません。同じ学校の生徒とか、近所の子どもとか。澄江さん、思い当たる資料はありませんか」

「さあ。そういった話を聞いたこともないし、見たこともない」

情報に関しても資料についても由佳利よりも澄江の方が精通している。

「年代がちがうのかもしれませんね。里海町の子どもとも限りませんし」

「ええ。いろいろ考えられるでしょうね。ただ私にもひとつ、前々から引っかかっていることがあるの」

なんだろう。

「いつの間にか、いなくなってしまった子どもはいるわ」

「いなくなった？」

「先生の幼友だちで仲良くしていた子はふたりいた。低学年の頃は先生を入れて三人でいつも一緒に遊んでいた。でもいつのまにか、ひとりの子の話は出なくなって、卒業文集にも名前はなかった。先生は卒業文集に『クニちゃんとずっと友だちでいようとちかった』と書いている。邦夫さんだけなのよね」

「気付きませんでした」

「おうちの都合ってあるでしょ。引っ越しなどで急にいなくなるのはよくあることよ。そうは思うんだけど」

澄江に手招きされて、由佳利はガラスケースの前に立つ。展示物をのぞきこむと、そこにあるのは先生の描いた夏休みの絵日記だ。草むらでの虫取りの様子らしい。網を持つ子、四角い箱を頭の上に掲げる子、踊っているような子。たしかに三人いる。

「先生と邦夫さんと、もうひとりはなんていう子ですか」

「シゲよ」

由佳利は「あっ」と声を上げた。

「『クニちゃん』と『シゲ』ですね。先生は『たかし』。お互いの絵日記や文集に登場していました」

「シゲルくんは好奇心旺盛で、活発な子どもだったみたい」

となりのガラスケースには作文が展示されていた。一枚は貴地先生のものだが、もう一枚は先生のことが書かれてあるので並べられたらしい。

〈今日は、たかしやくにちゃんとたんけんに行きました〉という文章から始まっている。

「将来は冒険家になってすごいお宝を発見すると書いてある。私の勝手な想像だけど、明るくて元気なシゲと、気が優しくておっとりしたクニちゃんと、勉強ができてしっかり者の先生。絶妙な三人組だったんじゃないかしら」

「でもいつの間にかシゲはいなくなったんですね」

どう思えばいいのか。額に嫌な汗をにじませていると、ふいにシゲの苗字が特別な強さで目に飛び込んできた。

三年一組　宮本滋《しげる》
「宮本……」

弾かれたように一歩後ずさる。すがる思いで背中のリュックを下ろし、中からクリアファイルを取り出した。これまでの手がかりに加え、ついさっき、下条課長がスマホ画面を見づらそうにしたので、印刷したものも入れていた。例の武治が残した手帳の一ページだ。

「これを見てください。『宮本ユキ子』とあるでしょう？　今回の件に関係がありそうな人なんです。ひょっとして滋くんのお母さんでは」

澄江は差し出された紙を受け取り、自分の手の平に載せた。由佳利は「ね、ほら」と手書きの文字を指さしたが、強ばった顔でのぞき込んだ澄江は、それより下の絵に目を見張った。

「坂口さん、これは？」

「武治さんという、赤松家の元奉公人さんが描いたスケッチです。場所は新井橋みたいですよ。亡くなった子の靴がここで見つかったらしくて」

聞いたとたん、澄江の身体が大きく揺れた。

「そんな」

「どうしたんですか。澄江さん」

「だってこの靴」

手にしていた紙切れを由佳利に押しつけると、澄江は部屋から出ると廊下を奥へと進む。物置の前まで来るとポケットから鍵の束を取り出し、そのうちの一本を使って扉を開けた。ふたりが入るには狭い場所だ。由佳利がドアの前で待っていると、ほどなくして白い包みを手にした澄江が出てきた。無言のままさっきの和室に戻る。

そして展示室である和室の真ん中で、白い布を静かに開いた。

中にあったのは古びた子どもの靴だった。それも片方。形からして右側だ。靴紐が解けている。

武治の描いたスケッチと瓜二つだった。

「どうしてこれがここに」

由佳利は自分が発した声が自分のものとは思えなかった。わからなくて、心細くて、不安で、恐い。まるで迷子になった子どものようだ。

「澄江さん、この靴は？」

「今の今まで、先生の靴だと思っていた。片方だし、とても丁寧に包まれているし、ちょっとは不思議だったけど、子どもの靴はこれだけなのよ。ご家族が大事にしまっていてもおかしくないでしょう。だから誰かに聞くこともなかった」

でも、先生のものではないとしたら。仲良しの幼なじみのものだとしたら。新井橋のたもとでみつかったものだとしたら。

宮本ユキ子は先生の母とも親しかったようだ。持っていてほしいと渡されたのかもしれない。

そして武治が死の直前、会おうとしていたのがユキ子ならば、武治は何を言うつもりだったのか。ユキ子は何を聞きたかったのか。

お願い、教えて。どこにやったの。言わずに死なないで。

息を引き取った武治の枕元で、ユキ子はそう言って泣き崩れたらしい。彼女が知りたかったのは、幼くして亡くなった我が子に関する何か？

先生と邦夫もそうなのか。

ふたりが生涯追い求めたのは、友だちの命を奪った何か。

「澄江さん、私、この話を艶子さんにしなくては」

「今どこにいるの？」

「赤松家のお屋敷です。帰ってくるのを待つのではなく、今、聞いてほしい」

澄江は大きく二度、三度と深呼吸をしてから、「しっかりしましょう」と声を上げ、貴重な靴を元の場所にしまいに行った。戸締まりを再度点検し、展示室の電気を消して、ふたり一緒に外に出る。

10　懐中電灯を握りしめ

澄江と別れ、由佳利が駅前に着いたのは十八時過ぎだった。六月の日の入りは遅く、本来ならまだ明るいはずだが分厚い雲が広がりあたりはすでに薄暗かった。

タクシー乗り場にはほんの数人ながらも行列ができていて、多くないタクシーを待たなくてはならない。並びながら艶子と夏央にＬＩＮＥを入れたが一向に既読マークが付かない。艶子たちが訪れるのは夕方と聞いていた。今ごろ町長の相談を受けているのかもしれない。

やっとタクシーに乗り込んで、赤松邸に到着したのは十九時近く。住宅街から離れた丘の上なので人通りはもちろん車も通らない。しんと静まりかえり、まるで深夜のような佇まいだ。広い敷地のまわりを樹木が囲んでいるので闇が深い。

由佳利は去って行くタクシーのテールランプを見送ってから、勝手口に歩み寄った。着信のないスマホを握りしめて呼び鈴を鳴らす。しばらく待ったが応答はない。誰もいないはずはないのに、どういうことだろう。もう一度鳴らしても無音のままだ。

どうしていいのかわからず夏央に電話をかけた。コールしても出てくれない。困り果てて勝手口のドアを叩いた。誰かいませんかと声を張り上げる。通り過ぎる人もいないので、この世に自分がひとりきりになったような心細さだ。

諦めずに何度も叩いていると、ふいに足音のようなものが聞こえた。誰かが近づいてくる。

鍵が回る音がしてドアが開いた。現れたのは初老の男性だった。顔に覚えがある。ここの運転手だ。

「どちらさんですか」

「町役場に勤めている坂口と申します。今日はこちらに仲村艶子さんが来ていませんか。そう伺っていたもので」

運転手は由佳利の言葉を聞いたとたん、情けない顔になる。

「艶子さんならいらっしゃいましたよ。でも、どこにいるのかわからなくなってしまいました」

「え?」

「五時ぐらいにいらして、それから一時間ぐらいした頃に急に姿が見えなくなって。今、手分けして捜しているんです」

話しながらも中に入れてくれるので、くっついて敷地に入った。外灯がついているので真っ暗ではないものの、相変わらず人の気配がない。運転手がいるにはいるが世界でふたりきりになってしまったような静けさだ。アプローチを歩き、ようやく大きなお屋敷の前まで来たが閑散としている。

「みんなで捜しているんですよね?」

艶子がいなくなった経緯も知りたいが、その前に聞かずにいられない。

「はい。ですが、昨日から奥さまはご旅行なんです。今日は使用人がみんなお休みで誰もいません。旦那さまも遅いお帰りのはずだったのですが、予定が変わったそうで急遽、仲村艶子さんとお会いになると。それで私が玉乃木さんまでお迎えに行きました。艶子さんは若い男性といらっしゃいました」

「小林ですね。小林夏央」

「ええ。艶子さんからそういった名前で紹介されました。旦那さまは艶子さんと折り入って話がしたいと、おふたりで奥の間に。私は夏央さんのお相手をしました。お茶を出すくらいですが、私にもできますので。そしたら小一時間した頃でしょうか、旦那さまが困った様子でいらして、艶子さんが見当たらないと」

運転手は玄関の引き戸を開けて中に入れてくれた。

「ではこの広いお屋敷に今は運転手さんと、赤松町長と、夏央と、艶子さんだけがいるんですか」

開いた口がなかなかふさがらない。

「そんなことって。危ないじゃないですか。外から何者かが侵入してきたら危険すぎます。艶子さんに何かあったらどうするんですか」

「どうって、あのね、防犯対策はちゃんとしてますよ。監視カメラだっていろいろ仕掛けてありますし」

「完璧ですか。絶対って言い切れますか。広い敷地を囲む塀のどこにも穴はありませんか」

「いやまあ、でも、そう言ってたら地方のお屋敷なんてどこも物騒になってしまいます。大丈夫ですよ。いつもだって夜は奥さまとふたりきりなんです。それで何もないんですから。今し方、千代子さんを呼びました。近くに住んでいるのですぐ来てくれます」

それでもう百人力だと言いたげだ。たしかに千代子は頼りになるが、いつもとちがうことがいろいろ起きている今日この頃だ。靴の件も早く話したい。先生たちが探していたものに、大きく一歩近づいたのだ。

「私も捜します。艶子さん、お屋敷の中から出てないんですよね？」

「おそらく、はい。どこかで迷われているのでしょう」

一階だけで部屋数はどれくらいあるのだろう。物置もそこかしこにあるだろう。完全な平屋ではなく、二階部分もあるのかもしれない。屋根裏部屋も。艶子のことだ。もしかしたら自ら行方をくらましているのかもしれない。

運転手からおおよその間取りを聞いていると、廊下の向こうから走ってくる足音がした。現れたのは夏央だ。由佳利を見て目を見張ったが、すぐに視線を動かし運転手に話しかける。

「明るい方がいいと思って今、屋敷内の電気をわかる限りつけてきました。念のため、屋外の照明もつけてくれますか」

「わかりました。ただちに」

運転手が廊下の向こうに走り去ってから、夏央が経緯をざっと話してくれた。さっき聞いた内容とほぼ同じだ。由佳利も声を潜めて言った。

「こんなときに長々としゃべっていられないけど、私ね、先生たちが探していた『特別な何か』がわかったかもしれない」

玄関の三和土に立ち、由佳利は下条課長から聞いたお地蔵さまの由来、川で亡くなったらしい子どもの話、さらに生家館での澄江とのやりとりを話した。

「亡くなった子どもが宮本滋くんならいろいろ辻褄が合う。先生たちにとって大事な幼なじみだったからこそ、ずっと心にあったんじゃないかな」

夏央は真剣な面持ちでうなずいた。

「おまえすごいな。ついにたどり着いたんだ」

「まだあっているかどうかはわからないよ。まだ推察の域で」

「いや、あってるよ」

断言されて戸惑う。

「どういうこと」

「おれ、知ってたんだ」

夏央はひっそり微笑んだ。

「黙っていて悪かった、とは思っている」

何を言われているのかわからなかった。夏央の家の庭で偶然再会してからずっと、とんでもなく過去の出来事が絡んでいるらしい案件について、行動を共にしてきた。情報を分かち合ってもきた。ああでもないこうでもないと、思いつきやら可能性やらをぶつけ合い、視界の悪い霧の中を懸命に前進してきた、つもりだ。一緒に追いかける人がいたからやってこられた。改めてそう思う。真相解明という同じゴールを目指す仲間だったはず。

由佳利はまじまじと夏央を見返した。今にも霧が流れ、彼の姿が消えてしまいそうだ。

「何を知っていたの？　いつから知っていたの？　あなたには隠し事があったってこと？」

「邦夫さんが気にしていたのが、小学校の頃に亡くなった幼なじみというのは知っていた」

思わず手が伸び、夏央のTシャツを摑んで揺さぶった。

「どうしてそれを言わなかったの。信じられない。私や艶子さんが知りたくて知りたくて駆けずり回っていたのを、一番そばで見てたのに。黙ってたの？　どうして！　なぜ！」

「悪かった。ほんとうに悪かったとは思っている。聞いたのは中学校の頃だったし、邦夫さんの話はあやふやでよくわからなかった、というのはほんとうだ。ほとんど忘れていたのに、ある日突然坂口と艶子さんが我が家の庭に現れた。目の前でひいじいちゃんの話を始めた。驚いたよ。葉書の話が出てもっと驚いた。昼飯を食べた店で、若い男の遺体が見つかり、その上着から葉書が見つかったと聞いて、さらにさらに驚いた」

「あのとき、なんで言わなかったの」

「ふたりがどんなふうに動くのか、様子を見たかった」

なんてことだと由佳利は握りこぶしで夏央の胸を叩いた。

「嘘つき。裏切り者」

さすがに痛かったらしく顔を歪めて由佳利の手を取る。

「おれだって降って湧いた話で戸惑いは大きかったんだ。そしたらふたりは寺に行って住職から話を聞き出した。すげえと思ったよ。邦夫さんの話は聞き取りづらく、おれの記憶もいい加減で、『タケさん』を思い出したのはまさにあのときだ。そこから熱海の魚屋に行ったり、病院の関係者から話を聞いたりと、毎日が刺激的で興奮した。おまけに赤松家の中にも入れるなんて」

「だからって、黙りっぱなしはひどい。言うタイミングはいくらでもあった」

「ごめん。申し訳なかった。おれみたいな人間は、手持ちの札を全部見せない小ずるさがあるんだ。切り札を隠し持ち、優位に立とうとするいやらしさがある。でも結局は正統派に負けるんだな。よくわかった」

達観したように言われても腹の虫は収まらない。かといって、ぐずぐず引きずっている場合でもない。

「この話、艶子さんには？」

「昨日いろいろ白状した」

「なんでまた急に」

夏央が言うには昨日、艶子から呼ばれて攻めの一手とやらを聞かされた。由佳利が昼休みの電話で耳にした内容とほぼ同じだ。夏央も危険を感じて一蹴した。けれど艶子は他に手がないと譲らない。私なら大丈夫の一点張りだ。それを見ていて、こんなにも先生の真意が知りたいのかとあきれるような、感銘を受けるような不思議な思いにかられた。

艶子はそんな夏央を見逃さず、「隠し事があるでしょう」と詰め寄った。「あなたは最初から邦夫さんの探し物を知っていたのでしょう」と。

「艶子さん、そんなことを言ったの？　お見通しだったわけ？」

「怪しいとは思っていたみたいだ。隠し通さなくてはいけない理由が邦夫さんにはない。昔話を聞いてくれる孫やひ孫が近くにいたら、話したくなるのは人情だって。自分は入院した先生の病室だったから、込み入った話はできなかったと言ってたよ」

さすが年の功と言うべきか、優れた分析力と言うべきか。けれど感心してばかりもいられない。昼の電話の段階で、艶子は夏央の隠し事をあばいていたのだ。言ってくれればいいのに。

「ちょっと待って。まだわからないことがある。先生と邦夫さんの探し物が亡くなった友だちに関することだとしてよ、その『関すること』『関する物』って何？　結局、ふたりが探していた物はなんだったの？」

「それはまだわからない」

「嘘！」

「ほんとうだって」

もはやどこまで信用していいのかわからず、冷ややかな視線を由佳利は向けるが、夏央の言葉は熱を帯びる。

「邦夫さんは亡くなった幼なじみを捜していると言った。おれが怪訝《けげん》な顔をすると、亡くなったときの真実が知りたいんだと付け足した。でもそれ以上は言ってくれなかった。おれはぼんやりした抽象画を見せられた気分で、興味をなくしてしまった。ひいおじいさんが十歳かそこいらの子どもだった頃の話なんて、明治かよ大正かよ江戸時代かよって、思うじゃないか。なのに今、昔じゃなくて今、死んだ人間がいる。おれたちとそう変わらない年の男だ。どうして」

一番肝心な部分に、近づいているようでいてまだ見えない。もどかしさは由佳利も同じだ。ついつい、今までと変わらず論を交えてしまう。

「邦夫さんと先生が探していた物が、聖也さんって人の死に関係があるのなら、それはつまり、宮本滋さんの死と聖也さんの死が繋がっているってことだね」

「何かがあったんだな。百年前の子どもの死は、ただの事故死じゃなかった。隠された秘密があるんだ」

「現代にも通じる特別な隠し事？」

いったいなんだろう。百年前から今に至るまで消えてなくならないもの。今でも人ひとりの命を奪うほど価値のあるもの……？

じりじりとした焦りの中、両手の指を絡めたり解いたりするが何も浮かばない。でも近づいてはいるのだ。きっとあともう少し。

「そういえばさっき、艶子さんにいろいろ白状したと言わなかった？　滋くんのこと以外にも何か話したの？」

「ああ、それは」

「あるんだ。言ってよ。ごまかさないでちゃんと話して」

「おれ自身のことだ。今はウェブデザイナーやタウン誌の編集をやっているけれど、いつか自分で記事を書いてみたいと思っていた。そんなときに出くわしたのが葉書の謎だ。今回調べたことをまとめたら、読んでくれるところがあるんじゃないかと考えたりしていた。それを艶子さん、なんとなく感じ取っていたらしくて。白状させられた」

予想外の話でなんと言っていいのかわからない。今の調べごとが一本の記事や一冊の本になる？

「艶子さん、それでなんと？」

「書きたいならもっとしっかり腹を据えろと言われた。小さな子どもと若い男、ふたりの死が関わっている。半端な気持ちじゃ書けるわけないって」

「そうだね。たしかに。でもそれ以前に、記事や本になるような話なのかな。貴地先生が深く関わっているなら興味を持ってくれる人はいるかもしれないけど」

本館の窪田はまちがいなく読みたがる。他にもマニアックな研究者の顔がちらほら浮かぶ。けれどそれだけで活字になるものか。

由佳利の首が傾いたとき、あわただしい足音がして運転手が現れた。

「ここにいてくれてよかった。艶子さん、まだ見つからないんですよ。旦那さまが念のため収蔵庫も見てみようかと。あなたにも手伝ってほしいそうです。来てください」

「収蔵庫？　家の中の？」

運転手の言う「あなた」は夏央らしい。

その夏央はすぐに引き受ける。

「了解です。お手伝いはなんなりと。艶子さんは心配だけど、収蔵庫に入れるというのもすごい機会だ」

「目を輝かせないでください」

「してませんよ。真剣な気持ちがあるだけです」

踵《きびす》を返すふたりの後を追い、由佳利も廊下を行きかけたが、ほんの数歩で足を止めた。相変わらず家の中はしんと静まりかえっている。観光シーズンを外した日に訪れた古民家のようだ。壁にも柱にも天井にも過ぎ去った長い年月がそこかしこにまとわりついている。よく言えば「趣がある」だが、風格がありすぎて巨大な生き物のようにも思える。今にも何かが伸びてきて身体ごと飲み込まれてしまうような畏れに捕らわれる。

由佳利は自分の手足にぐっと力を入れた。夏央たちは振り向きもせず行ってしまったので、今はひとりきり。この機会を逃してはいけない、という行動や思考がここ数日ですっかり身についている。今何をすべきか。考えて真っ先に浮かぶのは艶子だ。捜さなくてはならない。収蔵庫やその周辺は夏央に任せ、自分はどこをどう捜そう。

艶子の行方不明が本人の意思ではないのなら、どこかの小部屋に押し込められているのかもしれない。「誰によって」と考えれば、家にいたのは町長と運転手だ。けれどそれ以外の人物が敷地内に侵入することはありえるような気がした。広い室内のどこもかしこも危険だらけ。

そんな中、本人の意思だとしたら艶子はどこに行ったのだろう。この家で先生が絡む場所と言えば町長の父、寿次氏の書斎や書庫。あとは蔵だ。

　由佳利は廊下に並ぶ掃き出し窓から暗い庭へと目を向けた。外灯はぽつぽつついているが、暗がりに沈んでいる。屋敷の内部も居心地悪いが、外はさらに何が潜んでいるのかわからない。野生の熊が徘徊《はいかい》する森のようだ。出くわしたら最後、有無を言わさぬ暴力を振るわれるかもしれない。

　でも、立ち止まってはいられない。

　行ってみよう。蔵は、先生や邦夫が一通の葉書を機に目指した場所でもある。

　訪問時に見かけた事務室は玄関の近くだった。こっそり中に入って千代子の動きを思い出す。棚の引き出しの中に蔵の鍵は見当たらない。艶子が持ち出したのかもしれない。

　玄関の靴箱には懐中電灯があったのでそれを拝借し、自分の靴を履いて庭にまわった。足音に気をつけながらも素早く動く。頭の中に敷地の配置図を思い出し、家屋に沿って歩き、渡り廊下を横目に見ながら進む。拓けた場所に出た。ようやく蔵が見えてくる。手前にあるのがふたつあるうちのひとつ、大きい方の一ノ蔵だ。

　数日前に初めて訪れたときの感慨が甦る。長い塀に囲まれた敷地の奥の、古い古い建造物を目にする機会がやってくるなど考えもしなかった。こんな建物があることを知らなかったし、意識もしていなかった。

　自分を連れてきたのは、山中の遺体から見つかった一通の葉書だ。と同時に、失意の中にいたからだと思わずにいられない。葉書は艶子を突き動かし、顔見知りの自分に手助けを頼んだ。けれど婚約破棄の一件がなければ応じなかったと思う。真人とのすれ違いやほころびには気付かぬふりをして、頑張ればなんとかなるという都合のいい自信に支えられ、世間体のいい幸せに身を置くことばかり考えていた。生家館の存続に揺れる細やかな心などあるはずもない。

艶子から持ちかけられたとき、自分は弱り切っていたのだ。貴地崇彦の小説に慰められる日々を送っていた。弱くてちっぽけな人間に寄り添える力が、創作物にはあると気付いていたからこそ、艶子の申し出にうなずいた。そしてここまできた。

閉鎖寸前の生家館への、せめてもの恩返しではない。人の心を動かす力を持った創作物を、今一度賞賛したかったからだ。

艶子との貴地作品談義はほんとうに楽しかった。そうやって初めて訪れた赤松邸。あれからのほんの数日間でも大きな進展はあった。

第一に、群馬の山中で見つかった遺体の身元が判明した。里海町町長の甥である村上聖也。

第二に、先生と邦夫が探し求めていたものが、幼くして亡くなった宮本滋に関することだとわかった。

第一はともかく、第二によってまだまだあやふやながらも多くの点が結ばれた。

先生と邦夫の幼なじみだった宮本滋は十歳の頃、行方不明となる。おそらくその直後の夜、武治が赤松家の勝手口からリヤカーで何かを山中に運ぶ。予断が許されるならばそのリヤカーには亡くなった滋が乗っていたのではないか。赤松家の指示で武治は山中に遺棄した。そして川縁を歩く滋を見たと偽証し、その証言通りに新井橋のたもとで滋の靴が見つかった。それにより滋はあやまって川に落ち亡くなったとされた。けれど先生と邦夫は納得できなかった。

一方の武治は赤松家を辞めて実家に戻るがそれなりの退職金をもらったらしい。滋の遺体を遺棄した件や偽証に対する慰労金、いや口止め料だと思えば筋が通る。けれど武治にしても自分のついた嘘を気に病んでいたのか、七十を過ぎてから赤松家を訪れる。門前払いを受け、倒れて病院に運ばれると滋の母に会おうとする。死ぬ前に真実を語ろうとしたのだろうか。けれど到着の直前に力尽きて亡くなる。

滋の母、宮本ユキ子の無念は計り知れない。その嘆きがどう作用したのか、翌年の先生の講演会に足を運ぶ。先生が気付いて、あるいはユキ子から声をかけて、ふたりは滋の死に思いを馳せたのだろう。先生はすぐに葉書を邦夫に送る。滋の死をきっかけに作ったかぞえ歌を書いて。

邦夫からの返事も早かったにちがいない。ふたりはその秋、赤松家を訪れる。子ども時代はとうてい入ることのかなわなかったお屋敷の中に、いざ足を踏み入れたのだ。邦夫は生前、滋の死の真相が知りたかったと言っていたらしい。ということはそれと赤松家はやはり関係があるにちがいない。お屋敷のどこかではない。蔵だ。ふたりの目当ては最初から蔵だった。

由佳利は目の前の建物をじっと見つめる。

わからないことは他にもある。聖也の死もそう。彼はなぜ死ななくてはならなかったのか。金目のもの、あるいは金になるものを見つけたから亡くなったとしたら、それは一体なんだろう。もしも彼が殺されたなら、手にかけた犯人がいるはず。

外灯があるので扉付近はほのかに明るいが、それ以外は建物の輪郭がかろうじて見える程度の暗さだ。

由佳利は懐中電灯を握りしめて蔵に近づいた。物音はまったくしない。人の気配もない。動くものもない。正面にまわり込んで扉のくぼみに手を置いた。力を入れてもびくともしない。鍵がしまっている。

「艶子さん、いませんか、艶子さん」

扉をノックし、小さく呼びかける。ここではなかったかと思いながらも耳を澄ますとかすかな物音がした。

あたりに目を走らせ、人の気配がないのを確かめてからまた声をかけた。

「艶子さん、由佳利です。中にいますか？　ご無事ですか」

今度ははっきり音がした。鍵穴から金属音がして扉がそろそろと動く。

「ゆかちゃん」

ひとまわりもふたまわりも小さくなってしまったような艶子が顔をのぞかせた。

由佳利はすばやく中に入り扉を閉める。真っ暗な中、艶子の肩や腕を撫でさすった。

「大丈夫ですか。すごくすごく心配したんですよ」

「よかった。来てくれて。もう会えないかと思った」

言いたいことがたくさんありすぎて何から話せばいいのかわからない。

「LINEを送ったんですよ。ぜんぜん既読にならなくて」

「ごめんなさい。ゆっくりスマホを見る余裕がなかったの。時間もだけど気持ちの上でも」

「私、先生たちの幼なじみ、滋くんが亡くなっていたことや、先生たちの探し物に滋くんが絡んでいるのではと気付いて飛んで来ました。お屋敷に着いたら、艶子さんがいなくなったと運転手さんから聞かされて」

「滋くんね。そうそうそれよ。話したいことはたくさんあるわ。でもその前に私ね、ちょっとした罠を仕掛けたの」

「罠？」

「聖也さんが亡くなる前、私に連絡を入れたことにしたの。ほら、誰でもメールが送れるよう設定したSNSってあるじゃない。つい最近、そういう中の一通に聖也さんのものがまぎれ込んでいると気付いた。メールの文章には『何かあったら開けてほしい』と書かれていて、ファイルが添付されていた」

暗くても艶子の得意顔が見えるようだった。彼女はいろんなタイプの罠、率直に言えば作り話をあれこれ考えていたらしい。

「危ないから絶対やめてくださいと言ったのに」

「とっさに、ちょっとだけのつもりだったのよ。でも怪しい反応をした怪しい人がいたわ。それで私、とっさに逃げて身を隠していたの」

「艶子さん、信用できる人を呼びましょう。私の親でもいいし旅館のご主人でもいい。そうだ、顔見知りになったあの刑事さんたちでも。その人たちが到着するまでじっと隠れていましょう」

「わかった。そうする。にしても気味のいいところではないわね、蔵って」

同感だがこのさい、身を潜めるにはもってこいだと思いたい。千代子と訪れたときは手早く窓を開け放ってくれたが今はそれもできない。照明もつけられない。ほんの数日前に来たときとは何から何までちがう。暗くて空気が重くてかび臭い。

懐中電灯をつけるのもためらわれ、手探りで床にスペースを見つける。艶子を座らせて何か話しかけようとして、ふいに千代子の言葉を思い出した。由佳利の表情が見えたわけではないだろうが艶子が「どうかしたの」と不安げな声を出す。

「この蔵、もしかして聖也さんも出入りしていたんじゃないですか」

「そうなの?」

「千代子さんが言ってました。ここには地下室もあったけれど、今の旦那さんのお子さんが高校生の頃、もうひとりの高校生と一緒に悪戯したので埋め戻してしまったと。『もうひとりの高校生』って聖也さんの可能性がありますよね」

艶子は一拍おいてからうなずいた。

「そうね。聖也さんはときどきここに滞在していたようだし」

「高校生の頃、聖也さんはこのお屋敷にしばらく暮らし、蔵に出入りし、邦夫さんのもとを訪れた」

「ええ。邦夫さんから昔話を聞いたみたいね。郷土史に興味のある男の子と思ったけれど、偽名を使うなんて胡散臭いわ。目的は別にあったのかもしれない」

「邦夫さんは気前よく、かぞえ歌の書かれた葉書を譲りました。誰かに聞いてほしい話を、高校生がちゃんと聞いてくれたから？」

「かぞえ歌にまつわる話かしら。ということは滋くんの死にまつわる話？　でも当時高校生だった聖也さんがどうやって知り得たのよ」

またしても「意味不明」という壁が目の前にそそり立つ。聖也の死と滋の死は繋がりがあるのか、ないのか。聖也の死が金銭に絡んでいるとしたら、滋の死にも金銭が関わっているのだろうか。

「艶子さん、わからないついでに私、もうひとつ気になっていることがあるんです。ちょっとだけ見てきたいので、艶子さんはここにいてくれませんか」

「どこに行くの？」

「となりの二ノ蔵です。鍵をお持ちですか？」

艶子が差し出すものを由佳利は受け取る。

「私が出たら、鍵を内側から閉めてください。そして誰が現れても決して開けないように。二ノ蔵を調べたら、刑事さんたちの到着を待って今の状況を伝えます」

「わかった。あなたも二ノ蔵の鍵を閉めて隠れてちょうだい」

約束よと言われてうなずく。

お互いの両手を握りしめ、離れがたい思いがあふれるけれど、押さえつけて由佳利は立ち上がった。扉を開けて恐る恐る外をうかがい、ぎりぎりの隙間から身体を滑らせ表に出る。鍵をかけてと言い渡し、扉を閉めた。


となりの二ノ蔵まではほんの十メートルほどだ。小走りで駆け寄り、受け取ったばかりの鍵を小さな穴に差し込む。観音扉を開けるとすぐに板戸。取っ手に指をかけて右に滑らせる。中に入ってから観音扉を閉めた。

窓からの月明かりがほのかに差し込んでいた。雲が切れて月が出てきたのか、建物の位置によるのか、詳しいことはわからない。さっきに比べれば建物内がぼんやり見える。

由佳利が気になっていたのは寿次の書斎で見つけた写真だ。二ノ蔵の前で撮っているのに、寿次は「一ノ蔵にて」と書いた。単純な思い違いだろうと千代子は言い、由佳利はすんなり納得したけれど、ほんとうに間違いなのだろうか。今現在、一ノ蔵と呼ばれている蔵の方が大きくて立派だ。みんなが「一」と呼ぶことに抵抗はない。でも年代からしたら二ノ蔵の方が古いのではないか。建てられた順番は早い気がする。

由佳利は懐中電灯のスイッチを入れた。壁、柱、天井、床。

先生たちはここもくまなく見たのだろうか。自分も調べる。

焦らずゆっくり、念入りに。

そうこうしているとポケットのスマホが震動した。艶子からだ。出たとたん悲鳴のような声が聞こえた。

「来たわ、来たの」

「ダメですよ、静かにしてなきゃ」

扉を叩く音とくぐもった声がかすかに聞こえる。

「ゆかちゃん、鍵が」

「え？」

「鍵が開けられてしまう」

そんな馬鹿なと由佳利は立ち尽くした。鍵はひとつではなかったのか。

耳に押し当てたスマホ越しにガタガタと鈍い物音がして、「艶子さん」と呼びかける声がした。

「隠れても無駄ですよ。ここにいることはわかっています。さっきはなかった泥汚れが今、扉の前にあった。ここに入ったんでしょう？」

聞き覚えのある声だった。由佳利はこの声の人物を知っている。

「かくれんぼはもうおしまいですよ」

「来ないで！」

さっき艶子が罠に掛けたと言っていたのは、この人？

鍵を持っていた理由にも思い当たる。

「へえ、そこですか」

勝ち誇ったような声。由佳利はスマホを耳から外し、蔵から飛び出した。一ノ蔵に駆け寄ると扉が閉まっている。それを見て鳥肌が立つ。閉めきった場所で何をするつもりなのか。

取っ手のくぼみに指を掛けると動いた。まだ鍵は閉められていない。力任せに扉を横に押しやる。

蔵の中、艶子が隠れているはずの箪笥《たんす》の手前、大きな人影が見えた。しゃがんでいる背中だ。

「町長！」

由佳利は声を張り上げた。

「何やってるんですか」

人影がゆらりと立ち上がった。真っ暗だった一ノ蔵にも月明かりが差していた。ほのかな明るさの中、立ち上がった人が振り返る。

「君、坂口さんか」

「艶子さんから離れてください」

「ここは私の家だよ。客人として艶子さんを招いた。なのに急にいなくなったから、家の中も庭も捜し回った。君こそ、誰の許可を得てここに入ったんだ」

「警察を呼びます。調べてもらわなきゃいけない。聖也さんが殺された理由がここにあるから」

「何を言ってるんだ。頭がおかしくなったのか」

凄みのある声の向こうから、弱々しい呼びかけが聞こえた。

「ゆかちゃん」

「艶子さん！」

「逃げて。お願い、逃げて」

「逃げます。艶子さんから預かった証拠の品と一緒に」

そう言って由佳利は蔵の中央に立ち尽くす町長に向かって笑いかけた。もうおしまいですよと、できるかぎりの見得を切ったつもりだ。

町長の顔に憤怒《ふんぬ》が湧いて見えた瞬間、勢いよく踵を返した。夢中で地面を蹴り、二ノ蔵に駆け込む。観音開きの扉は開け放たれたままだ。構わず通り抜けて中から引き戸を閉める。つっかえ棒で固定した。

追いついた町長は板戸に飛びついて荒々しく叩く。

「開けなさい。何やってる。開けなさい」

夏央はどうしているのだろう。機転の利く彼が現れないのはおかしいが、どこかで足止めされているのかもしれない。その彼が今回の事件を記事として書き起こすと言っていた。実際に起きたこの町の出来事をつまびらかにするという意味だ。ついさっき、初めて聞かされて由佳利は訝しんだ。書いたところで発表の場が得られるかどうか。読みたいと思ってくれる人がどれだけいるか。今の時代、ウェブを使っての無料公開もありえるので、出版社やニュース媒体が取り合わなくても、発表そのものはできるのかもしれないが。

つらつらそう思い、もうひとつのネックが頭をよぎった。出来事に関わっている人たちが発表を歓迎しないのではないか。ほとんどの関係者はすでにこの世から去っているが子孫は生きている。話を聞かせてくれた人の中にはお寺の前住職や、病院関係者もいる。何より地元の名家であり、町長を輩出している赤松家はどう思うだろうか。

子どもが犠牲になるという事件だか事故だかに、赤松家が関わっているとしたら決して名誉な話ではない。たとえ百年前であろうとも。特に町長は今、この町の運営について難しい舵取りを担っている。大がかりな文化施設の建設に工場誘致、住宅地の開発、それらを起爆剤にしての人口増加。一連の施策で狙うのは税収アップだ。町長は二年後の町長選を視野に入れ着々と手を打っている。

スキャンダルはなんとしてでも避けたいにちがいない。実際、どの事業にも反対を唱える人たちはいて、町長の評価はアップダウンを繰り返している。赤松家の黒歴史など出てきたら、格好のネタとして騒がれかねない。

自身が掲げているスローガンも「公明正大」で、私心なく公平に、町の健やかな将来のために粉骨砕身する所存と常日頃から口にしている。実父が文学に傾倒し、跡取りの重責を投げ出したことはむしろ苦労話として寄与しているし、長男が海外で美術系の仕事に就いている件は、子どもは思い通りにならないとぼやき、共感を得ている。

今回の甥の死も、おそらく小さなダメージに食い止められる。つけいらせる隙など誰にも与えず、身内の不幸としてやり過ごすことが町長にはきっとできる。

でも子どもの死は次元がちがう。これまでの調べからすると、赤松家は使用人を使い事件だか事故だかを隠蔽しようとした節がある。権力があったからこそなしえる所業であり、いつの時代も庶民がもっとも嫌う構図だ。明るみに出たらいくら町長でも立場を悪くする。自分がしでかしたことではないのに多大な迷惑がふりかかる。公にしたくないと思うのは自然な気持ちだろう。

だからこそ夏央のルポも横槍が入るのではないかと由佳利は危惧した。町長は何がなんでも潰しにかかるにちがいない。

同じことが聖也の身にも起きたのではないか。

板戸が悲鳴を上げるような激しさで拳が叩きつけられている。

「町長、私の質問に答えてください。表に出したくない秘密が赤松家にあったとしたら」

由佳利は板戸越しに話しかけた。

「それを聖也さんが知っていたとしたら、秘密は換金できるんじゃないですか。お金のほしかった聖也さんには、得られる手段があった」

「何を言ってるんだ。ここを開けなさい」

「聖也さんは町長に持ちかけたんですね、黙っているかわりにまとまった金を都合してほしいと」

発端は高校生の頃。彼は赤松家に隠されている秘密の片鱗を知った。片鱗だからそれがなんであるのかもわからず、こっそり独自に調べたのではないか。ヒントをくれそうな人物を探し、祖父の書斎で候補を見つける。邦夫だ。身元や名前を隠して近づき、そのときどれだけの真実を明かされたのか。ふたり亡き今、詳細は永遠にわからないが推論ならば浮かぶ。

高校生だった聖也にしてみても、あまりにも年月の経った秘密は扱いづらく、持て余したのではないか。それ以上の深入りはしなかった。

けれど大人になり、金策に困ったとき、あれは使えるのではないかと思いつく。資産家である赤松家から搾り取る方法だ。叔父が世間体を気にする人ならばけっして無下にはできないと考えた。

「君の妄想に付き合う義理はない。不法侵入で捕まってから泣きついても遅いよ」

「聖也さんのことを話しているんです」

「艶子さんも姑息な。あれからメールがあったなんて嘘だろう。いったいどういうつもりなのか」

「聖也さんはこの蔵で赤松家の隠し事を見つけたんですね。高校生だった聖也さんと息子さんは、発見したものを町長に伝えたのではないですか。そのときうやむやにしなければよかったのに。ちゃんと向き合っていれば、後々の不幸は起きずにすんだ」

「いい加減にしろ。誰に向かって口を利いている」

「偉そうなのはわかっています。でも町長、私はこの数日で、とことん思い知らされたんです。たとえ百年前でも、ある日突然いなくなった子どもには親がいた。友だちがいた。なぜどうしてと疑問を持ち、いつか真相を明らかにしたいと、それこそ死ぬまで思い続けた」

先生、邦夫、母のユキ子、先生の母、姉。

何年経っても忘れない。諦めない。

「黙れ！」

板戸が激しい音を立て蔵全体が軋《きし》んだ。町長が体当たりしたのだ。さらに何度か打撃を受けて板戸はたわみ、由佳利の見ている前でつっかえ棒は弾き飛ばされた。

溝の上をガタゴトと戸板が動く。由佳利は蔵の正面奥に立っていた。小さな蔵なので出入り口までほんの数メートル。視線の先に町長が現れる。

「私をここに立たせているのも、しゃべらせているのも、百年前の子どもを知る人たちです」

「ずいぶん冷静だな。立派だよ」

「町長は赤松家の秘密をご存じだったのですね。武治さんという元使用人が、清一郎さんに手紙を渡したようなので、その内容を町長は聞かされていたんじゃないですか。だから聖也さんたちが蔵の地下でありえないものを見つけ、報告を受けたとき、すぐにピンときた」

「なんのことだかさっぱりわからない」

「あなたは報告を聞くなりすぐさま動いた。といっても聖也さんたちには伏せておきたいでしょうから、ふたりが学校に行ってる間でしょうね。蔵の地下を土砂か何かで埋めてしまった。床板も張り替え、二度と誰も地下室に行けないようにした。あってはいけないものがあったからですよね」

「もうよしなさい」

町長が前に向かって一歩踏み出したので、由佳利は右手を伸ばし、手のひらで二歩目がないよう制した。

「あなたは知っていたのに、一度も見に行くことはなかった。息子さんたちの話を聞いても確かめに行かなかった。出入りの業者に指示しただけ。業者がまちがっても地下に降りないよう、埋める途中までは立ち会いましたか？　でもほんとうにそれっきり。あとはないことですませようとした」

町長の全身から、板戸を開けた瞬間の圧倒的な凄みが抜けていく。代わりにまとうのは深い闇だ。その闇から声を発する。

「見てきたようなことを言うんだな」

「たぶんそうだったんだろうな、という私の想像です」

「たくましい想像力だ」

「いいえ。あなたがまちがえたおかげで、私にも見えたからです」

何を、という声は聞こえなかったが、真っ黒な双眸がそう尋ねている。

「赤松家には門外不出の秘密がある。場所は一ノ蔵の地下室。誰も近づけるな、早く埋めてしまえと、あなたは過去に聞いていた。それとも手紙を読みましたか。いずれにしても、息子さんや聖也さんの話を聞いて初めて、あのことかと思い出した。舌打ちのひとつもしたくなりましたか。そして、あれがほんとうならばと、あわてて一ノ蔵の地下室を埋め戻した。聖也さんたちにしても、自分たちが入った場所を一ノ蔵と言ったのかもしれません。ふたりの祖父である寿次さんは二ノ蔵を一ノ蔵と呼んでいたようなので。あり得ないものを目の当たりにしたふたりが、とっさに一と二を混同してもおかしくありません」

「さっきから何を言っている」

「現存するふたつの蔵のうち、どちらが一ノ蔵だと思いますか」

真っ黒な双眸が大きくふくらむ。

「一番大きなものが一ノ蔵。そういう解釈もあるかもしれません。ここで働いている人たちも町長も、母屋に近い方、扉に向かって右側を一ノ蔵と呼んでいます。でも一番初めに建ったものが一ノ蔵、それも素直な呼び名ではないですか」

結ばれていた唇がぽかんと開く。そこも真っ暗だ。

「聖也さんが入ったのは一ノ蔵の地下室。町長が埋め戻したのも一ノ蔵の地下室。でもそこに齟齬《そご》ができていたら?」

知らず知らず由佳利は身体に力を入れていた。強ばる両手を胸の前で組み、スマホを握りしめていた。それを少しだけ緩める。

「私はついさっきここを調べ、床の一部に四角い切れ目を見つけました。持ち上げるとそこには地下に続くはしごがあって」

「嘘だ。デタラメだ。そんなものはない」

「恐くて下には降りれず、懐中電灯で上から照らしました。靴が見えたんですよ。小さな子どもの靴。ひとつだけ。対になったもう片方は……」

身体に震えが走る。熱いものがこみあげ泣けてくる。それがどういう種類の涙なのか、わからないまま頰を濡らす。

「もう片方は生家館に保管されています。あれは貴地先生の靴じゃない。百年前に亡くなった宮本滋くんの靴。地下室にあった靴の紐は解けていなかった。もともと川に流された人の靴紐が解けていたなんておかしい。先生も邦夫さんも最初からそれに気付いていた」

町長が突進してきた。摑みかかられ由佳利は悲鳴と共に懐中電灯を落とす。

「どこにある、地下室はどこだ！」

「町長、あなたはこうやって聖也さんにも」

「おれは真面目に、労を惜しまず働いてきた。その足を引っ張るやつは許さん。過去にあったことも、それをネタにゆする聖也も。やって何が悪い。全部、消えてなくなれ！　おれの前に二度と出るな」

揺さぶられて由佳利は身体をよじる。弱々しい抵抗を見せていると、荒々しい物音がして何者かが蔵に入ってきた。町長に飛びかかり羽交い締めにする。由佳利から引き離す。由佳利はよろけて傍らの簞笥にぶつかったが、震える足を突っ張ってそれらの家具にもたれかかった。

「小林！」

暴れる町長を押さえているのは夏央だ。

「悪かったな。来るのが遅れて」

「どこにいたの」

「収蔵庫に閉じ込められていた。千代子さんが来てくれてなんとか出られた」

「艶子さんは？」

「となりの蔵にいて無事だ」

覆いかぶさる夏央をふりほどこうと町長は必死にもがく。凄まじい力だ。鬼気迫る様相と唸り声に圧倒され、由佳利は動けない。

「危ないからそこにじっとしていろ」

「うん」

「警察が来る。サイレン聞こえなかったか」

「うん」

話しているそばから足音や話し声が近づいてきて、蔵の入り口にひしめいた。いくつもの懐中電灯に照らされ目をつぶる。どやどやと複数の人間が狭い蔵に入ってきた。

「こいつらを捕まえろ。ならず者だ。早く！」

町長が叫び、組み合う二人を男たちが引き離す。由佳利のもとには制服姿の警察官が駆け寄ってきた。

「大丈夫ですか」

うなずいたものの、力が抜けてへたりこんでしまった。町長は自分を押さえつける人たちに

「放せ」「私はこの家の主だ」と息巻いている。
長い夜になりそうだ。たくさんのいきさつを話さなくてはならない。
なんといっても百年。膨大な歴史が詰まっている。

11　かぞえ歌は語る

　警察が現れてからのことはうろ覚えだ。由佳利は女性の警察官に支えられ、おぼつかない足取りで蔵の外に出た。夏央は体格のいい男性ふたりに挟まれ、片腕ずつしっかり摑まれていたが、彼の全身からは力が抜けていた。声を荒らげ、自分を押さえつけようとする手を振り払おうとしているのは町長だけだ。

　その争いさえひどく遠くのことに思えて由佳利はぼんやりしていたが、蔵や物置のある場所まで救急車が入ってきてハッとした。担架が下ろされ、となりの蔵に吸い込まれ、ほどなく出てきた。

　由佳利はとっさに駆け寄った。あわてて引っ張る女性の警官と共に。担架には艶子が横たわっていた。呼びかけると薄目が開いて毛布がずれる。弱々しく伸ばされた片手を由佳利は歩きながら摑んだ。言葉はない。口元がほんのかすかに動き、笑みの形に見えるだけだ。それきり救急車に吸い込まれてしまう。

「艶子さんの身に何かあったのですか」

　救急隊員は答えてくれなかったが、そばにいた警官が「大事を取って」と教えてくれた。受け答えがほとんどできず自力で立ち上がることもできなかったらしい。高齢というのもあり、念のため病院に搬送して処置に任せるそうだ。

「あなたにはうかがわなくてはならないことがたくさんあります」

「はい。その前に、小さい方の蔵に、誰も入れないようにしてください」

「何かあるのですか」

「機織り機をどかすと床に扉があります。地下室に降りるための出入り口です。その地下室にとても重要なものがあります。どなたか、ちゃんと見てください」


警察の取り調べは深夜まで続き、疲れ切って返事もままならなくなった頃、ようやく解放された。自宅まで送ってもらい、寝ずに待っていた家族に抱えられて、由佳利はようやく長い一日を終えることができた。

翌日は役場を休み、言われたとおり十時前には警察に行ったが、早朝から夏央と電話で話せたので多少なりとも話が整理できた。艶子を捜すという名目で収蔵庫に呼びつけられた夏央と運転手は、町長によって中に閉じ込められてしまう。聖也の件をちらつかせる艶子を見つけ出し糾弾するためには、夏央や運転手はむしろ邪魔者だったのだ。

夏央は収蔵庫に入る前、スマホを廊下に置いていくよう指示された。君のことを信用していないわけではないが、中の写真を撮られたくないと言われれば従わざるをえない。そのあとすぐ閉じ込められ、外部との連絡は付かなくなったものの、運転手が呼び寄せていた千代子がやってきて収蔵庫のふたりに気付いてくれた。

彼女は大急ぎで合鍵を使いドアを開けてくれた。収蔵庫はいくつもあり、もっとも貴重な品が収められている場所だと従業員の使える鍵はないそうだ。けれどそこは狭いらしく、夏央と運転手を残して出るのは難しいと思ったのか、広さがあってランクもほどほどの収蔵庫だったために、千代子にも開けることができた。彼女を呼び寄せたのは運転手の一存で、町長は知らなかったようだ。

ドアが開いてすぐ夏央は警察に通報し、蔵にも駆けつけた。

一方、艶子にはレコーダーを渡しておいたと言う。性能が良く操作は簡単という優れもので、艶子は夏央から受け取ったそれを蔵の中で使った。スイッチを入れたのは町長が蔵に現れたとき。由佳利に電話をかけながら録音を始めた。

艶子の身を案じた由佳利は、町長の注意を自分に向けさせつつ小さな方の蔵に逃げ込んで、追いかけてきた町長と板戸を挟んで激しいやりとりを繰り広げた。そのとき電話は繋がったまま。艶子のスマホを通じて録音は続いていた。

収蔵庫を飛び出した夏央は手前の蔵に入り、艶子の無事を確かめてからレコーダーを見て、思わず親指を立てたそうだ。

「だったらあのときの、町長と私の会話は残っているの?」

「ああ。艶子さん、グッジョブだ」

夏央の話はその日のうちに事実だとわかった。例の群馬県警の刑事たちが事情聴取にやってきて、由佳利に教えてくれたのだ。ふたりのやりとりが録音されていたことで、聖也が握っていた赤松家の秘密についても核心に迫ることができたらしい。

前夜、警察は由佳利の訴えを聞いて蔵の地下室に入った。子どものものと思われる人骨が発見され、現場は一時騒然。本格的な調査が始まるという。状況からしてかなりの年月が経っているようだが、聖也は同じ場所で撮影したと思われる写真をスマホ内に保存していた。高校生の頃から隠し持っていたのだろう。スマホ本体は見つかっていないものの、保存されたデータをクラウド経由で見ることができたらしい。さらなる解析が進められている。

群馬県警は通信会社のデータから、聖也がたびたび町長に電話していたことも突き止めていた。彼は生前、東京の友人に「金持ちの身内がいる」「その家の秘密を握っている」と漏らしてもいた。聞き捨てならない台詞に、里海駅の防犯カメラを調べていたところ、死亡推定日の前の夜、彼の姿が見つかった。二十時八分着の電車で到着し、駅前のタクシーに乗りこんだ。そのタクシーも特定され、記録によれば赤松邸まで利用している。そこから先の足取りは摑めていない。

その夜何があったのか。誰を訪ねていったのか。彼の言う金持ちの身内とは赤松家のことなのか。握っている秘密とはなんなのか。さらなる調査が続けられている最中に起きた、敷地内での騒動だった。

例の刑事たちは由佳利の前に現れるや否や、「なんで黙っていたんですか」「もっと早くに言ってくださいよ」と恨みがましい目を向けた。申し訳ありませんとうなだれる気持ちもあったが、警察への通報をすべて怠ったわけではない。伝えるべきことはすぐさま伝え、だからこそ聖也の身元は判明した。

黙っていたものの多くは非常にマニアックな内容だ。

「私と艶子さんと小林くんは、貴地先生の葉書を調べていただけなんです」

約六十年前、貴地崇彦が子ども時代の名前を使い、故郷の幼なじみに送った葉書。それが今になって、群馬の山中にて若い男の遺体から発見された。なぜどうして、というのが出発点だったのだ。

先生のことを知りたいという艶子に突き動かされ、由佳利も行動を共にして、幼なじみのひ孫にあたる夏央と遭遇した。亡くなった若い男に心当たりがあるかもしれないと言われ、彼も仲間に加わる。けれど先生が里海町にいたのはあまりにも昔の話、関係者はほとんど亡くなっている。手がかりを得ることは難しく、寺の前住職から武治の話を聞き、赤松家の元使用人という伝手をたどり彼の実家にたどり着く。そこから彼が息を引き取った里海町の病院を調べ、当時の状況が断片的にわかる。

武治が亡くなる間際、会おうとしていた女性は誰なのか。その手がかりをくれたのは生家館の受付をしている佐藤澄江だ。彼女は貴地崇彦の実姉と懇意にしていた。

由佳利は夏央からもらったメモを印刷してきたので、それを広げてふたりの刑事に順を追って説明した。長い話になった。

「このひとつひとつをその都度お話しして、ちゃんと聞いてくれましたか」

ふたりはどちらも口をつぐみ、曖昧な表情をするだけだ。

さらにかぞえ歌の三バージョンを並べてみせると驚く以上に唖然とした。

「この三つが滋少年の死にまつわる謎を表しているんです」

由佳利の言葉に気を取り直したようで、なぜどうしてと身を乗り出したものの、かみ砕いて話してもなかなかわかってもらえず、ふたりとも眉間の皺を深めるだけだ。

夏央の事情聴取も長引いたようだが、由佳利にしても夏央にしても捜査協力者という位置づけだったのは幸いだった。聖也の事件について捜査本部が置かれているのは遺体の発見された群馬県警内だ。重要参考人はそこに移送されて本格的な取り調べが始まる。この場合、それに当たるのは町長だ。

容疑を認めることなく身の潔白を主張しているらしい。

今にして思えば、邦夫がひ孫である夏央に肝心なところをぼやかしたのは、不用意に赤松家の名前が出せなかったからだろう。確信がないまま疑惑を口にすれば、聞いた方は囚《とら》われる。赤松家を貶《おとし》めるだけでなく、夏央を傷つけることになりかねない。なんとしてでも避けたかっただろう。

それは貴地先生にも言える。艶子に詳細を語らなかったのは、先生なりの気遣いがあったにちがいない。

「白骨化した子どもの遺体が見つかったとはいえ大昔のものよ。少なくとも町長は関与していない。聖也さんの握っている秘密が『子どもの死』だとしても、それだけでは脅す材料にはならないとふつうは考えるわね」

艶子は病院の特別室で、背もたれを上げたベッドに上半身を預け、由佳利と夏央を迎えてくれた。蔵の騒動から二日目の午前中だった。大事を取って入院した艶子だが、外傷の類いはなく、心身の消耗が著しいという診断がくだされ、安全な場所で丸一日ゆっくり身体を休めていた。

順調に回復したそうで、午後には退院して旅館で静養に努めるという。その前に会って話がしたいと、機会を設けてくれた。警察の取り調べも見合わせている中なので、許可はすんなり下りなかったが、孫代わりのふたりにひと目だけでも会いたい、他に家族は誰もいないと涙ながらに懇願したそうだ。結果、ドアを開けておくこと、ドア横の廊下に捜査員が待機していること、そんな条件付きで面会が叶った。

会ってみると艶子はすっかり元気になっていて、再会を喜ぶ時間はほんの少しだった。由佳利と夏央は警察で何を聞かれどう答えていたかをＬＩＮＥで報告していた。艶子からは短い返事しかなく、直に会って初めて赤松邸で何があったのかを教えてくれた。

それによれば、町長から呼ばれて訪ねたところ、家族や使用人たちはおらず家の中はがらんとしていた。思いがけない状況に面食らう。町長は笑顔で招き入れ、気さくにお茶などいれてくれたが、しんと静まりかえった屋敷は嫌でも不安をかき立てる。天候が悪く外は真っ暗だ。同行していた夏央は別室に案内されたのでほんとうにひとり。

そんな中、どういう話になるのかと思えば、父の寿次について聞かれる。蔵書の中に高額本があるのではないかというのが主な話題だ。聖也がこの家で狙うとしたら、それしか考えられないと。他に心当たりはありませんかと問われ、艶子は返事に窮した。ただでさえ落ち着けない場所だ。助け船を出してくれる人はいない。なんでもいいんです、話してくださいと詰め寄られ、余計なことを口走ってしまいそうな恐れにもかられた。

艶子は思わず立ち上がり、寿次の書斎を見てみたいと願い出た。町長は如才なく応じた。応接間から廊下に出て、移動するわずかな時間に気持ちを立て直す。

「やられるばかりじゃなく、こちらからもやり返さなきゃと思ったの」

「すごい思考ですね」

「サッカーの試合を思い出しなさい。いくらアウェイだからって、攻め込まれるばかりじゃ勝機は見いだせないわ」

書斎に入った艶子は小さなソファーセットに腰を下ろすと、寿次との思い出話をしたのち、「実はね」と切り出した。自分がやっているSNSのひとつに、互いに相手を認証していなくてもメールが送れるものがある。そこに聖也からメールが来ていたと。差出人である「村上聖也」に心当たりはなく、詐欺メールの類いかもしれないと思い放置してあったが、つい昨日、ニュースになった記事を見て同じ名前だと気付いた。

そう町長に話すと、彼の顔つきが変わった。どんな内容だったのかと聞かれ、艶子は鞄の中をいじりながら、自分には意味がわからなくてと肩をすくめた。メールの日付は数週間前、文面には「貴地先生を知る貴女に送る」とあり、写真が添付されていた。でも何を撮ったのかわからず困っていると話した。

「警察に届け出た方がいいですよねと言ったら、もちろんですとうなずくんだけど、その前に見せてもらえませんかって。私、お見せするのはかまわないので、先にトイレに行きたい、待っていてくださいとお願いした。手にしたのは小さなお化粧ポーチだけ。でもそこにはスマホが入っていたの」

そうとは知らない町長は、艶子がいなくなるや彼女のバッグをあさった。スマホの中の画像が見たかったのだろう。ドアの隙間から室内を覗き、町長の行動を目にした艶子は踵を返した。

近くの座敷に隠れ、なかなか戻らない艶子を捜しに町長が書斎から出てくるのを見てから場所を移す。夏央と合流したくて玄関に向かったが、途中で千代子が仕事をしていた事務室を思い出す。中に入って懐中電灯を見つけ、それで照らしながら蔵の鍵を手に取った。

特別な意図があったわけではない。けれど先生に導かれているような気がしたそうだ。運転手や夏央に話がいって大がかりな捜索が始まる頃には庭にいたらしい。木立の間に身を隠していると町長がやってきて、蔵の方角に歩いて行った。しばらくすると戻ってきたので、再び屋敷内に入るのを見届けてから艶子は蔵に向かった。

「蔵のすみっこで縮こまっていたらゆかちゃんが来てくれたのよ」

私の話は以上、とばかりに艶子は大きく息をつき、クッションの位置などを変えた。

手前の蔵で艶子と由佳利は合流し、由佳利は艶子をその場に残し、となりの蔵を調べに行った。そこに町長が現れ騒ぎになったのだ。

警察が到着してからの顛末《てんまつ》もだいたい報告し終わっている。今日はその話ではなく、かぞえ歌をめぐる百年の物語を聞かせてほしいと言われていた。今回のことでいくつか明らかになったものの全容解明には至っていない。そもそも繋がりの深い人ほどすでに亡くなっている。すべてをつまびらかにするのはおそらく不可能で、謎のまま時の流れに飲み込まれていくものがおそらくとても多い。

それでもいいの、この時点でわかっていること、考えられることを聞きたい、そう艶子から懇願され、夏央と由佳利は早朝から会って白い紙を文字や図で埋めた。

「百年前、里海町の小学校には吉田崇くん、鈴木邦夫くん、宮本滋くんの三人が仲良く通っていました」

夏央が話し始める。飲み物で喉を潤した艶子はクッション代わりの枕にもたれかかり耳を傾ける。

「三人が十歳のとき、事件が起きます。好奇心旺盛だった滋くんは、前々から赤松邸の蔵に興味があったんじゃないでしょうか。おれの憶測ですが、滋くんはどこからか虫干しの日を聞きつけ、『おれ、忍び込んで見てくる』くらいを、崇くんや邦夫くんに言ったような気がするんです」

ふたりは驚いて、おそらく止めたのでは。見つかったらただではすまない。親だけでなく学校までも厳重注意を受ける。滋もそれはわかっていたのでふたりを誘うことなく、ひとりで塀の割れ目などから敷地に侵入した。

そして一ノ蔵と呼ばれていた古い蔵に忍び込み、地下室への入り口を見つける。急な階段で足でも滑らせたのか落ちてしまう。打ち所が悪くて亡くなる。由佳利と夏央の思い描いた顚末はそういったものだ。事件ではなく不幸な事故。早すぎる死はいつの世も重く苦しい。できる限り手厚く弔って、各人の胸の奥底にしまうのが取るべき人の道だろう。

けれど滋の死は隠蔽された。暗くなっても帰らない子どもを案じて、親はもちろん村の人たちは方々を捜す。祟たちも赤松邸だと訴えたにちがいない。蔵の中を捜してほしいと必死にくり返したのではないか。

お屋敷の人々は困惑しただろう。招いた覚えもない子どもを捜せなど。かといって村人たちを敷地内に入れるのもためらわれ、自分たちでざっと調べてどこにもいないと突っぱねた。そのとき、おそらくは当主は家にいたのだろう。現町長の曾祖父に当たる仙一郎氏。騒ぎを聞きつけ、念のためにと使用人の武治を蔵に行かせた。そこで武治が目にしたものはすでに事切れている子どもの姿だった。

知らせを受けた当主の胸の内は、由佳利にも夏央にも計り知れない。村人に伝えればたちまち大騒ぎになる。警察も呼ばなくてはならない。否《いや》が応でも凶事に巻き込まれる。怪我ならば手を差し伸べたのかもしれないがもう亡くなっている。よりによってなぜうちでと、憤ったのではないか。どうせ死ぬなら他所にしてくれと、本気で思ったのではないか。

その通りに、亡骸《なきがら》を別の場所に移そうとする。武治を使って。

場所は裏山の奥深く。夜中にリヤカーで運ぶよう命じ、当主は蔵の外で様子見くらいしたのか。武治は嫌と言えずに中に入ったものの、恐ろしさのあまり遺体に手を出すことはできなかったのだろう。その一方、監視している当主も恐い。とっさに布団の固まりなどでその場を取り繕う。リヤカーに布団を載せて屋敷から出る。

その姿を屋敷の外から目撃した人がいて、寺の前住職の話につながる。

「じっさいは川で亡くなったとされていますが、その方が都合がいいと当主が考えたように思います。いつまでも捜索が続くのは寝覚めが悪いし、山中の遺体は見つからない方がいい。目撃者がいて子どもの持ち物が川縁で発見されれば、みんなの注意はそちらに向きます」

武治は事切れている子どもを動かせなかったけれど、靴の片方だけは脱がしたようだ。命に従ってそれを川縁に置き、最後の目撃者にもなった。人々は偽装工作などと思いもせずに水難事故と結論づける。

すべては当主の思惑通りだ。これで難を逃れたと胸をなで下ろしたにちがいない。けれど遺体は蔵の地下室に置かれたまま。武治は生きた心地がしなかったのでは。どちらが言い出したのかはわからないが、口止め料を兼ねた慰労金を受け取り赤松家から離れることになる。

「そうね、その流れが一番妥当なのかもしれないわね」

じっと聞き入っていた艶子が閉じていた瞼を開く。

「実家に帰った武治さんは兄家族の近くで暮らし、戦中、戦後と激動の時代を生き抜く。そして七十歳を越えた頃かしら、自分の人生を振り返り胸につかえるものがあったんだと思うの。子どもの死にまつわる大きな秘密よ。口をつぐんであの世まで持っていくか、洗いざらい打ち明けるか。ずいぶん悩んだでしょうよ」

逡巡の末、武治は里海町にやってくる。赤松家を訪れると仙一郎氏は亡くなり、清一郎氏の代になっていた。武治にすれば一ノ蔵の地下室が気になっていただろう。子どもの亡骸はあれからどうしたか。

確かめたくても門前払いにあい、当主との面談は叶わない。過去の出来事を綴った手紙だけはなんとか託す。村では依然として「川での事故死」になっている。そのことに武治は気付いていただろうか。知っていたからこそ訪れたのか。それとも訪れて初めて知ったのか。赤松家と結びつけている人もいない。

多くの思いを抱えて歩きまわり、倒れて病院に運ばれる。病室には貴地先生の母が来たらしい。そのあと滋の母である宮本ユキ子が駆けつけたようだが、間に合わず息を引き取った。

ユキ子はこの翌年、貴地先生の講演会に参加している。先生も旧友の母だと気付いた。そして例の葉書を邦夫に送っている。

葉書の送付後、どのようなやりとりがあったのかはわからないが、ふたりは同年の秋、赤松家からの招待を受けている。ようやく敷地の中に入り、蔵までたどり着いた。けれどそのときの当主、清一郎氏が現れ、思うように調べることはできなかった。探し求めていた友の亡骸はすぐ近くにあったのに。

その後、先生は八十五歳で亡くなり、さらに十年経った平成十七年、高校生の聖也が同い年の従兄弟《いとこ》、佑一《ゆういち》と共に一ノ蔵の地下室に入る。ふたりはそこで人間の白骨らしきものを発見する。佑一はわからないが聖也は写真を撮っている。そして晋一氏のもとまで報告しに行った。

ふたりの話を聞いた町長はまともに取り合わなかった。見間違いと一笑に付したのか、作り物とごまかしたのか。おそらくは勝手に蔵に入った行為を咎め、ふたりを煙に巻いた。その直後に、唐突とも言える早さで地下室を埋めたことからすると、不審な人骨について覚えがあったのだろう。

聖也は町長の言動に疑問を持ったのか。自分なりに探ろうとして邦夫に近づいた。邦夫は亡くなるまで山の中を気にしていたようなので、聖也は地下室で見つけたものを話さなかったのだろう。邦夫にしても、滋の死について聖也に語ったのかどうかはわからない。

いずれにしても聖也は里海町から離れたのち、しばらく経ったごく最近、大金が必要になりやってくる。

「なぜ生家館に足を運んだんでしょうね。かぞえ歌に関係する本を持ち帰ってもいる」

「ええ。彼なりに思うことはあったんでしょうね」

その話をしてみたかった。亡くなったときにも上着のポケットに葉書を入れていた人だ。

「わからないことは多いけど、これから明らかになっていくものもあるわ。今の私には、私なりの達成感があるの。先生が探してらしたものがとうとう突き止められた。先生の大事な幼友だちをきちんと葬ることができる。詳しいことはいつかあの世とやらでうかがえばいいわ」

夏央も口元をほころばせる。

「おれも、ひいじいちゃんに顔向けできます。すごく時間がかかっちゃったけど」

「あなたはどうするの？　今回の件を書くことにするの？　それとも見合わせる？」

「正直、逃げたい気持ちもあるんです。赤松家を相手にしなくてはならないし、町長もおいそれとは引き下がらないだろうし、傷つけてしまう人もきっといます。すごく覚悟がいるじゃないですか」

艶子と由佳利で「当たり前よ」と声が揃った。今さら何を言う。

「でも、書くと思います。きっと、必ず、おそらく、たぶん」

雄々しさと弱腰が透けて見えて眉をひそめてしまうが、何かしらは書きそうだ。

彼の目に映った今回の事件はどんなものなのだろうか。

艶子の気持ちはさっきの言葉で伝わった。雲を摑むような話から始まり、見事に走りきったのだ。先生との再会が、まだまだ先であることを祈らずにいられない。

そして自分は？

由佳利は病室の窓へと目を向けた。里海町の山々が遠くに見える。この地で生まれた人、移り住んできた人、他所へと離れた人、死を迎えた人、みんな泣いたり怒ったり笑ったり憤ったり悔やんだり喜んだりを繰り返してきた。浮かぶ顔や名前がいくつもある。この数日間で重いものを受け取ったような気もするし、肩からふっと力が抜けるような気もする。

自分もたくさんの中のひとり。何を大事に思い、どこを向いて歩いて行くかは、きっと自分次第なのだ。

艶子は無事に退院し玉乃木旅館に戻った。しばらく静養するそうだが、事情聴取が始まるので本格的に休めるのは先になるのだろう。東京から馴染みのお手伝いさんがやってきて、身の回りの品や着替えなどが一新され、本人はそれをずいぶん喜んでいた。

戻ることが叶わないのは町長だ。無関係を主張し弁護士も奔走したそうだが、捜査本部の置かれている群馬県警に移送された。夏央の見立てによれば、かなり強力な証拠品やら証言やらが出てきたのだろうと。

逮捕には至っていないがマスコミも知ることとなり、「殺人容疑で逮捕目前？」というすっぱ抜き記事も出た。町役場は大揺れだ。副町長が代理を務めるので業務に差し支えはないはずだが、マスコミは押しかけるし、町民からの問い合わせは殺到するし。

由佳利はその話題を避け黙々と仕事をこなしている。無関係を装っているがいつまで保つかはうかがい知れない。新たに、赤松家の蔵の地下室にて、白骨化した子どもの亡骸が見つかったと公表された。百年近くが経過しているとわかれば、少なくとも町長は子どもの死に関わっていない。それははっきりするだろうが、百年前ともなれば貴地先生が里海町にいた時代。亡くなった子と先生の間柄に興味を持つ人が出てくるかもしれない。そうなったとき、話を聞くのにうってつけなのが生家館の担当者だ。

役場の人たちよりも先に、反応したのが加山町の窪田だ。ただでさえ先生の出した葉書をもとに艶子が動き出し、由佳利や夏央を巻き込み古い謎に挑んでいたのを知っている。葉書を所持した男性が亡くなり、その事件の重要参考人として身柄を確保されたのが里海町の現町長。

さらに町長宅から子どもの亡骸が見つかったとなれば、じっとしているわけがない。

町長の記事が出た週末の土曜日、窪田が里海町までやってきた。業を煮やしてという言葉を思い出してほしいとメールにあった。すでに艶子にはアポを取ってあるそうで、由佳利は車を出し、電車に合わせて窪田を駅前でピックアップした。向かうのは玉乃木旅館だ。下条課長も来ていた。詳しい事情が聞きたいと詰め寄られ、窪田の来訪に合わせてもらった。

旅館の用意してくれた談話室で艶子、窪田、下条課長、由佳利が揃うころ、夏央も慌ただしく現れた。挨拶もそこそこにプリントアウトされたレジュメを配ると、窪田も課長もたちまち釘付けになる。

そのプリントをもとに、由佳利と夏央は艶子の病室で話したのとほぼ同じ内容を語った。加えて、かぞえ歌に絡む考察を述べると、捜査員たちの反応とはまったく異なる。窪田も課長も奇声を上げたり仰《の》け反ったりと忙しい。さらにふたつの蔵の取り違えや、埋め戻しを免れた一ノ蔵の地下室、そこで発見された子どもの亡骸となると、興奮を通り越して呆然としていた。

「ものすごいものを聞かせてもらった」と窪田。

「頭も身体も痺れっぱなしだ」と下条課長。

艶子が「それにしても」と口を尖らせる。

「あそこの当主たちって、同じことを繰り返しているのね。誰も地下室には降りず、人を使って隠蔽するだけ」

子どもの亡骸を捨てようとしたり、門前払いのあげく放置したり、埋め戻したり。

誰かひとりでも足を運んで見ていれば、状況は変わったはずだ。ただその場合も、筋を通した弔いを執り行ったとは限らない。

窪田たちには包み隠さず打ち明けたものの、町長が警察に連行された騒動については細かく話さなかった。由佳利たちは葉書の謎を追い、先生たちの探し求めていたものを突き止めた。亡骸が滋のものと判明して、しかるべきところに埋葬されれば区切りがつく。聖也の事件を解決するのは警察の役目だ。

窪田や下条課長はしばらく余韻に浸り口数が少なかったが、徐々にいつもの調子を取り戻し、もっぱら語られたのはふたつの文学館の今後についてだ。

加山町にある本館では「貴地崇彦かぞえ歌展」をと、さっそく窪田が声を大にする。ほんとうに声が大きいので、みんなから「静かに」と叱られた。一連の話を受けての企画なので、歌に秘められた友への思いを切なくも熱く歌い上げたいらしい。当然のように生家館にある資料を貸してほしいと、そこだけわかりやすい笑顔になる。

けれども先生の幼少時代、里海町にいたころに起きた出来事がそもそもの発端だ。今回ばかりは指をくわえて見ていられない。持って行きようで生家館の価値が高められる。取り壊しを免れるかもしれない。つまり、こちらとしては存亡がかかっているのだ。

「うちでも『かぞえ歌展』はやりたいです」

由佳利の言葉に、窪田はたちまち眉をひそめた。

「できるできないの問題ではなく、加山市でやった方が大々的にアピールできる。この手の企画は目立ってナンボだ」

「閉館の危機に直面しているんです。回避するための起爆剤にしたい」

「心配しなくても、生家館はほら、うちの敷地内に移築という手もあるし」

思わず「はあ？」と非難の声が出た。そんなことを考えていたのか。取り壊しよりましかもしれないと由佳利はとっさに頭を働かせたが、弱気でどうすると自分を鼓舞する。里海町は貴地先生が生まれ育った土地。その歴史を守るべく奔走するのが先だ。

「坂口さん、おっかない顔しないでよ。持ちつ持たれつという言葉があるでしょ。ぼくだって生家館のことは応援している。この地に末永くとどまっていてほしい。そう思っているんだからさ。今後も協力してやっていこうよ。貴地先生を敬愛する者同士、仲良くね」

とりあえず「はい」とうなずいたが背筋は伸ばしたまま。長いものに巻かれず、諦めず、粘り強く突破口を探り、そのときがきたら持ちうる力のすべてを注ごう。必ずどこかに繋がるはずだ。他ならぬ窪田自身も奮闘している。文学館の存続はどこの町でも市でも容易ではない。

その窪田を駅まで送り、ついでに乗せてあげた夏央も家に送り届けた。生家館については下条課長や艶子をも巻き込み丁々発止のやりとりが続いて、頭はそれでいっぱいの由佳利だったが、夏央は事件のことをずっと考えているらしい。聖也を殺害したのが町長だった場合、動機が今ひとつわからないとぼやいた。

地下室で見つかった子どもの死に町長は関与していない。聖也が赤松家の秘密を暴露すれば家名は傷つけられ、悪意ある醜聞が大なり小なり流れるだろう。体面は丸つぶれだ。けれどそれを避けるために人殺しまでするか、というのが夏央の考えだ。

聖也が何度もせびったならまだしも、たぶん初めて。要求した額も数百万くらいでは。だったら恐喝まがいの甥っ子に腹を立て、怒鳴りつけたり、勝手にしろと突っぱねたりするのがふつうではないか。殺して山中に遺棄というのは極端すぎる。

夏央の言い分はもっともで、由佳利は何度となくうなずいた。けれど夏央と別れての帰り道、あの夜を思い出して鳥肌が立った。未だに恐怖は拭い去れていない。

町長はまさに憤怒の固まりだった。抜き身の刃のような殺気をまとい別人のようだった。触れられたくない秘密を暴こうとしたからだと、理屈の上ではわかる。でも夏央の言葉を借りれば極端すぎたのではないか。蔵の扉を叩き壊し、恫喝《どうかつ》し、丸腰の女性に襲いかかったのだ。夏央の到着が遅ければどうなっていたのかわからない。

それと同じようなことが聖也との間にあったとしたら。

町長は蔵の中で「やって何が悪い」と言った。あの「やって」は殺害を意味しているのではないか。聖也からゆすられていることも吐露していた。「消えてなくなれ」と吐き捨てている。

あの怒りはいったいどこからくるのか。名家の跡取りとしての責務が常に重くのしかかり、心労は並大抵のものではなかったというのは想像に難くない。政治家の後継者にも祭り上げられ、背負うものは倍増しただろう。すべてを息子に押しつけた父親への不満はくすぶり続け、さらなる厄介ごと、地下室の秘密を祖父は丸投げし、そもそもの元凶を作ったのは曾祖父だ。いい加減にしてくれと嚙みつきたくなるのも無理はない。けれど相手はみんな亡くなっている。薄まらない鬱屈の中、今また秘密をめぐっての難題が突きつけられたとしたら、もうたくさんと箍《たが》が外れたのかもしれない。

家に着いて車を降りた由佳利は、みかんの木々の間から暮れていく空を見つめた。橙《だいだい》色と黄色の雲が刻々と薄れ、光が弱まり、鈍色《にびいろ》の雲に飲まれていく。

町長はどうすればよかったのだろう。自分が対処するしかない理不尽な局面だ。暴力的な爆発以外に何があっただろうか。

由佳利はうつむいて、足下の草をぼんやり眺めていた。

自分もつい最近、自分なりの理不尽を味わったばかりだ。

腹が立って口惜しくて虚しくて。泣きわめきたいし、当たり散らしたいし、相手を傷つけたい。でもそれをしても現実は変わらず、結局はその現実を引き受けるしかない。

なぜ自分だけ、どうして自分がとさんざん思いもしたけれど、ほんとうに自分だけだろうか。地震や大雨など天災に見舞われる人、大病を患う人、事故に巻き込まれる人。今も昔も理不尽な目に遭う人はたくさんいる。誰もが嘆き、叫び、放心する。

けっして自分だけではない。町長だけではない。

思い通りにいかない現実をなんとか歩いていくしかない。多くの人がそうしてきた。

由佳利は顔を上げた。深く息を吸い込む。目元を拭い空に目を凝らす。

暗い雲が広がるだけの空だが、雲の向こうに星が瞬いている。照る日もあれば曇る日もある。夏央に言われた言葉を思い出した。

あれを考えたのは誰だろう。百年前にもあの言葉はあったのだろうか。

思ったとたん気持ちが少しほぐれ、足が自然に前に出る。車から離れ、ようやく家に向かって歩き出した。


町長は無罪を主張して釈放を求めているが、亡くなった聖也の遺体から赤松家と同じ成分の土壌が見つかったそうだ。遺体には毛布のようなものでくるまれていた痕跡もあり、町長宅の車のトランクが念入りに調べられている。その車は事件があったとされる夜、沿線の防犯カメラに写っていたらしい。

町長にとって不利な物的証拠が見つかり、釈放は遠のいている。それどころか逮捕状が出るのは時間の問題とも報じられた。もしそうなれば現役町長が殺人容疑で送検されることになる。

由佳利の勤める町役場は相変わらず混乱の中にいるが、それでも少しずつ落ち着きを取り戻し、日々の業務がまわっている。税務課、防災課、福祉課、道路河川課、学校教育課、どこもやるべきことが数珠つなぎに並んでいる。町民の暮らしに直結していることばかりなので、今後の行政については上層部に任せるとして、職員たちはそれぞれの役割に徹していた。

予定されていた行事やイベントも行う方向でと通達があり、町民マルシェも開催すべく動いている。講演会については、今回の件ですっかり疲れてしまったと言われ、艶子のトークイベントは見送りになった。代わりの案を考えていたところ、腰痛のためキャンセルになった画家から同業者を紹介したいと申し出があり、そちらで決まりそうだ。

　地元のラジオ局からも問い合わせのメールが来ていたので、電話をすると馴染みの女性が出てくれた。開催を伝えると相手の声が明るくなり、自分の心にも日が差すようだ。町の人たちに楽しんでもらいたいと気持ちがしゃんとする。

　町長の件も聞きたいだろうが触れてこないのは気遣いか。由佳利は機を逃さずプライベートを打ち明けた。秋に予定していた結婚式の中止だ。

「そうだったんですか」

「いろいろありまして。私自身が一番びっくりしました」

「ああ、それはなんていうか、あるんですね、いろいろって」

「はい」

「私にもありますよ。なにしろバツイチですし」

　思わず「え？」声が出る。自分と同じ年代のはずなので、「もうすでに？」と言いたくなるが飲み込む。

「大学を卒業してすぐに結婚したんですけど、ダメになるのも早くて」

「そうなんですか」

「坂口さん、よかったら今度、飲みませんか？」

企《たくら》みに誘うような声色に茶目っ気が混ざり、彼女の笑みが見えているかのように浮かぶ。突然の申し出だったが戸惑いはすぐに薄れた。

「本気にしますよ」

「ぜひ。さっそくですが来週はいかがです？　候補日、ＬＩＮＥしますね」

電話を切ってからも弾む気持ちは続き、そんなのはほんとうに久しぶりのことだった。町政はこの先も難題が山積みで、事件の解決もまだまだ先になるのだろう。気の重くなることばかりだが、自分なりに受け止めて前に進むしかない。窓に目を向けると晴れた空が広がっている。陽光が惜しみなく町に降り注いでいる。

「坂口さん、受付から電話」

声をかけられ出てみれば、生家館の担当者と直接話がしたいと、訪ねてきた人がいるそうだ。

役場内は町長の一件以来、訪問者に最大限の注意が払われている。クレームの類いはもとより、マスコミ関係の応対は事務局に回すよう徹底されている。個人的な取材は禁じられ、それによってトラブルを防いでいるのだが、心得ているはずの受付が取り次いだ人だ。いったい誰だろう。由佳利は急いで階段を下りて一階に向かった。

受付の傍らに立っていたのは見知らぬ中年男性だった。ベルトを締めたズボンにポロシャツ姿で、ジャンパーを羽織っている。受付の人から「こちらです」と目配せされ、うなずいて歩み寄った。男性は五十代、あるいは六十代だろうか。由佳利を見て穏やかに会釈する。

「お忙しいところをすみません。どうしてもお話ししたいことがありまして」

「なんでしょうか。貴地崇彦生家館を担当している坂口と申します」

「わたしは扇町《おうぎまち》で鉄工所をやってる宮本昭彦《あきひこ》と言いまして」

里海町の中にある町名だ。東の山際あたり。鉄工所と聞いてもあいにく思い出せるような店舗や工場はないが、「宮本」という苗字に胸がざわつく。まさかと打ち消していると、男性はこちらにと少し動き、壁の前に置かれたベンチへと由佳利を促した。

そこには白髪の老人が杖を手に腰かけていた。由佳利に気付いて腰を上げる。

「父の宮本輝正《てるまさ》です。今年、九十一歳になります」

あわてて「おかけになってください」と手を差し伸べるが、老人はいやいやと笑うだけだ。

「足腰は達者です。それに今日は親父のたっての希望でここに来ました。貴地先生をよく知る生家館の担当者に、ぜひとも会いたいというので」

「私で大丈夫でしょうか」

「親父の父、わたしからみたら祖父ですね、その人が宮本剛《つよし》と言いまして、ご存じかなあ、宮本滋の兄に当たる人なんです」

息が止まる。全身に震えが走る。

「滋くんの、ご親族ですか」

「はい。よかった。話が通じて」

「もちろん存じ上げています。生家館には先生の描かれた滋くんとの思い出が、数多く展示されています」

白髪の老人にも由佳利の言葉が聞こえたらしく、「ほらねほらね」と相好を崩した。

「親父からすると、自分の父親の弟にあたる人です。幼いときに行方不明になり、見つからないまま亡くなったとされたようで。親父の父にとっては九つ下の弟です。可愛がっていただけにとてもショックだったんですよね。母親の嘆きと相まって、忘れられない出来事になっていたようです。何度となく聞かされて親父も気にかけていました。そしたら今になって、赤松家の地下室から！」

含みのある目をされて由佳利は強ばる。

「連絡がありましたか」

「警察が来ていろいろ聞かれました。それとＤＮＡ鑑定をするそうで。すごく昔の白骨化した遺体なので、難しいかもしれないけれどとか。それって地下室で見つかった子どもの遺体のことでしょう？　滋さんのことですよね？　我が家は大騒ぎですよ。百年前にいなくなった身内が見つかったって。剛さんやそのお母さんもようやく胸のつかえが下りるんじゃないですか」

由佳利の目から涙がこぼれた。こらえる前にあとからあとからあふれてしまう。手の甲やシャツの袖口で拭い、「すみません」と謝る。

「先生のことを調べているうちに、宮本ユキ子さんのことも知りました。滋さんについて、とてもとても哀しんでいたと方々で聞きました。思い出して泣けてしまって。すみません」

「いやいやいや」

男性はうろたえ、杖を突いた老人がティッシュを差し出してくれた。受け取ってありがたく使わせてもらう。

「そんなふうに思ってくれる人がいるなんて考えもしなかった」

「申し訳ありません」

「謝らないでくださいよ。ありがたいです、こちらとしては。ねえ、父さん」

老人は何度も首を縦に振る。さすが生家館の担当者だと、妙なところで感心される。

「もしも見つかったのが滋さんだとはっきりしたら、うちのお墓に入ってもらいますよ。それが亡くなった人たちの望みだと思うので」

「ありがとうございます。ぜひよろしくお願いします」

男性はうなずいて微笑む。そして言った。

「あなたに会えてほんとうに良かったです。でもここに来たのには別に理由がありましてね。貴地先生が関わっている特別なかぞえ歌って知ってますか？」

「ええ、それは」

「わたしなんか、恥ずかしながら知らなかったんですよ。でもほら、最近かぞえ歌についての連載が始まったでしょう？」

夏央がローカル紙で始めた連載記事だ。聖也の事件は匂わせる程度に抑え、数奇な運命をたどるかぞえ歌に焦点を当て、里海町に起きた百年の歴史を紐解いていくらしい。

「実は、滋さんが見つかったかもしれないというので、親父がにわかに仏壇の掃除を始めたんです。いろんなものがごちゃごちゃ詰まっている引き出しやらなんやら。そしたら古いノートが出てきましてね。名前を見たら宮本しげると」

老人がベンチに座り直し、置いてあった手提げ袋から何か出そうとする。

「滋さんのノートが見つかったんですか」

「はい。そこにかぞえ歌のようなものが書いてありまして」

手提げ袋から出てきたのは幅広の茶封筒で、そこから灰色の薄い冊子のようなものを引き抜いた。

速くなる動悸を抑えて由佳利はのぞき込む。素晴らしく古い代物だ。素手で触れるのは気が引ける。けれど老人も男性も「どうぞ」「見てください」と触りまくっている。

さっきもらったティッシュで指先を念入りに拭いてから受け取り、ゆっくりページを開いた。

「もっと先です。もっともっと、ああ、そのへん、ほら」

いつものばしょに　いぬがいて
にいばしわたって　にっこにこ
さよならしたあと　さあいこう

つたない子どもの字で書いてある。次の行は「しかくいかおの」と読めるが、棒線で消したのは「かおが」だ。そのあとは「しおせんべい」だろうか。

自分が判断するのは僭越《せんえつ》だろう。重々承知している。けれど私見を述べさせてもらえるならば、これは先生の字でも邦夫の字でもない。亡くなる前の滋が書いたとしたら、かぞえ歌の原型ではないか。つまり最初に作ったのは滋？

行方のわからなくなった友だちを思い、先生と邦夫は四行目を「しげるよ　はっぱ　しのびこみ」とした。そうすれば三行目の「さよならしたあと　さあいこう」が事件当日の彼の行動をなぞれる。行き先は「ごうかなおくらは　ごもっとも」。

先生と邦夫にとって特別な意味があったのだ。だから六十年前、先生は葉書に書いて送った。おまえ忘れていないよな、おれは忘れてないぞ、そんな思いを託して。

「あの、どうかしましたか」

話しかけられてハッとする。

「すみません、ぼんやりして。これ、すごいです」

男性はパッと破顔した。

「そう言ってもらえると来た甲斐があります。いえね、滋さんは大先生でもなんでもないんですけど、親父が生家館には古い資料が展示してある、いっぺん見てもらった方がいいと言い出して」

「ありがとうございます。たぶん大発見です」

夏央に言わなくては。艶子にも窪田にも下条課長にも。みんな大興奮まちがいなしだ。

ああ、澄江にも。

「預からせていただくというのは無理でしょうか」

「これを？」

「資料的価値からすると、きちんと保管するべきだと思いまして」

考察は終わっていない。続きがまだまだあるらしい。

「どうする、父さん」

「そうだなあ。うちに持って帰ると、誰かがお茶やコーヒーをこぼしそうだ」

由佳利はあわてて言う。

「百年前の貴重な資料です」

ふたりを二階の応接室に連れて行こう。預かり証を発行し、これは生家館で保管する。いずれ寄贈という段取りに。思わず浮かべた自分の笑みが、窪田のそれに似ている気がして由佳利は肩をすくめた。

胸に抱えたノートから遙か昔の匂いがしてくる。懐かしくて切なくて、ちょっと優しい。

来訪者ふたりをエレベーターに連れて行く道すがら、会ったこともない人たちが風のようにすれちがうのを感じた。

本書は書き下ろしです。

大崎 梢（おおさき　こずえ）
東京都生まれ、神奈川県在住。書店勤務を経て、2006年『配達あかずきん』でデビュー。同作をはじめとする「成風堂書店事件メモ」シリーズで人気を博す。ほかの著書に『片耳うさぎ』『平台がおまちかね』『スノーフレーク』『プリティが多すぎる』『スクープのたまご』『本バスめぐりん。』『バスクル新宿』『27000冊ガーデン』『春休みに出会った探偵は』など。また共著に『大崎梢リクエスト！ 本屋さんのアンソロジー』がある。執筆集団〈アミの会〉にも参加し、同会のアンソロジー『ここだけのお金の使いかた』『おいしい旅 しあわせ編』などにも作品が収録されている。

百年《ひゃくねん》かぞえ歌《うた》

2024年10月31日　初版発行

著者／大崎《おおさき》 梢《こずえ》

発行者／山下直久

発行／株式会社KADOKAWA
〒102-8177　東京都千代田区富士見2-13-3
電話 0570-002-301（ナビダイヤル）

印刷所／旭印刷株式会社

製本所／本間製本株式会社

ISBN 978-4-04-115330-7　C0093